目次

オッサン(36)がアイドルになる話 4

1★禁書をもらう弥勒と、お守りをする司樹。

大崎弥勒《オオサキミロク》(36)は、肥満体型により幼い頃からイジメを受け続け、社会人になり就職するも同僚に嵌《は》められて会社をクビになってしまう。

そこで十年弱引きこもっていたミロクだが、ある動画サイトをきっかけにして、痩せて細マッチョのイケメンに大変身した。

スポーツジムで知り合った芸能事務所社長の如月与一《キサラギヨイチ》(41)、元ホストで元プロダンサーでもある小野原司樹《オノハラシジュ》(40)と共に、なぜか『344《ミヨシ》』というユニットを組み、アイドルとしてデビューすることになってしまった。

ファッション雑誌のモデルはもちろん、ラジオで冠番組を持ち、CDを出し、テレビでもバラエティー番組に出演するなど活躍するオッサンアイドル『344《ミヨシ》』。大物演歌歌手を味方にし、年末番組にサプライズゲストとして出演。お茶の間を魅了していった。

そしてとうとうミロク、ヨイチ、シジュの三人は、テレビドラマに出演することが決まったのだった。

ドラマ出演に関する事は、『344《ミヨシ》』のマネージャーであり、社長ヨイチの姪《めい》である如月芙美《フミ》(23)がスケジュールの管理をしている。

年が明け仕事始めの如月事務所は、年始の挨拶回りや、お年賀を配ったりなどでとてつもなく忙しい。去年とは違う忙しさに、以前から事務所にいるスタッフは何倍にもなった仕事量に早くも息切れしていた。

フミは明日からの出社となり、ミロクは事務所に来て早々会議室で打ち合わせだ。疲れているスタッフ達にミロクの無差別フェロモンを浴びせる訳にはいかない。ダメ、絶対。

「ミロク君、シジュ、僕は社長の仕事があるから、ちょっと頼めるかな」

「了解。ミロクの世話は俺がやっとくわ」

「えー、俺そんなに世話かけてないですよー」

「お前いつも俺らがどんだけ……」

「ミロク君はとりあえずこれ見といて。シジュ、僕も後から行くから」

ヨイチは冊子をミロクに渡し、後のことはシジュに任せることにする。ミロクよりも体力のあるシジュの方が適任だろう。

年末にヨイチがセッティングしていたドラマ関係者の顔合わせがある今日、社長として外せない仕事がある彼は、不安もあるが二人に任せることにする。遅れての参加は印象が悪くなるだろうが、こればっかりは仕方がない。

仕事始めには戻ってくると思っていたフミが不在と知り、ミロクのテンションはダダ下がりだ。それを無理に上げることはしない。やる気のオンオフ切り替えボタンはもうすぐ帰ってくるのだから。

それよりもやる気云々《うんぬん》関係なく出てくるミロクのフェロモンは、一体何なんだと年長者二人はため息を吐《つ》いた。

事務所を出て、冬らしい冷えた空気の街中を駅まで歩くミロクとシジュ。車はヨイチが使っているので、電車で行くことになった。

仕事始めとはいえ世間では未《いま》だ冬休みの企業が多いようで、ビジネス街に人の通りはほとんどない。

「なぁ、ミロク。お前なんでマネージャーと付き合わねぇの？」

「何ですか。藪《やぶ》から棒に」

「そんな風に一喜一憂しているのを見るとだな……」

「別に付き合っても一喜一憂すると思いますけどね。俺、女の子と付き合ったことないですし」

「ああ、まぁ、そうだよなぁ」

髪をかき上げつつ、自分の頭をワシワシと掻《か》くシジュは珍しく何かを言い淀《よど》んでいる。ミロクはそんな彼の様子に気づき、首を傾《かし》げて立ち止まる。

「シジュさん？」

「いや、何でもねぇ。俺も人のことをとやかく言えねぇしな。……ところでさっきヨイチのオッサンから渡された冊子は何だったんだ？」

「ああ、これですか？　いやぁ、ヨイチさんが実家に帰った時にピックアップしてきてくれたフミちゃん写真集です！」

頬を赤く染め、愛《いと》おしそうに冊子を見やるミロクの後ろから覗《のぞ》き込むシジュ。

「おい。ロリコン」

「やめてください。シジュさんじゃあるまいし」

「人聞きの悪いことを言うな。それ、本人の許可は取ってるのか？」

「見つかるヘマはしませんし、見つかったらヨイチさんがくれたって正直に言いますしおすし」

「おすし言うな」

ミロクの持つ冊子はミニアルバムになっており、フミの幼い頃の写真が多く貼られていた。本人が見たら怒るか恥ずかしがるか、その両方か……で、あろう。

道歩くミロクから花咲いているような幻を見たシジュは、彼の背を押しながら電車に乗り込んだ。

大晦日《おおみそか》に来た時とは違い、今日はテレビ局員や番組スタッフが走り回ることもなく比較的静かだ。

受付でディレクターの名前を出すと、一人の若い男性スタッフが走ってくる。慌てている様子にミロクは自分達が遅れたかと一瞬焦るも、そのスタッフの彼はペコペコしながら「時間前に顔合わせが始まることになった」と言ってひたすら謝っている。

「ホントすみません！　なぜか皆さん時間前に集まっちゃって……」

「別に俺らはいいけどよ」

早歩きで会議室に向かうミロクとシジュ。案内する男性スタッフは、ずっと中腰のままで移動している。ミロクは彼の中腰姿勢を維持する筋力がすごいと感心し、シジュはこれが若さかという感想を持つ、そんなオッサン二人であった。

大きめの会議室が並ぶフロア、その中の一室に通されると、コの字形に並べられた椅子と机には空席を三つ残して全員が座っている。

二十人ほどが並び圧迫面接の様相を呈しているこの場に現れた美丈夫二人は、室内にいる全ての人間から視線を浴びるが、彼らは微動だにしない。ミロクは先程の冊子でフェロモンが程良く抜けているものの、注目されると反射的に笑顔を振りまいて早くも爆撃を開始している。

シジュはギロリと周りを見回し、ニヤリとした笑みを浮かべた。

「ええと、遅れた訳ではないんですが最後で申し訳ない。さて、始めますかね？」

目を眇《すが》めて言う無精髭《ぶしょうひげ》のオッサンから放たれる威圧。舐《な》められちゃいかんと気合を入れて発言したシジュだが、監督を含む全員が頷《うなず》くのを見て若干拍子抜けした気分になる。この場の雰囲気が摑《つか》めないまま席に座るシジュと、その後にペコリと一礼してミロクが座った。

「そ、それでは、自己紹介から始めたいと思います。名前と顔を覚えられるよう、ネームプレートを用意してあります」

先程ミロク達を案内した男性スタッフが進行をする。

監督、番組のプロデューサー、ディレクター、脚本家……と、視線を送ったところで、ミロクは小さく「あ！」と声を上げる。その声に気づいたシジュは目で問うと、ミロクは顔を寄せて彼の耳元で囁《ささや》く。どこかで「ふぐぅ」とか「んがふっ」という謎のうめき声が聞こえたが、今はそれどころではない。

「ヨネダヨネコ先生がいますよ」

「んん？　いねぇだろ？」

「シジュさんの対面に座ってますって」

シジュの真正面にいる女性の前には、脚本・ヨネダヨネコ（原作者）と書いてあるネームプレートが置かれている。

メガネはかけておらず、重くしてある前髪は上げて、顔には薄化粧を施している。

日に当たっていないであろう白い肌に、薄いピンクの口紅が映えている。

高校生であるはずの彼女だが、カジュアルなスーツのためか大学生……もしくは新人女優と言われてもおかしくはないその姿に、シジュは思わず大きな声を出しそうになり慌てて口を押さえる。

「あれは詐欺だろ。何でミロクはわかるんだよ」

「わかりますよ、一目見れば。営業職を経験したおかげですかね」

「それ、営業職は関係ないだろ……」

そんなやり取りをしている内に、自己紹介が始まる。

そして、表面上は穏やかなこの場の水面下で、出演者同士の戦いが始まるのであった。

2★自己紹介アピールする弥勒と演技のこと。

主役のネームプレートには『ＫＩＲＡ《キラ》』と書かれていた。大晦日《おおみそか》特番では、ヨイチの策でとばっちりを受けたシャイニーズ事務所の三人組『実力派アイドル』である。

他の二人は入り口近くにある「生徒役」と立て札がある、椅子だけ並ぶ所に座っているようだ。髪の色を変えている売れっ子アイドル『ＴＥＮＫＡ《テンカ》』のメンバー二人は、他の生徒役と共に風景と同化してしまっていた。

実力派のベテラン俳優の姿もあることから、シャイニーズのアイドルを売り出すだけのドラマではなさそうだ。

ちなみに、本来なら主役と絡むミロクはＫＩＲＡの隣に座るはずだが、なぜか監督の側《そば》に座らされている。少し離れた場所から鋭い視線を送ってくるＫＩＲＡに、ミロクとシジュは苦笑していた。

「彼にとって俺達は敵なんですね。残念です」

「あんな怖い顔して、可愛《かわい》い顔が台無しだなぁ」

スタッフ紹介では皆軽く会釈するだけだったが、出演者紹介では一言必要らしい。一番手はもちろん、主役を演じるＫＩＲＡである。

「主人公の男子高校生・御堂《みどう》司《つかさ》を演じます、ＫＩＲＡです。現役十代の若さ溢《あふ》れる学生を演じますので、出演者の皆さん、そしてドラマ初出演の方も、俺について来てくださいね！」

ニッコリ笑顔で言ってのけるKIRA。自分の若さを武器に大きく出た彼は、ミロクたちに目線を送ってから座る。

「ケンカ売られてるって訳か。買うか?」

「いやぁ、それはヨイチさんに任せましょう」

シジュにそう言いながらクスクス笑うミロク。その主人公と大きく関わる武士……家臣役の彼は挨拶の内容を考えてきていた。しっかりと自分の気持ちを、ドラマへの意気込みを言わなければならないと気合を入れるミロク。

先程のKIRAの宣戦布告をモノともせず、ゆっくりと立ち上がり足の指で床を掴むように立つ。膝を軽く緩めて静かに息を吐いた。

それをシジュは知っている。丹田《たんでん》に意識を置く呼吸法で、ともすれば緊張により震えてしまう声をしっかりと出すやり方だ。そして、その姿勢によってまた違う効果も出る。

「主人公・御堂にそっくりな戦国時代の武将に仕える家臣、弥太郎《やたろう》役の如月事務所所属、大崎ミロクです」

話す時の声ではない、歌うように響く低めのテノールに先程までの笑顔は消えている。肩を下に落とすように首を伸ばすよう意識しつつ、肩甲骨を狭め胸を上げるようにすると自然と腹筋と背筋が引き締まる。

見た目の若さと、それとは相反する大人の気迫。そう、彼は武士であり、主人を持つ一人の家臣であり、すでに元服という成人の儀をすませた一人の『大人の男』であるのだ。

ミロクは、すでに『弥太郎』を演じていた。

いや、演じたわけではないだろう。彼は演技に関しては素人同然だ。演じるということの経験のない彼が考えたのは『弥太郎になりきる』それだけだった。

「演技の仕方？」

「はい。ドラマの仕事をするにあたって、一番の不安がそこなんですけど」

「ミロクならできそうな気がするけどなぁ」

「シジュさんは大丈夫なんですか？」

「プロじゃねーけど舞台の経験はあるな。ホストしてる時に客が劇団やってて、助《すけ》っ人《と》を頼まれてな」

「シジュさんずるい！」

「何でだよ！」

「まぁ、ミロク君の不安はわかるけど、準備はもうできているんじゃないかな」

年末、事務所の会議室でゆったりと話し合う三人。ドラマ出演の制作開始タイミングを考えると、時間的にのんびり構えている場合ではないのだが、ヨイチに焦る様子は見えなかった。

「準備？　俺、何もしてませんよ？」

「原作読み込んでるでしょ。ヨネダ先生の」

「それだけじゃダメですよね？」

「ああ。でも原作を読み込むのは基本だね。台本しかなければそれを読み込む。じっくり読み込んで、登場人物をよく知っているミロク君は強いよ」

「俺はとりあえず一巻読んだぞ」

「じゃあ、続きはヨネダ先生がサイン本くれたから持っていけば？」

「俺のもあるのか？」

「ヨネダ先生ご推薦のアイドル三人、『344《ミヨシ》』だからね」

ミロクは彼女が来襲してきた当日に、しっかりとサイン本をもらっている。そしてそれは保管用として自宅に置いておき、普段は自分で買ったものを持ち歩いている。

「読み込んだからって演技はできないですよ」

「演技ねぇ。ミロク君は演技をするの？」

「え？　だってドラマに出るんだから、演技しますよね？」

首を傾《かし》げるミロクに笑顔を向けていたヨイチは、その切れ長の目を閉じ、静かな口調で話し出す。

「君の役は武士で、尊敬する主人の家臣で、忠義に厚く、義を重んじる」

「はい。昔のアニメにもあった『仁義礼智信』は、俺の中で守るべきものです」

「そう、彼には守るべき人がいるんだ。だから君の中で彼がどう動くか。演技指導が入るならそのとおりにすべきかもしれないけど、今回の監督さんはまずは演者に自由にやらせるタイプだ。そこで君の中にある弥太郎をどう出すか、演技というよりもまずはそれを体現する必要があるんじゃないかな」

「なるほど」

「僕とシジュは学校の先生役だから多くは出ないだろうけど、一緒のシーンならフォローするから」

「おいオッサン。俺も素人なんだけど」

「ミロク君ならともかく、そんなこなれた感じの素人はいないから」

「扱いの差！」

「あとね、ミロク君は三十代だけど、戦国時代は人生五十年と言われていたくらいだ。早いうちに元服をすませて、どんどん戦に駆り出されていく」

「はい。作中でも弥太郎はひどく大人びていました。だから、たまに見せる十代の少年らしさが光るんです」

「君の外見なら大丈夫だ。あとは中身だけど、そこはシジュから指導してもらうといいよ」


立っているミロクの空気は、キリリと澄んでいた。

少し左脚を後ろに下げ、共演者を威圧するように視線を送る。

「某《それがし》は御堂家が家臣、弥太郎と申す。殿の元に馳《は》せ参じ、願わくばその御身をお守りしたく存ずる」

一人一人に鋭い視線を送るミロクは、最後に主役のＫＩＲＡが座る位置で視線を留め、ふわりと微笑《ほほえ》んだ。その瞬間空気が変わり、甘く柔らかい何かが広がっていく。

「殿、異なる世であれ、またお会いできて嬉《うれ》しゅうございます」

その笑顔に脚本担当は号泣し、監督は目を輝かせ、殿と呼ばれた若者は酸欠の金魚のごとく口をパクパクさせている。そしてボソリと呟《つぶや》くシジュは呆《あき》れ顔だ。

「やり過ぎだ」

自分一人じゃミロクのお守りは無理だったと、ため息を吐《つ》いてヨイチへの言い訳を考えるシジュだった。

3★顔合わせ後の監督とオッサンと子犬。

「いやぁ！　如月社長！　君の話、信じて良かったよ！」

「今日は『344《ミヨシ》』として来たので、ヨイチでいいですよ」

「そうだったなヨイチ君！　原作者とはいえ小娘の言うことを聞くとか、何を言ってるんだと思っていたが彼は大当たりだよ！」

　顔合わせに遅れたヨイチは、なんとか滑り込んで関係者に挨拶することができた。室内のおかしな空気に何があったのかシジュの視線で理解する。まぁ、失神者が出ていないだけ良かっただろう。脚本担当はメガネの男性に抱えられて途中退場していたが、彼女は学生だし作家は色々と忙しい……はずだ。

　解散となった今、昔からの知り合いである監督に声をかけられたヨイチは、注目されるのを感じつつ、素知らぬ顔で監督の呼びかけに応じた。

「監督には昔もお世話になりましたから、是非とも才能ある人間を使っていただきたかったんですよ」

「それには君も含まれているんだろう？」

「もちろんです」

　ヨイチがシャイニーズ時代にドラマで「主役を食ってしまった」ことは、この業界では有名だ。名も無き端役《はやく》で出たヨイチは、セリフもない状態で存在感を出し、放送翌日に出番を増やすよう視聴者から大量の投書があった。その頃駆け出しだった監督が、配役についてタレント事務所や周りに逆らえず言いなりだったのが原因の一つだった。その後は急きょ台本を変更してヨイチの出番を増やしたという監督は「あの時は苦労したよ」と豪快に笑う。

「もう同じ失敗はしないよ。シジュ君だっけ？　彼も名乗っただけでなんとも言えない気分になった。彼の存在は脚本によって大きく変わるだろうね」

「シジュもミロクも素人ですが、彼らの力を引き出せれば……」

「わかってるさ。俺だって成長してない訳じゃないぞ。それなりにこの業界で力を持っているからな」

「頼りにしてますよ」

「任せとけ」

再び豪快に笑う監督に、ヨイチは安心したように切れ長の目を柔らかく細めた。そんな彼の様子に周りの女性は思わず歓声を上げる。

「相変わらず……いや、磨きがかかったのか？」

「僕は今が全盛期だと思っていますよ」

「そりゃ楽しみだ」

そう言いながら去っていく監督の背中に、ヨイチは深く一礼をした。そんな彼に話しかけたそうにする女性達をやんわり下がらせ、シジュがヨイチの側《そば》に来る。そこでも小さく歓声が上がる。

「悪ぃなオッサン。ミロクのやつ、これでも軽くやったつもりみたいでなぁ」

「いや、良い感じだよ。役に入った事によって、本来のミロク君のフェロモンが抑えられている」

「アレでか？」

「……と、思う」

ため息まじりに言うヨイチの言葉に、ガックリと項垂《うなだ》れるシジュ。

「で、我らが末っ子はどこにいるのかな？」

「ああ、早速子犬に噛《か》み付かれている」

「やれやれ」

困った子だと言いながらも、どこか嬉《うれ》しそうに二人はミロクの所へと向かうのであった。

そしてシジュの言うとおり、末っ子のミロクは金髪から茶髪になった子犬に噛み付かれている。

「お前、主役より目立ってんじゃねぇよ！　今日配られた台本で勝手に演技するなんて！」

「あれは台本じゃないよ。原作の一文だから」

「台本にあったじゃねぇか！」

「そりゃあ、原作と同じセリフがあるのは普通じゃないの？」

キャンキャン噛み付く子犬に牙はない。せいぜい甘噛み程度の相手にミロクは知らず笑顔になる。それをモロに受けた茶髪の子犬ことＫＩＲＡは、顔を赤くした自分を誤魔化《ごまか》すように叫んだ。

「お前、デビューして一年も経《た》ってねぇのにタメ口きいてんじゃねーよ！」

「ああ、それはすみません。これで良いですか？」

再びニッコリと笑顔で返すミロクに、ＫＩＲＡは顔をさらに赤くして言葉が続かずに口をパクパクさせている。

そこにタイミングよくヨイチとシジュが来て、ＫＩＲＡのところにはメンバー二人が慌てて止めに入っている。

「なんだよお前ら、離せよ！」

「やめなよ。この人達年上だし……」

「デビューは俺らが早いんだ！　関係ねぇよ！」

「シャイニーズの先輩も来ましたし、ここは引きましょう」

「うるせぇ！　辞めたヤツのことなんか知るか……」

「ＫＩＲＡ君!!」

先程まで女の子のような仕草をしていたメンバーの一人ＲＯＵ《ロウ》が、鋭い声でＫＩＲＡを制する。ヨイチは片眉を上げたが何も言わず若者達を見ていて、シジュとミロクはそんな長兄の様子に何かを察して黙ったままだ。

「な、何だよ……」

「行こうＫＩＲＡ君。ヨイチ先輩、失礼します」

「気にしなくてもいいよ。事務所は違うんだから」

「いえ……はい。すみません」

ペコリとお辞儀をした二人はＫＩＲＡを引きずるようにして去って行く。そんな若者三人をヨイチは苦笑して見送った。

「本当に気にしなくてもいいんだけどなぁ」

「ヨイチさんがそう言うなら俺は良いんですけど、危うくキレるところでした」

「ミロクがキレるなんて珍しいよな。いや俺も今はヤバかったけどな」

「優しいメンバーがいて、僕は恵まれているよ」

微笑《ほほえ》むヨイチに釣られ二人にも笑顔が戻り、遠巻きに見ていた関係者もホッとした雰囲気になる。

ここにマスコミ関連の人間はいないが、今回の騒ぎはどこかで取り上げられるかもしれない。それでもヨイチは何も心配することはないと言った。

「まぁ、ここで騒ぎになって困るのは僕らじゃなくてシャイニーズの副社長だからね。あっちが頑張って色々動くと思うよ」

悪い笑みを浮かべるヨイチを、シジュは大袈裟《おおげさ》に怖がってみせた。そんな彼を小突いてから、ヨイチはミロクに目を向ける。

「それにしてもミロク君、さっきはよく我慢していたね。あの子に色々言われたんだろう？」

「さっきの……ああ、主役の子ですか？　彼って可愛《かわい》いですよね。反抗期の弟みたいです」

「反抗期の、ねぇ」

「これは相手に言わないようにな。ミロク」

「わかってますよ。反抗期の子に反抗期と言うことは教育上逆効果ですから」

「教育すんのかよ」

「はは、教育的指導ってヤツだね」

「なんかその言い方は物騒だぞオッサン」

先程の一件がある割には和《なご》やかな雰囲気の彼らは、一度事務所に戻ることになった。本来ならここで台本の読み合わせとなるのだが、今回はなぜか後日ということになっていた。その原因に『344《ミヨシ》』の存在があるのは確かだろう。

波瀾《はらん》の展開が予想されるドラマ撮影の前には、『344《ミヨシ》』にとって初のCDアルバムの発売日が迫っていた。

4★『344《ミヨシ》』初のアルバム発売日、イベント特典とは。

「おかえり！　フミちゃん！」

「ただいまですミロクさんぶふぅっ！」

　誰よりも早くフミに抱きついて、自分の胸の中にすっぽりと収まる小さな体と、ポワポワな茶色の髪を愛《め》でるミロク。

　年末から年越しまで十日ほど会えなかっただけなのに、仕事でほぼ毎日会っていたために喪失感というか、フミロス（?）が辛《つら》かったミロクだった。その小さく柔らかい体を抱きしめる彼の体は、日々のトレーニングによって細身とはいえそれなりに筋肉が付いている。胸筋に顔を押し付けられモガモガと苦しそうなフミを見て、ヨイチとシジュが慌てて救出する。

「ああ、もう少し堪能したかったのに！」

「いやいや俺らのマネージャーを窒息させる気かよ」

「大丈夫かい？」

「ぶふはぁー、ぜー、はー、だ、だいじょぶです社長……」

　乙女らしからぬ声を出していたフミは、ヨイチに支えられフラフラしながらも何とか立ち直った。心なしか頬が少し赤いのはご愛嬌《あいきょう》である。

　シジュはそのままミロクにヘッドロックをかけ、頭をワシワシと撫《な》で回している。

「や、やめてくださいシジュさん！」

「反省したか！」

「しました、しましたよ！　次は手加減しますから！」

「やらないとは言わないんだね」

呆《あき》れたような顔で笑うヨイチは、未《いま》だ息の整わないフミの背をさする。

「義姉《ねえ》さんの捻挫は軽かったみたいで良かったね」

「はい。父が大袈裟《おおげさ》に心配しているだけだって、母が謝ってました。大晦日《おおみそか》の飛び入り出演の企画、調整大変でしたよね？」

「日頃のマネージャーへの感謝をもっとしなきゃって思ったよ」

「ふふ。あ、皆さん挨拶遅れてすみません。今年もよろしくお願いいたします」

ペコリとお辞儀するフミに、オッサン三人は居住まいを正す。

「よろしく頼むよ」

「よろしくね、フミちゃん」

「頼んだぜ、マネージャー！」

オッサン三人に向かって、フミは笑顔で「はい！」と元気よく返事をするのだった。


幸運にもドラマの撮影が始まるのは『344《ミヨシ》』初のアルバム発売日の後だ。オッサン三人と女子一名は事務所に戻り、アルバム発売日に行うイベントの打ち合わせをすることになった。

本来この後はオフにする予定だったが、早めに帰ってきたフミもいるので早速仕事となった。いや、むしろフミが早く仕事をしたがっていたのだ。そんな彼女のやる気に「休みたい」などと言って水を差すオッサン達ではない。

「やっぱり私も、ミロクさん達を輝かせる一助になりたいんです。年末の飛び入り出演ライブで、その場にいられなかったことをすごく後悔しましたから」

「アレはなかなか反応が良かったよね。事前にそれとなく宣伝したのと、大御所の小夜子姐《サヨコねえ》さんに助けられて……だけど」

「コロッケ屋のおばちゃんなんか『あんな若造アイドルに負けるんじゃないわよ！』とか発破かけてくるしなぁ」

「あの子達は、デビューしてから休む間もなくどんどん曲出しているからね。負けていられない……というか、ミロク君は相手にもしてないみたいだけど」

「え？　そうなんですかミロクさん」

「そうだね。ＫＩＲＡ君達と俺とは次元が違うでしょ？　リア充と引きこもり、みたいな。所詮相容《あいい》れないし比べることでもないでしょ」

「ミロクさん引きこもりは卒業してますよね？　……とりあえずドラマの撮影では必ず会うので次元は合わせましょうか」

「えー、面倒だよー」

「ミロク君、そこは面倒くさがっちゃダメだよ。で、アルバムの話だけど、イベント特典ではサインの他に何かないかな？」

「握手け……」

「はいアウト！」

嬉《うれ》しそうに発言するシジュの後ろ頭を、ヨイチがすぱこーんとスリッパで引っ叩《ぱた》く。

「ダメですよシジュさん、俺ら普通にそこら辺で握手しちゃってますし」

「なら握手以上か？　そうなると……」

「はいダメです！」

今度はフミがシジュの後ろ頭をすぱこーんとスリッパで引っ叩く。まさか叔父と姪《めい》のコンボがくると思わなかったシジュは前に突っ伏し、ミロクは見事な連携プレーに思わず拍手をする。

「まだ何も言ってないだろ！」

「シジュさんから変なオーラを感じました！　アイドルは神聖なものなんです！」

オッサンのアイドルに神聖なもんはあるのか？　と首を傾《かし》げるシジュに対し、アイドルとはどういう存在なのか熱く語り出すフミ。その中でポツリとヨイチは呟《つぶや》いた。

「挨拶の……もダメかな？」

「ヨイチさん、良い顔しないと思いますよ……姉さんが」

最後のミロクの一言に、条件反射なのかビクリと肩を震わせるヨイチ。急に挙動不振になった叔父は放置することとし、フミは話を進めていく。

「ハグくらいなら大丈夫ですかね。挨拶でハグする文化のある国があるくらいですから。私もそれならなんとかごにょごにょ」

「ん？　ごめんフミちゃん、よく聞き取れなかった」

「い、いえ、お気になさらず！」

なぜか顔を赤くしたフミの横で、シジュが何か思いついたらしくハイッと手を挙げる。

「じゃあ、こんなのはどうだ？」

オッサンアイドル『３４４《ミヨシ》』初のアルバム『ＪＯＹ《ジョイ》』の発売日、それに伴い開催されるイベント当日。

大型CDショップのイベントルームが会場として取れたのは、陰で尾根江《オネエ》プロデューサーが動いたからと思われる。

事前の情報でのイベント参加特典は、会場でCDを購入した全員へのプレゼントと、抽選でのプレゼントがあるらしい。その内容を聞きつけたのか、会場は予想を超える多くのファンが集まっていた。

「おい、こんなにいるのかよ」

「シングルの発売イベントとは大違いですね」

「年末のテレビ出演、かなり視聴率良かったらしいよ」

舞台で手を振りながらも小声で話すオッサン三人。ミロクは毎度のことながら緊張するものの、少しずつ『舞台』というものに慣れてきたようだ。自然な笑顔を浮かべるミロクに、会場の中では腰砕けてへたりこんでいるお嬢さんもいる。彼の場合「作らない笑顔」の方が破壊力が大きいのだ。

「それでは！　会場の皆様、番号札はちゃんと持っていますか！」

すらりと背の高い司会者の女性は、明るくハキハキと進行していく。その声に観客は番号札を上にあげたり、振ったりしてミロク達にアピールしていた。

「では、発表です！　42、92、105……」

番号を読み上げる司会者。その番号に一喜一憂するファンの人々。

「なんか、すげー熱気だな……」

「まさかこんなに参加する人達がいるとは……シジュさんがノリで言っただけなのに」

「僕も、シジュの企画力にはびっくりだよ……」

顔を引きつらせるオッサン三人の横で、なぜか司会者の女性も興奮しながら進行している。

「今呼んだ方々は、『344《ミヨシ》』メンバーとの、ハグの権利があります！」

歓声が起こる会場。それに手を振って「まだ！　まだですよ！」と叫ぶ司会者。

会場内は未だ興奮冷めやらぬ状態だが、少し静かになった。

「ここからは公開されていなかった特典ですが！　今から三名だけ、追加で番号を読み上げます！　そしてその選ばれし三名の特典は……」

一気に静かになる会場。ピンと張り詰めた空気の中、司会者が叫ぶ。

「なんと！　お姫様抱っこをしながら、耳元で甘いセリフを囁《ささや》いてもらえる権利が得られるのですっ!!」


その日。

突如鳴り響いた謎の轟音《ごうおん》は、建物の外にいる人にまで響き渡るほどの凄まじい力を持っていたそうな。

5★台本の読み合わせと、厄介な若者達。

「殿！　殿はどうなるのですか！」

「おいたわしい……」

「一体どうすれば……」

「静まりなされい!!」

その場にいる全員が立ち上がり混乱する中、どっしりと構えた一人の若武者が座ったまま声を発する。

彼の凛々《りり》しく美しい容貌から発されたとは思えない太く迫力のある声に、慌てふためく人々は一斉に押し黙る。そこに彼を「若造が」と侮る声は聞こえない。

この美しき若武者は、屋敷の主人であり彼らの主君が兄のように慕う者であり、これまでの戦では、彼の働きで幾多の困難を乗り越えてきたのだ。

しかし、その主人が敵の策略により深手を負ってしまった。その命の灯火《ともしび》は消える寸前であり、もう長くは保《も》たないだろうと家臣全員が感じていた。

若武者は壮年の侍に向かって静かな口調で呼びかける。

「恵之助《けいのすけ》殿」

「なんでしょう」

「後は頼みましたぞ」

「っ……わかり……申した……」

若武者は穏やかな笑みを浮かべたまま、伏して泣く男の肩にそっと手を置く。そのまま刀を持ち、彼が向かうは主人のいる場所。己の唯一の居場所。

「殿、ご安心くだされ。弥太郎が冥府までお供しますぞ」

一人呟《つぶや》く彼は、その整った顔に晴れやかな笑みを浮かべる。主人の元に向かう彼の足どりに一切の迷いはなかった。


「これが始まりですね。プロローグみたいな感じです」

「……マジか。こんな悲しい始まりなのか」

「シジュこういうの苦手だよね。でもヨネダ先生の本を読んだって、言ってなかった？」

「急いで俺の登場するところから読んで、後でゆっくり読もうと思ってたんだよ」

「最初からちゃんと読まないとダメですよシジュさん！　ここから現代日本に行くんですから！」

「わかってるって。他にも借りてる本あるから、そっちが気になってるんだよ」

「シジュ、悲しいシーンは最初だけだから」

「わかったって。読むって」

事務所の会議室にて、台本の読み合わせをする三人。冒頭はほぼミロクのセリフとなっているため、脇役はヨイチとシジュが担当している。

フミも参加していて楽しそうに台本を読んでいたが、読み合わせが途切れたのでお茶を淹《い》れに立ち上がる。

「ああ、悪いけどこれサイバーチームに持って行ってくれるかな」

「はい。……これ、この前のイベントのですか？」

「そう、この前のアルバム発売の。いやぁまさかシジュが……」

「あれはすごかったですね。あはは」

「あははじゃねーよ。すげぇ喜ばれたけどな！　なぜか女性ファンに！」

爽やかで感じの良い青年がシジュにお姫様抱っこされている図は、なかなか迫力のあるもので反応も良かったため、急きょ公式サイトにイベントの動画を公開することになったのだ。

「選んだのはシジュさんですから、責任は取らないとですよ」

「ミロクてめぇ、自分は美少女だったからって……」

ミロクが引き当てた番号を持っていたのは、ハッとするくらいの美少女だった。姉のミハチや妹のニナで美人は見慣れていると思っていたが、こんな美少女がいるとは世の中広いなぁとミロクは素直に感心していた。

「……じゃあ、台本の読み合わせをしようか」

「そうですね。少しは練習しないとですよね」

「うーん、練習っていうか……まぁ、読み合わせはそこまで力を入れなくてもいいよ。素直に感じたままを声に出してごらん」

「はい」

ミロクの才能……というよりも、彼が高めざるを得なかった観察力と感能力は相当なものだ。『その人の身になって考える』ことを呼吸をするように行い続けた彼にとって、物語のキャラクターに入り込み、キャラクターの心情を読み取ることは造作もないことだった。

「俺はー？」

「シジュは舞台経験者だし、この役は普段のシジュで良さそうだよ」

「えー、それだとあの反抗期に対して、俺も反抗期になりそうなんだけど」

「シジュさん、彼は子犬みたいなものですから、こっちがどっしり構えていればいいんですよ」

話をする三人にフミは柑橘《かんきつ》系の良い香りのするフレーバーティーを用意し、お茶請けのクッキーと共に出す。その香りを楽しみつつ、ひと口飲んでほうっと息を吐くミロクは思った以上に自分の肩に力が入っているのに気づき苦笑する。

「もういい加減慣れてきたと思いましたが、それでも新しいことに挑戦する時は緊張しちゃって、変に力が入りますね」

「いやいや、そこは緊張していいだろ」

「ミロク君。君に負担をかけたくないからね。無理なら無理って言ってくれていいんだよ」

切れ長の目を柔らかく細めミロクを見るヨイチは、これから起こるであろう様々なことを予測していた。無論、その対処やミロクを守る方法は、頭の中にいくつも考えてある。

それでもヨイチは彼に選ばせたかった。それは自分が社長になった時に決めたことでもあった。

何があっても強制はしない。最終的に決めるのはタレント本人だということを。

ヨイチの気持ちを知ってか知らずか、ミロクは穏やかな口調で言葉を紡ぐ。

「俺は、やってみたいです。こんな年齢で初めてのことがたくさんで迷惑かけるかもですけど、俺は色々やってみたいんです」

「わかった。僕らは君を支えるし協力するよ。ね、シジュ」

「おう。しゃーねーなっ！」

ニカッと笑うシジュの笑顔に、ミロクもつられて微笑《ほほえ》む。そんな二人にヨイチもフミも顔を見合わせて、ホッとした顔になる。如月事務所のエース達にやる気があるのは良いことだ、と。


その日、「偶然」CDショップにいた彼女は、買ったCDを見た店員の案内で、「偶然」にもイベント会場に入り込むことになった。

歌う彼らは輝いていて……いや、アイドルだからという一言では言い表せない輝きというか、オーラというか……とにかく目が離せない存在感を会場全体に放っていた。

（ミロク……あの人がミロク……）

彼女の黒く真《ま》っ直《す》ぐで長い髪が、背中でさらりと揺れる。フリルやドレープをたっぷり使ったコートは彼女が着るからこそといったような、着る人を選ぶ可愛《かわい》らしいデザインだ。

すれ違う人、皆が振り返って見る程の美少女。

その振り返る理由は、愛らしい美少女が瞳を潤ませ、仄《ほの》かに頬を染めているせいだろう。

（まだ、耳が熱い）

彼は「また会おうね」と言った。

そしてその言葉は、現実となるのだ。

（楽しみね。ミロク王子……）

その猫のような目を細め、彼の吐息を感じた自分の耳を指でなぞる。くふりと笑う彼女はとても愛らしく、魅力的な『女の子』に見える。しかしその目は冷たく、まったく温度を感じさせないものだった。

「私の王子様、ね」

6★ドラマ撮影前の一コマ。

「ああ、君かぁ。この前はありがとうね」

「!?」

まるで近所の知り合いの子供に声をかけるような気安さで、女子高生の衣装を着た少女に声をかけるミロク。かけられた側の少女は驚いたのか、立ち止まって無言の状態だ。

撮影スタジオ内では多くの人間が行き交い、セットを調整する音や話し声で騒がしい。

「ん？　ミロクの知り合いか？」

「イベントに来てくれた子ですよ」

「……お前、イベントに来た人間を全員覚えてるとか言わねぇよな？」

「何言ってるんですか。俺がお姫様抱っこした子ですって」

「……は？」

紺色を基調としたブレザーに、白いブラウスと赤いタイ、前髪は下ろしてメガネをかけ、長い髪は低い位置で二つに結《ゆ》わえている。注目すべきは膝丈のスカートだろう。かなり地味な衣装である。

「この前の恰好も可愛《かわい》かったけれど、今日のも似合っているね。関係者の顔合わせの時はいなかったみたいだけど」

「……他の仕事……あったので……」

「そうなんだ。じゃあ、今日からよろしくね」

にこりと微笑《ほほえ》んで手を差し出すミロクに、少女は一歩引くとぐるりと後ろを向き、そのままダッシュで行ってしまった。

「あ、あれ？」

「ミロク。自重」

「いやいや、今のは普通でしょう⁉」

ため息を吐《つ》きながら言うシジュに、不満気に言い返すミロクは内心首を傾《かし》げる。

（やっぱりあの子、イベントの前にもどこかで見たことあるような気がするんだよな……）

「それにしても、俺も結構女性のギャップとか見慣れてるはずなんだけど、ミロクには敵《かな》わねぇな。ヨネダ先生のこともすぐ気づいたろ？」

「え？　ああ、そうですね。くせみたいなものなんですよ。人を観察するのって」

「お前、それ絶対別の職業に活《い》かせるぞ。警察とかそういうやつ」

「まぁ、それも前の仕事辞めた時に考えましたけど、集団に入るのに疲れちゃってて、年齢制限もありましたし……あ、でも探偵とか考えました」

「知り合いに探偵いるけど、ミロクには合わねぇかもな」

「探偵の才能とか、ですか？」

「いや、体力」

「……諦めます」

「おう、そうしとけ」

メイクしているスタッフ達は、彼らの会話にクスクス笑っている。それを見て不貞腐《ふてくさ》れた顔をするミロクに、さらに笑いが広がる。

ミロクの武士メイクは少し時間がかかるため、シジュは暇つぶしに話し相手になってやっている。……と見せかけて、実はミロクを一人にしないようにしている。

さすがにドラマに携わるスタッフ達はプロとして意識が高いため、そうそうミロクのフェロモンにやられたりはしないだろう。しかし、今回の仕事は最初から問題になりそうな火種が多い。そこでヨイチとシジュとフミは、交代でミロクに付くことにしたのだ。

「ミロクは長髪も似合うな」

「シジュさんこそ、白衣似合ってますよ」

第一話の収録は主要人物がほぼ登場することになっている。もちろん生徒役も全員登場するし、話数が重なるごとに生徒数人にスポットを当てる話もある。先程の少女の不自然なくらい地味な衣装は、この先の伏線であることを原作を読み込んだミロクは知っている。

「お、ミロク君の武士スタイルがかっこいいね。さっきは珍しく女の子に逃げられていたみたいだけど」

「ヨイチさんこそスリーピースのスーツが似合ってますよ。さっきの見てたんですか？」

「彼女だよ。ＣＭの件の……」

メイクスタッフが離れたタイミングでミロクに近づき、静かな声で伝えるヨイチの顔は穏やかな笑みを浮かべたままだった。それを見て動揺していたミロクは深呼吸して平静を保つ。側《そば》にいたシジュは一瞬顔をしかめるが、すぐにいつものダラリとした雰囲気に戻った。

「デビューが取り止めになった子の、お姉さんでしたっけ」

「あの人が言うには、この件に関して何か行動をするタイプではないと言っているけどね。イベントに来ていたから少しだけ警戒しているかな」

「ヨイチさんは気づいていたんですか？」

「いや、あの時の彼女は事前にもらっていた宣材写真とは全然違っていて、僕は気づかなかったけど会場で警備していたサイバーチームが教えてくれたよ」

「うちのサイバーチーム強ぇぇな」

「ミロク君にも見せていれば良かったね」

「いや、見てなくて良かったですよ。俺、慌てておかしな態度とっていたかもしれませんし」

リハーサルが始まるという呼びかけで向かう三人の前を、主人公を演じるＫＩＲＡがミロクと同じく長髪姿で横切る。恰好はミロクと違い白い着物の寝間着姿だ。

「おはようございます。今日はよろしくお願いします」

頭を下げるミロクに対し、ＫＩＲＡは何も言わずに早歩きで撮影現場へと向かってしまう。思わず何か言おうとするシジュの腕に、ミロクはそっと手で触れて止めさせた。

「ＫＩＲＡ君！」

ミロクが追いかけて呼びかけるも無視して歩き続けるＫＩＲＡだったが、慣れない着物と履いているスリッパのせいで転びそうになる。

「うわっ、しまっ……」

転倒の衝撃を予想し、体を硬くして目を閉じるＫＩＲＡは温かく甘い香りに包まれているのに気づく。

「あぶ……なかったぁ……」

滑り込んでＫＩＲＡを受け止めたミロクと、そのミロクを支えるヨイチとシジュ。そして功労者であろうミロクは早速兄二人に怒られる。

「こら！　受け身取れてもミロク君が怪我《けが》したら意味ないんだよ！」

「バカかお前は！　支えきれねぇのに飛び出すな！」

「だって、転んだら痛いじゃないですか！　可哀想《かわいそう》でしょう！」

無意識の行動だったらしいミロクの言葉に、やれやれとため息を吐《つ》くオッサン二人。その一連のやり取りを見ていたＫＩＲＡは、我に返りミロクの腕から抜け出す。

「よ、余計なことしてんじゃねぇよ！」

捨て台詞《ぜりふ》とともに足早に去る彼を、呆気《あっけ》にとられて見送る三人。

「今のは、なんと言うか」

「ツンデレかよ。あのセリフは聞いてて恥ずかしいぞ」

「顔、真っ赤でしたね」

顔を見合わせて思わず噴き出すオッサンアイドルに、生徒役の子達から黄色い声が上がる。

そこへ向けて手を振る彼らにさらに歓声が上がった。

「年末のテレビ効果ですかね」

「違うと思うよ。ねぇシジュ」

「おう。自己紹介効果だろ」

自己紹介で何をしたのか思い出せず、キョトンとした顔をするミロク。彼が弥太郎になりきって自己紹介をしたことで、『３４４《ミヨシ》』を知らない役者達に対し強い印象を与えていた。しかし、ミロクにその自覚はないようだ。

「ま、いつものことだね」

「相変わらずだな」

「なんなんですか！　もう！」

二人はプリプリ怒るミロクを宥めつつ、撮影現場へと向かうのだった。

7★ドラマ撮影の初回。

往々にして、ドラマ制作では同じセットのシーンごとに撮ることが多く、脚本の順番通りに撮影することはあまりない。しかし今回のドラマ『男子高校生の俺は家臣と同居を始める』略して『ダンカシ』は、監督の意向で比較的ストーリーの流れに沿って撮るようだった。

故に、最初のシーンは主君の亡骸《なきがら》を前にしたミロク扮《ふん》する家臣『弥太郎』が、彼の後を追って自害するところからスタートする。

「おい」

「ん？　何ですか？」

白い着物の寝間着姿の若手アイドルＫＩＲＡは、布団に入ったままミロクを睨みつける。

「俺は子役としてもドラマ撮影をこなしてきた。アイドルとしてじゃなく演じ手としてもプロだ。だから俺は本気で演技をする」

「はぁ……」

「監督からお前は初めてだって聞いた。自己紹介のアレができんなら、アレ以上でやれよ」

「はぁ……」

シャイニーズ事務所のアイドルとはいえ、しっかり俳優もこなせるからこその主役抜擢《ばってき》なのであろう。ＫＩＲＡは激励だか何だかわからない言葉をミロクにかけ、そのまま目を閉じるとメイクの効果もあり本物の死体のように見える。

「KIRA君」
「……」
「まずはリハーサルからだから、まだ死体じゃなくても大丈夫ですよ」
「……っ!!　うっせ!!　知ってっし!!」

そんなミロクとKIRAのやり取りを、カメラの後ろでヨイチとシジュは苦笑して見ていたが、ヨイチはコソコソと側《そば》に来た若者二人に気づき表情を消す。

KIRAと同じアイドルグループのメンバーである薄茶色の髪の少女のような華奢《きゃしゃ》なROU《ロウ》と、メガネをかけた黒髪の青年ZOU《ゾウ》が、年長者二人にペコリとお辞儀をした。

「先輩方、よろしくお願いします」
「僕は君達と事務所も違うし、君達の先輩ではないよ」
「俺も芸歴っつーのはないし、アイドルの先輩じゃねぇぞ?」
「いや、それは……」

華奢な方のROU（本名は一郎太《イチロウタ》）という少年は、決まり悪そうな顔で俯《うつむ》く。そんな彼の様子に淡く微笑《ほほえ》むヨイチ。

「僕らを見張るように、言われたのかな?」

ヨイチはその切れ長な目で彼らを威圧していたが、思わず顔を上げるROUの慌てている様子に、表情を柔らかくさせて微笑む。身構えていたシジュも彼らの様子に首を傾《かし》げる。

「ボク、副社長派とか言われていますけど、別にそういうんじゃなくて……今でもボクにとってヨイチ先輩の『アルファ』は完璧なアイドルで、憧れで……」

話しながら顔がどんどん赤くなるROUの言葉に続くように、メガネのZOU（本名は権三《ゴンゾウ》）も興奮したように声を上げる。

「そちらのシジュさんだって、伝説のダンスもぐがぁ⁉」

「おい、メガネ割られたくなきゃぁ、その話題を二度とすんなよ……」

「ひ、ひゃいっ」

アイアンクローで額を鷲《わし》摑みにされ、獰猛《どうもう》な肉食獣にでも睨まれたような感覚……そんな恐怖が一気に襲いかかってきたメガネくんは、青ざめた顔でコクコク頷《うなず》いた。

「シジュ落ち着いて。彼らは僕らに何かしようと思っている訳じゃなさそうだから」

「す、すみません。自分の父親が若い時にシジュさんに影響されてダンスやってて、それで自分はシャイニーズに入ることも許されたんで、つい……」

「何っ⁉　父親……だと……⁉」

「シジュ落ち着いて。誰しもが通る道だから」

そんな事を老若？アイドル四人がなんだかんだ言い合っている間に、撮影は本番を迎える。


フミは手に濡《ぬ》れタオルを持って、身じろぎもせずに散っていく桜と美しき若武者の、その白い肌が赤く染まっていくのを見ていた。

武士らしい死に様だった。懐剣で自らの腹を切り、介錯《かいしゃく》を頼むことなく、弱っていく鼓動が血を送り出すのに任せている彼。死を前にしても笑顔でいるのは、己の仕える主人の側にいるからなのだろうか。唇から伝う一筋の血でさえ彼の存在を彩る一つの「色」であり、その肌の白さと血の赤さのコントラストで壮絶な美しさを見せていた。

「はい、カットー」

どうやら一発ＯＫが出たらしく、撒《ま》かれた血のりの処理に追われるスタッフの間を器用に潜《くぐ》り抜け、ミロクにタオルを差し出すフミ。ミロクは弥太郎の演技から目が覚めたように頭を振って、心配そうに自分を見るフミに向かって微笑む。

「モニター確認しに行きましょう」

「確認？」

「ええと、今の撮影で大丈夫か私達も確認するんですよ。女優さんでよくいらっしゃるんです。見せたくないものが見えたりするって」

「ああ、なるほど」

確かにそれは困るだろう。自分も客観的に見たくてモニターの側に行くと、映像をチェックしている監督達と目が合う。その目は少し揺れていて、何やら深刻な感じだ。

「俺も確認しようと思いまして……何かありました？」

「いや、うーん、何というか……」

スタッフ達の言いづらそうな雰囲気に、ミロクは不安になる。

撮り直しになれば衣装ごと替え、血に濡れた畳も交換となり色々と（時間も費用も）かかってしまう。一回で撮るために、かなり手をかけ準備をしてきたスタッフ達は、ミロクを責めるわけでもなく何かに悩んでいるようだった。

「どうしたんだい、ミロク君」

「ヨイチさん、俺、なんか失敗しちゃいました？」

「そんな事ないと思うけど……」

モニターを確認するスタッフの様子に何かを感じ、ヨイチは監督の元へ行く。不安がるミロクの側には、フミとシジュがついていた。

「監督？」

「ああ、ヨイチ君。本当に彼は逸材だよ」

「それは知ってます。で、何か問題でも？」

「長年やってる現場の人間から見ても迫力のある演技だった。それを映像として、画《え》として切り取った時に彼の魅力というか、そのリアルな色気が、ねぇ……」

モニターには血を吐き、苦しそうにしながらも微笑むミロクの……弥太郎の姿が映っている。

ヨイチはそれを見て監督が何を言いたいのか納得した。

「そうですね。これが大河ドラマならば、これくらい大した事ないでしょう。でも監督、これをカットできるんですか？」

「できるわけがない。ただ君らはともかく、他の演者から浮かないか？」

「おや、僕らを高く買ってくれてますね」

「見りゃわかる。お前さんのは経験済みだ」

「監督！」

ヨイチと監督が話していると、白い着物の寝間着姿のＫＩＲＡが真剣な顔をして立っている。

ミロクの飛ばした血のりのついた顔をそのままにして来たため、彼のマネージャーの男性が慌てててタオルを渡そうとしているが、それに構わず監督に向かって強い口調で言葉を出す。

「こんなやつの演技、大したことはねぇ。俺にだってできる」

その言葉に反論しようとするフミを慌ててシジュが止めている。

「君は、ここまでレベルの高い演技についてこれると？　かなりキツくなるぞ」

主に長編映画を撮っているこの監督が今回ドラマの仕事を受けたのは、過去に色々あったヨイチに対するケジメのようなものだった。それは手を抜くということではなく、連続ドラマの監督として仕事をするつもりだったということだ。

マラソンで短距離走の走り方をしない、そういうことである。

しかしこの若手アイドルの彼は、ミロクの人並み外れた溢《あふ》れ出る色香やらに負けず、演じてみせると言う。

「わかった。このままでいこう」

騒《ざわ》めくスタッフを無視し、次のシーンへの指示を出す監督の背に一礼したＫＩＲＡは、そのまま着替えのために控え室へ行くようだ。そんな彼は自分を見るミロクに気づき、顔を真っ赤に染めた。

「お、お前一人に時間かけられねぇんだよ！　あれくらい俺にもできるんだからな！」

大声で叫ぶと、逃げるように去る彼にオッサン三人は笑いを堪《こら》えるのに必死だ。しかしフミはそうでもないようだ。

「あのミロクさんを見て心打たれないなんて！」

「まぁまぁ、おさえてフミちゃん」

「本当に……本当にミロクさんが死んじゃうかと思うくらい、だったんですから」

小さく体を震わせ眉を八の字にして言うフミにミロクは心打たれ、しばらく悶《もだ》える羽目になった。

8★ドラマ初回の撮影終了と、謎の美少女再び。

「先生！　なんか廊下に血まみれの人が！」

「ああん？　んな冗談言ってもベッドは貸さねぇぞー」

「重くて運べないし……手伝え！　このエセ保健医！」

生徒の声に渋々振り返った白衣の男は、血の匂いに顔をしかめる。

「先生！　この人、この人……」

「落ち着け御堂。まずは傷口を探して止血だ。消毒もすっから、そこの棚の取ってくれ」

落ち着いたバリトンの声に男子生徒の動揺は少しずつ静まっていく。棚にある生理食塩水と消毒薬を取ってくる間、白衣の男は慣れた手つきで男性の服をハサミで切る。血まみれの上半身に生理食塩水をかけると、血が洗い流されて白い肌が現れた。

「傷が、ない？」

「何？　先生どういう事こと？」

「どうやら怪我《けが》をしているわけじゃないようだな。おい、こいつをどこで拾ったんだ？」

『はい、カットー。カメラチェック入りますー』

スタッフの声に大きく息を吐いたシジュは、自分の腕で抱えているミロクが小刻みに震えているのに気づく。

「どしたミロク。腹でも冷えたか？」

「……っぷっはぁ――――！　もう！　くすぐったいですよシジュさん！」

「しょうがねぇだろ、台本通りだ。それに医者は患者の体を触るもんだ。触診触診」

「そんな脇腹に特化した触診、聞いた事ないですよ！」

「はは、いや真面目な話、ミロクが本当に怪我したみたいな気分になってな。悪い、焦った」

「シジュさん優しいっ」

「あと筋肉の付き具合に甘いところがあったから、お前この後トレーニングな」

「シジュさん酷いっ」

このシーンでミロクの血のり着物シーンが終わるため、スタッフ達が掃除するのを邪魔しないようにミロクとシジュは移動する。わちゃわちゃ言い合うオッサン二人の後ろを、黙ってついて来る若手アイドルのＫＩＲＡ少年。先程とは違うその様子にシジュは軽く声をかける。

「どした？　なんかやけに静かだな、少年」

「どうしたのＫＩＲＡ君。お腹《なか》痛い？」

「……アンタ達、なんでそんなに落ち着いているんだよ」

「え？」

「特にアンタ、本当に新人なのかよ……」

ＫＩＲＡはミロクをキッと睨《にら》みつけるが、大きめのバスタオルに包《くる》まっている彼はキョトンとした顔で首を傾《かし》げる。シジュは血のりで汚れた白衣を脱ぎながら「ああ、そうか」とＫＩＲＡの言う原因らしきものに気づく。

「もしかしてアレかもな。ラノベごっこ」

「はぁ？」

「ああ、アレですか。楽しいですよね。いつもヨイチさんが振ってくるのが秀逸なんですよ」

それは、動物番組のロケから始めたものだった。

極度に緊張していたミロクだったが、ロケ現場に着いてライトノベルにありがちの『異世界転移した主人公』という一人遊びを始めたところ、同じものを読み始めていたヨイチがノリノリになったのだ。そういうバカっぽい遊びが大好物なシジュも加わり、三人で色々なバージョンを演じている。

ほとんどがアドリブであり、アニメ『ミクロットΩ《オメガ》』の設定で遊ぶ時もある。たまにフミも加わってツンデレお姫様を頑張って演じたりして、オッサン達（主にミロク）を楽しませていたりもした。

時にはサイバーチームも加わって動画を残す程の積極的なヨイチに、シジュはなぜそこまでするのかを聞いた。

「緊張ってどんな時にすると思う？」

「緊張？　うーん、俺はあまりしねぇけどなぁ……あ、普段と違うことをする時とか？」

「シジュは場数が違うからね。僕は緊張を『非日常』だと思っているんだ」

日常を送っている脳は緊張状態ではない。そこに日常とは違うこと、『非日常』が入り込むことによって緊張が生まれるとヨイチは考えていた。

ならば、その『非日常』を続ければ『日常』になるのではないか、そういうことらしい。

「ミロク君は真面目だから、こういう遊びにだって全力だし、僕らが真剣に遊んでいれば喜んで加わってくれるでしょ。ラノべっていうミロク君の大好物な題材だから、楽しく『非日常』を体感していれば良いと思うんだ」

ミロクのためと言いながらも、今回のドラマでこの『ラノべごっこ』という経験はシジュのことも助けていた。ヨイチと違いミロクもシジュも素人みたいなものである。シジュに舞台経験があるといっても過去のことだ。それを取り戻すのに、彼にとってこの遊びはちょうど良かった。


（あのオッサン、俺のことも考えてやってたな）

シジュはヨイチの計らいに少し悔しい気持ちになっていたが、話を聞いたKIRAが茶髪をわしわしさせて「訳わかんねー！」と言っているのを見て苦笑する。

「ほら、着替えねぇと風邪引くから控え室に戻るぞ。今日はこれで終わりだろ」

「はい。別撮りのヨイチさんも終わってるみたいだって、スタッフさんが」

「……相変わらずミロクはスタッフと仲良くなんの早いよな」

そう言っているシジュだが、彼の場合お姉さんスタッフと仲良くなる（口説く）のは早かったりする。

「じゃ、KIRA君。次回もよろしくお願いします！」

「ちょ……」

そのラノべごっこってなんだよ！　というKIRAの叫びは、さっさと控え室に戻るミロクに届かない。そんな可哀想《かわいそう》な彼にシジュは「悪い、今度な」と、軽く手を振ってやっていた。

「……で、その子はどこで拾ったんですか？」

「いや、拾ったというか、懐かれたというか……」

「叔父さん不潔です。ミハチさんに言いつけますから」

「待って。フミ。それは待って」

「とりあえずウチの社長から離れてくれるかな。嬢ちゃん」

控え室に戻ったミロクとシジュの目に入ったのは、ヨイチの腕にしがみつく少女と、その二人を氷点下まで下がった温度の目で見るフミという図だった。

何やらかしているんだと呆《あき》れているミロクと、少女の視線が合う。

「……王子」

「へ？」

いつ移動したのか、ヨイチから離れた少女はミロクのすぐ近くにいた。吸い込まれるような黒目がちの瞳を持ち、無表情のまま呟《つぶや》く美少女は、アルバムのイベントでミロクと会っていた子であり、撮影前に挨拶をした地味な女子高生役の子でもある。

「えい」

「うわっ、何すんの急に⁉」

少女はミロクの羽織っているタオルを掴むと、思いきり引っ張って後ろへ放った。思わずそのタオルを受け取るフミは、上半身裸のミロクをもろに見てしまい一瞬意識を失いかけ、ヨイチは慌ててよろけるフミを支えた。

「良い筋肉。けれど脇腹が甘い」

「おお、それがわかるとは……いや、すまん」

筋肉評価する少女相手に一瞬テンションが上がったシジュだが、ミロクの鋭い視線に慌てて口を閉じる。

「妹の王子様は、貴方《あなた》なの?」

「いや、俺は違う」

「なら、私の……」

「ダメですー!!」

バサッとミロクの頭にタオルが降ってきたかと思うと、彼の目の前にポワポワ茶色の猫っ毛頭が飛び込んできた。

「ダメです! ミロクさんは絶対渡さないです! 絶対ダメです!」

真っ赤な顔で息を切らしつつ、大きな声で一気に言ったフミは涙目で少女をキッと睨む。ヨイチとシジュはニヤニヤ笑い、ミロクは赤くなった顔を手で隠している。

大人達の様子に、少女は首を傾げて言った。

「なら、私の妹が迷惑かけた人って、誰?」

9★撮影後に話し合うオッサン三人女子二人。

茹《ゆ》だっているポワポワ頭の女子を宥《なだ》めたり、シャワーを浴びるミロクの元に行こうとする美少女をオッサン二人が慌てて止めたりというイベントをこなした、男三人と女一人と少女一人。

とりあえず茶でも飲もうとテレビ局側にあるカフェテラスに移動した彼ら。疲れた顔で椅子にぐったり寄りかかっている大人達の中、一人元気なのは十代半ばの美少女のみである。

「私は尾根江プロデューサーの指導を受けております、須藤美海《スドウミウミ》と申します。妹が迷惑をかけただけでなく、私からのボディタッチ等々申し訳ないです。興味のあるものには触れずにはいられない性質《たち》でして」

「性質……ミロク君はともかくとして、なぜ僕まで？」

「服の上からでもわかる、上腕二頭筋のバランス良い太さの筋肉……つい、心惹《ひ》かれまして」

「お！　わかってるなぁ！　ヨイチのオッサンは筋肉付きやすいから、ここまでの状態をキープするのに苦労してんだ」

「なるほど……」

美少女美海の言葉に、『344《ミヨシ》』のダンスとヘルスケア担当のシジュは、彼女の筋肉批評に対して嬉《うれ》しそうに返す。そんなシジュを彼女はじっと見る。その強い視線にいささか腰が引けるシジュ。

「あなたは無駄な部分がないように見えて、自分の体型で一番スタイルが良く見えるであろう部分に筋肉を付けているのですね。それでいてダンスに支障が出ないようにしています」

「う、な、なぜそれを……」

「へぇ、シジュはやっぱり努力家だよね」

「さすがですねぇ、シジュさん」

「やめろ！　ニヤニヤしながら俺を見るな！」

メンバーから生温かい目で見られ、目尻を赤くして照れているシジュの様子は微笑《ほほえ》ましい。

そのほんわかムードの中でもフミの目は氷点下のままだ。

美少女である美海の隣にはヨイチが座り、フミとミロクとシジュは対面に座っているのだが、隣から漂う氷点下の空気にミロクは珍しく居心地が悪そうにしている。

「フミちゃん？」

シャワーを浴びたせいか、まだ少し濡《ぬ》れた髪を揺らし、困ったような笑顔でフミを見つめるミロク。そんな彼の眼差《まなざ》しには勝てず、少し頬を赤らめて俯《うつむ》くフミ。

「い、いくらなんでも、年頃の女性が男性に気安く触れるのは、良くないです」

「そうですね。私は人を観察するのが趣味でして、相手の承諾を得ずに触ってしまった事は申し訳ないと……ああ、もしや」

フミの様子に美海はポムッと手を叩《たた》く。

「マネージャーさんは、王子様と付き合ってらっしゃるんですね？」

「「違います！」」

「そ、そんな……!!」

息ぴったりなミロクとフミに切り返された美海は、大きなショックを受ける。

「完璧な人間観察スキルを持つ私が間違えるなんて……!!」

「ええと美海さんで良いのかな？　安心してくれていいよ。皆誰しもが思っているから。『いいから付き合っちゃえよ』ってね」

「付き合ってない意味がわかんねーよな。まぁこのバカップル（仮）は放っといて、さっき尾根江プロデューサーがどうとか言ってなかったっけ？」

「はい。お恥ずかしながら妹である由海《ユウミ》の愚行により、私の所属する事務所で少し問題が……そこで、尾根江プロデューサーが如月社長を紹介してくださったのです」

「はい？」

ヨイチは一瞬だけ驚いた表情を見せるも、すぐに真剣な表情でタブレット端末を取り出し操作する。メールがあったようで、文面を読むヨイチは眉間にシワを寄せ深くため息を吐《つ》いた。

「力になれるかはわからないけれど、とりあえずわかったよ」

「叔父さん！」

「フミ、これは社長としての決定でもあるし、尾根江さんには年末お世話になったから断るのは難しいんだよ」

「私からもお願いします。ミロク王子様の婚約者様とはつゆ知らず、ご無礼致しました」

「え？　こ、婚約者？」

「お付き合いされていない、恋人同士ではない、ご結婚もされてもいないという状況から導き出される答えは……『婚約者』であると愚考いたしますが」

「ち、違います！」

「ですが、王子様の慈《いつく》しむようなオーラは、明らかに特別な関係性を……」

「ち、違いますー！」

顔を赤くしながらメロメロな表情で否定するフミを、蕩《とろ》けるような笑顔で愛《いと》おしそうに見守るミロク。そしてたまたま注文したコーヒーを持ってきた店員の女性が、彼の顔を見た瞬間コーヒーを零《こぼ》しそうになるのをぐっと堪《こら》え、震える手で置いているのをヨイチとシジュは感心したように見ていた。

飲み物が行き渡ったところで、ヨイチは口を開く。

「須藤さんは大人っぽいね。その年にしてはとても落ち着いているように見えるし……」

「そうですね……見かけはともかくとして、心は老成していますね」

「え？　それってどういう……」

フミを愛《め》でるのを一時中断させ、美海へ問うミロク。少し疲れた微笑みを浮かべてミロクを見返す彼女は、とても十代には見えない。

「私は、転生者ですから」

「て、転生者⁉　あの、生まれ変わりとかいう、あの⁉」

思わず叫んで立ち上がりかけるミロクは、周りの客の視線を感じて慌てて座り直し声のトーンを落とす。

「そんな、嘘《うそ》ですよね？」

「はい。嘘です」

「嘘なの⁉」

「うちの純粋培養フェロモン王子をからかうのは、可哀想《かわいそう》だからやめてやってくれよ」

がくりと項垂《うなだ》れるミロクの頭をよしよしと撫《な》でながら苦笑して言うシジュに対し、美海は不思議そうに首を傾《かし》げる。

「ラノベごっことしては、定番だと思ったのですが……」

「どこで聞いたんだよ、それ」

「尾根江プロデューサーが言ってました、仲良くなる秘訣《ひけつ》とのことで」

「……あのオネエは、うちの事務所に盗聴器でも仕掛けているんじゃねぇだろうな」

「それは違うよ。良い出来のものを公式サイトで流しているだけだから」

「何やってんだよオッサン！」

「ええ⁉　叔父さんそんなことしてたの⁉」

「フミが出ているのは流してないから」

「ならいいです」

「ミロク君に流してるけど」

「良くないです‼」

叔父と姪《めい》のやり取りを横目に、シジュは美海と向かい合う。

「それで、嬢ちゃんは具体的に何がしたいんだ？」

「私はアイドルというよりも、女優になるのが夢です。このドラマの収録の間、できれば皆さんの観察をさせていただきたいのです。邪魔はしません」

「観察……ねぇ」

顎の無精髭《ぶしょうひげ》を触りつつ意味深な目で美海を見るシジュだが、彼女の表情に変化はない。整った容貌は無表情のまま。冷たい人形のような美少女だ。

尾根江の依頼であれば断れないだろう。自分の姪にポカポカ叩かれている社長と目が合うと、仕方なさそうに頷《うなず》かれる。

「やれやれだな。ま、よろしくな」

シジュの言葉に、無表情だった美海の顔が少しだけ綻んだ。

10★トレーニングしても鍛えられない部分。

傾斜のついた台の先にある棒に足をかけて、腹筋運動を繰り返す。起き上がった時に交互に左右の肘を膝に付ける、脇腹を意識してのトレーニングだ。

平日昼間のスポーツジムは人も少なく器具の使用を待つ必要もないため、ミロクはこの時間帯を好んで利用している。トレーナー達も慣れたもので、シジュがいなくても、どのような体作りをすべきかというミロクへのアドバイスは適切だ。

だがしかし、腹筋に力を入れ上半身を起こす際に出る吐息、汗ばんで火照《ほて》った肌はわずかにピンクに染まり、その整った顔にかかる黒髪を鬱陶《うっとう》しそうにかき上げる仕草でさえ周りの人間を魅了する。慣れているトレーナー達は直視しないように遠巻きに見ているが、今日は特に酷い。色気が酷すぎる。

そんな周りの人達の困惑に気づくことなく、ミロクは機嫌よく筋トレをこなす。

(フミちゃんあの時、俺を「渡さないです！」とか言ってくれちゃって……)

その発言に関して特にフミと話していないミロクだが、あの時彼女は確かに嫉妬してくれていたはずだ。美少女の奇行のせいで諸々流されてしまったが、彼の記憶にはフミの可愛らしい勇姿がしっかりと残っている。

気がつくと緩む顔を意識して引き締めつつ水を飲んでいると、綺麗《きれい》なアルトのトーンで声がかけられる。

「ミロク、お疲れ様」

「姉さん珍しいね。こんな早い時間に」

「土日出張だったから今日は代休を取ったのよ。お母さんからここにいるって聞いたから」

「そっか。まぁ運動は大事だよね」

「この前あなた達と踊って、体力不足を思い知ったからね」

ランニングマシーンに乗る姉ミハチの隣で、ミロクも緩やかなペースで付き合うことにする。

ガラス張りになって外が見えるようになっているこの場所は、室内とは思えない開放感を感じられる。

「それにしてもミロクは必ずジムでトレーニングしてるわね……外でランニングとか考えないの？」

「俺の本性引きこもりだからね。屋根のあるところでじゃないと運動したくない。それに外歩くだけで注目されることが多くなってきたんだ」

「ああ、そういえばそうだったわね。忘れてたわ」

楽しげに笑うミハチだが、彼女はミロクのことを笑えないだろう。ミハチもまた、外を歩けば異性に注目され、このスポーツジム内での人気も高い。言い寄る人間が少ないのは、ひとえにヨイチが裏で動いているおかげ（？）である。

サイバーチームの私的利用は社長だから許されるんだろうなと、内心思いながら走っていたミロクだが、マシーンを止めてミハチに「電話してくる」と声をかけてからトレーニングルームを出て行く。

そのまま靴を履き替えジャージのまま外に出ると、刺すような冷たい空気に汗が冷えるのも構わずに走り出す。

「ヨイチさん！」

「ああ、ミロク君か」

「何やってるんですか！」

「いや、また僕の上腕二頭筋にね……」

スーツ姿のヨイチの腕にしがみつく季節外れの蟬《せみ》……ではなく、美少女の須藤美海。ミロクは珍しくもヨイチを鋭い目で睨《にら》みつける。そんな彼の様子に驚くヨイチは、次の言葉に顔を青ざめさせる。

「今トレーニングルームに姉さんがいるんですよ！　窓から見えて慌てて走ってきました！」

「ミロク君、目がいいね」

「それよりも君は学校じゃないの？」

「今日は休みなのです。社会勉強のため如月社長についてきています」

「だからって、くっつく必要ないでしょ」

「すみません。つい」

そそそと離れる美海の姿に、ふとミロクは疑問を感じる。

「そう言えば昨日、スタジオで会った時に俺を避けるような感じだったけど、男性が苦手とかじゃないんだ？」

「あの時は、役に入っていたので……内気なメガネ女子高校生という役でしたから」

無表情のまま淡々と話す美海はミロクを真っ直《ます》ぐ見ている。そういえばそんなことを言ってたなと思い出したミロクは、ヨイチと美海の後ろの存在に気づいて体が固まる。

「仲、いいのね」

その心地よいアルトの声に顔を赤らめる周囲の男達に反し、ヨイチの顔面は蒼白《そうはく》と化す。

ギギギと油切れのロボットのような動きで振り返るヨイチの目に入るのは、愛《いと》しい恋人の姿だった。

「あ、あの、どこから」

「どこって、何かしら」

「こ、この子はプロデューサーから預かっているんだよ。色々あってね」

「そう。預かっている女の子って、腕にしがみつかせるものなのね。初めて知ったわ」

「姉さん、ヨイチさんは……」

「ミロクは黙ってなさい」

「……はい」

ごめんヨイチさんというミロクのアイコンタクトに、全てを諦めたような笑顔で返すヨイチ。

そんな美男二名と美女一名を、じっくり見ている女子高校生が一名。カオスである。

「まぁいいわ。私トレーニングに戻るから。じゃあね」

「ミハチさん！」

「お仕事中でしょ」

艶《あで》やかに微笑《ほほえ》むミハチの美しさに、息を飲むヨイチは足を止める。確かに彼は他社との打ち合わせで移動中だった。こういう些末《さまつ》な事で大事な仕事を投げ出すことを彼女はとても嫌っている。

そのまま歩き去っていくミハチを、引きとめようとした手を下ろし俯《うつむ》くヨイチ。そんな彼の

様子に非難がましい目を向けてから、ミロクは姉を追いかける。

「姉さん。わかっているわよ」

「わかっているんでしょ？」

「ヨイチさん気にしてたよ」

「そうでしょうね」

「姉さん！」

歩き続けるミハチの肩を摑み強引に振り返らせるミロクだったが、その瞬間激しく後悔した。笑顔の姉。その笑顔の奥にある感情を見てしまったことにミロクは後悔したのだ。

「……ごめん、姉さん」

「変なミロク。何もないのに謝るなんて」

「でも……」

「そりゃね、あんな可愛い子を腕にしがみつかせていたのは、良い気持ちじゃないわよ。でも、やっぱり若いっていうのは強いの。それだけで」

「あんな子、姉さんの足元にも及ばないよ」

「ふふ、ありがとうミロク」

ミロクにもわかる。フミに近づく同年代の異性に対し、自分に湧き上がる感情は嫉妬よりも強い『憧憬』だ。そして年齢的に釣り合っているはずのミハチだが、仕事以外で接する若い女性には一歩引くくせがついていた。

「面倒くさい女よね。私って」

「そこが可愛いところだけどね！」

不意にひょいと抱え上げられたミハチの口から「ぐえっ」という美人らしからぬ音が聞こえた気がするが、そんな彼女の姿でさえも愛おしそうに見て微笑むヨイチ。その後ろには申し訳なさそうな顔の美海がいる。

「さ、今日はもう仕事終了！　出かけるよミハチさん！」

「え、だって仕事って……うぎゅおっ」

ミハチを抱え直すヨイチは、反論しようとする彼女の鳩尾《みぞおち》に圧をかけてやる。問答無用というやつだろう。

「ミロク王子、これ」

去っていく二人を見送るミロクにおずおずと美海が差し出してきたメモには、予定を明日にしてもらった打ち合わせ相手の電話番号が書いてある。その会社名を見て「普段着で行っても平気かな」と呟《つぶや》く。

「あの、明日になったのですから、行かなくても……」

「だったらヨイチさんがメモを俺に渡さないと思うよ。とりあえず電話してみてからだけどね」

「なるほど……」

「君も、気をつけないと」

「反省しております……」

行動は迷惑だが、ＣＭ撮影で問題を起こした妹の由海ほど迷惑ではない思考を持つ美海だ。しょうがないなと苦笑しつつ電話をかけるミロクであった。

11★弥勒を過保護にする理由。

「あるよ。ジャケット。それ持っていけばいい？　了解」

ミロクの妹のニナは、外の寒さに震えながら再び店内に入る。戻ってきた彼女に気づいた店長は笑顔だ。

「大崎さんのお兄さんから？　予約するって？」

「いえ、うちに置いてある服を持ってきてほしいって。30分ほど抜けて大丈夫ですか？」

「予約のキャンセルあったし、しばらく大丈夫だから行っておいで。あとセットもするんじゃない？」

「あー、たぶん軽くしますね」

「なら尚更《なおさら》だね」

如月事務所からは何かとニナ達に頼み事が多いため、彼らのために動けば月末にその分のギャラはきっちりと支払われている。そのため、ミロクもニナに遠慮なく用事を頼むことができるようになった。芸能活動をするにあたり身内に美容師がいるのはとても心強い。

一応スーツ一式とヘアメイク道具を持って店を出るニナの耳に、女性達のはしゃいだ声が飛び込んでくる。

「今の人、超カッコよかった！　スタイルめっちゃ良くてエロス！」

「ダラッてしてたけど、ニカッて笑ってくれてー」

「え？　知らないの？　年末にさー」

「アイドル？　えーやだーオッサンなのにーなんか可愛《かわい》いー！」

女性達の黄色い声の内容に、自然と半眼になるニナだったが、今の話は聞かなかったことにして駅に向かう。

が。大方の予想通り、彼女は彼に会ってしまうのだった。

「何やってるんですか」

「トレーニング」

駅への近道になる公園の真ん中を突っ切って行くニナは、ベンチにダラリと座っているあまり会いたくないと思っている人物に声をかけられる。

上下ジャージを身につけているシジュは、暑いのか上着のチャックを全開にしていた。そこから覗《のぞ》くのは、スポーツ用の体にフィットするタイプのインナーである。体のラインがしっかり出ている部分から目を逸《そ》らしつつ、ニナは一礼するとそのまま先を急ぐ。

「ちょ、ちょっと妹ちゃん、待てって！」

「待つ理由がないので」

「せっかく会えたのに……ほら、荷物持ってやるって！」

「結構です」

スタスタ歩くニナに苦もなく追いつくシジュ。すでに息を切らせつつある彼女は舌打ちする。

「ほら、俺が持つって。それ、ウチ絡みの仕事だろ？」

「まぁ、そう、だけど」

いつになくしつこいシジュにニナは諦めて荷物を渡す。かさばる上に地味に重い衣装とメイク道具を軽々と持ち、駅に向かって歩く美中年をしみじみ眺め、「無駄に脚が長い」と眉間にシワを寄せてニナは唸《うな》る。

今やモデルだけではなく俳優業をもこなすオッサンアイドルの彼は、その長い脚を優雅に動かしながらニナに話しかける。

「んで、これはミロク用か？　どこまで行くんだ？」

「銀座」

「あいつ今日オフだろ？　急な仕事か？」

「社長さんの代わりに打ち合わせしてくるって。スポーツジムから直接行くから着替えが必要みたい」

「ヨイチのオッサンの代わりに、か？　そうか……」

しばらく黙って歩いていたシジュだが、駅のロータリーから脇道に入る。

「ちょっと！　どこに……」

「二、三分だけ待ってくれ」

そう言って古びたビルの地下にシジュは入って行き、またすぐに出てきた。

「よし、行くぞ」

「行くぞって……あれ、荷物増えた？」

「おう。俺もミロクに付き合うわ。スーツ借りてきた」

「え？　なんで……」

黒いジャージの上にロングコートを羽織り、一見キチンとした恰好に見えるシジュはニナと共に銀座方面の地下鉄へ続く階段を下りて行く。

地下鉄特有の生温かい空気に、寒さから解放されたニナは小さく息を吐き、隣に立つシジュに目を向ける。

そのまま、じっと見ていると「何だ？」と問われ、彼女は再び息を吐く。

「不思議だから。兄さんを甘やかすっていうか、守るっていうか……」

「そうか？　末っ子を甘やかすのは兄として当然だろ？」

「当然かどうかはわからないけど、兄さんを信用できないの？　一人でも大丈夫だって思うけど」

「それだよ。俺達が信用できないのはミロクの『大丈夫』なんだよな。アイツまだそこまで強くないと思うし」

「兄さんが弱い？」

そこに電車がホームに入ってくる大きな音に邪魔をされ、シジュは開きかけた口を閉じて電車に乗り込む。

平日の昼間というのもあり、空席に座ったシジュは「勘違いすんな」と続ける。

「弱いんじゃない。強くないだけだ」

「なんとなく違いはわかるような気がするけど、だから甘やかすの？」

「ま、そういうことだ」

「さっぱり理解できない。甘やかすと弱くなるんじゃない？」

「そこだよ。アイツ自分に対して異様に厳しいんだ。それで自分は強いから大丈夫って顔して、周りを安心させようとする癖がついてんだよ」

「周りを……私達家族も？」

「だな。だから甘やかしてミロク自身を安心させようと俺らは思ってる。俺らは裏切らない、甘やかす存在だって思わせる。ま、俺とオッサンがミロクを心底気に入ってる前提があってこそのやり方だけどな」

電車の振動に身を任せ揺られながら、ニナは思い返してみる。兄のミロクはいつも最後に何て言っていただろうと。

そう、彼は言葉の最後にいつも「大丈夫」とか「頑張るよ」などと言っていた気がする。

「ま、紙一重なんだけどな。ミロクの場合は引きこもりだったけど、心が病んだ時の症状は他にも色々あんだろ？　俺だって女関係のゴタゴタの時は、何かに引っ張られる感覚があったからなぁ」

「……」

「とにかく、アイツは引きこもりが一番安心できる状態だったんだろう。でも今は出ずっぱりだから外で甘やかす。他人で安心できる存在になりたかったんだ。俺らは、そんだけだ」

黙っているニナに、色々話しすぎたと反省しているシジュだったが、顔を上げたニナは目をキラキラさせて彼の手を掴《つか》む。思わず体を硬直させるオッサンは、次の瞬間さらに体が固まるのを感じた。

「兄を、ありがとう、ございます……」

少し頬を染め、花が綻ぶような彼女の微笑《ほほえ》みに鼓動が高鳴るのを感じたシジュは、内心舌打ちをする。ニナにここまで好印象を与えるつもりではなかったと後悔するも、その後も続くニナの唐突な笑顔にいちいち過剰反応する羽目になり、銀座でミロクと合流した頃にはすっかり疲れ果ててしまうシジュだった。

12★打ち合わせは出版社にて。

地下鉄から出ると、一月の冷たいビル風に対し、寒さに弱いのかニナは耳を押さえて動かずにいる。そんな彼女の様子を見てスマホを取り出したシジュは、周りの騒《ざわ》めきに気づいて辺りを見回す。

思った通りの人物を発見したシジュは思いきり舌打ちした。

「やっぱりシジュさんだ。どうしたんですか？」

「やっぱりじゃねぇよミロク、それはこっちのセリフだ。お前またそんな無防備に素顔晒《さら》しやがって……」

「ジャージなら平気かなーって」

「んな訳あるか」

シジュはスーツの入った袋を弟分の頭にポフンと当てる。大して痛くもないだろうに「痛っ」と言うミロクのやたら嬉《うれ》しそうなその笑顔を見ると、シジュもこれ以上強くは言えずに苦笑する。

「お兄ちゃん。これ？」

「ありがとうニナ！　仕事大丈夫？」

「事務所に後で請求することにして、ヘアセットまでするから平気」

「あそこの店長さんには頭が上がらないなー」

「んで、どこで着替えるんだ？　今から打ち合わせする出版社はここからすぐだろ？」

「サイバーチームに連絡したら、ここのビルの一室貸してくれるって言ってました」

「なぁ、サイバーチームって……や、何でもねぇ」

「はは、変なシジュさんですねぇ」

ミロクもニナも平然としているのを見て、シジュは自分だけ思考がおかしいのかと首を捻《ひね》る。

そもそも平日の真っ昼間に、レンタルルームである訳でもないオフィスビルの一室を、明らかにこのビルの会社と繋《つな》がりのない自分達にホイホイと貸してくれるものなのだろうか。

そして何よりも「こういうこと」を普通に捉えている大崎兄妹も謎だ。

（ヨイチのオッサンが色々コネ持ってるのはわかるが、ミロク達もよくわからんやつらだよな）

本来のシジュは人間不信、特に女性不信であるためミロク達も警戒対象に入るのだが、不思議と大崎家の人間には何も感じない。当たり前のように彼らを受け入れているシジュは、そんな自分の心境に驚いていた。

「シジュさん行きますよー」

ニコニコご機嫌なミロクの笑顔に、女性達が黄色い悲鳴をあげているのをニナは渋い顔で見ている。深くは考えまいと軽く頭を振って、シジュは止まっていた足を動かすことにした。

「急に打ち合わせをお願いしてしまって、如月社長に無理をさせてしまいました。ミロクさんとシジュさんに来ていただけて助かります」

どうやら約束したのは日にちだけで、時間の指定はなかったらしい。ペコペコ頭を下げているのは、以前『３４４《ミヨシ》』がアニメ雑誌のインタビューを受けた時の、担当編集者の男性だ。

「実は『344《ミヨシ》』のメンバーお一人でもと思ってお願いしたのですが、お休みのところ無理を言いまして申し訳ないです」

「ヨイチさんは俺らを休ませて一人で来るつもりだったんですね。水臭いなぁ」

「まぁ、あのオッサンらしいよな」

「お二人に来ていただけるなんて、本当に助かります！」

軽くヘアセットをしたニナはすぐに仕事場に戻ってしまった。なぜかシジュがニナを心配しているようだったので、ミロクは二人の間に何かあった気がしたが何も聞かなかった。何かあれば彼から言うだろうと知っているからだ。

そんな彼らが出版社に到着するやいなや、頭を下げる男性編集者に迎え入れられた。心なしか疲れているようにも見える男性……川口《カワグチ》は、かの有名なラノベ作家ヨネダヨネコの担当編集者でもある。

「いや、実はですね、うちの先生がスランプ……といいますか、筆が止まってらっしゃるようで」

「はぁ。ええと、ヨネダ先生ですよね？　今回のドラマの脚本も書かれているなんてすごいです」

「そう。その脚本なんですよ。今日ミロクさん達がお休みなのも、それが絡んでまして……このままだとミロクさん達はもちろん、最終的にドラマを制作される方々にデスマーチが流れます」

それはもう高らかにと言う川口の表情は暗い。映像と活字という違うように見えて、同じメディアという世界に携わる人間として何か感じるものがあるらしい。

大きくため息を吐《つ》いた川口は、メガネをクイッと指先で上げると再び口を開く。

「そこで、少しでも良いのでヨネダ先生にインスピレーションというか、何か与えていただければと……」

「インスピレーションって言われても……」

ミロクは困った顔をしてシジュを見る。こういう話なら一人じゃなくて良かったとミロクはホッとしているが、同行してきたシジュも困惑を隠せない。

「なぁ、脚本っつっても原作の小説があるんだろ。それじゃダメなのか？」

「そうですね。原作どおりにする必要はないんですよ。ですがそこにプロットという話の骨組みみたいなものがありましてね」

「はぁ」

「こう、起承転結みたいな、そういうのはドラマの制作側との話し合いで決まっているので、余程のことがない限りは変えられないのです」

「ほう」

「それで、私も担当として恥ずかしながら今回の一件で初めて知ったのですが、ヨネダ先生はそういう『骨組みに沿って書く』というのが苦手だったんですよ」

「そ、それは……」

「脚本を書く人間として、致命的じゃねぇか？」

「おっしゃるとおりです……」

漫画で表現するなら、体からはみ出るくらい額に縦線が入っているような川口は、メガネをとって手で顔全体を覆う。

「あんな涙目で『川口さんどおしましょう、私は作家として失格なのでしょうか』と言われ、担当編集である自分は無力で、もう先生が可哀想《かわいそう》で可愛くて萌《も》え萌えになってもうっ……!!」

「お、落ち着いてくださいい川口さん、出てはいけない部分がダダ漏れていますよ！」

「おい、本当にこいつが担当でいいのかよ……」

「先生とは家族ぐるみのお付き合いですが何か！」

慌てるミロクの横で呆《あき》れたように呟《つぶや》くシジュに向かって、川口はキリッとした顔で言い放つ。

いや、キリッとしている場合ではないだろう。ツッコミを入れる気力もないシジュはやれやれと肩をすくめた。

「俺らが先生にできることなんて少なくねぇか？」

「いや、先生は隠れ『344《ミヨシ》』ファンなんです！　きっと何か感じてくれる……少なくとも今より悪くなることはないと思います。先生は今日はここで執筆されているので、会ってあげてください。お願いします！」

「俺はいいですけど……ねぇシジュさんも」

「そうだな。ドラマは成功させてぇしな」

「ありがとうございます！」

ミロクはシジュの言葉に素直じゃないなぁと思うが何も言わない。素っ気ない態度をしていても、自分の兄貴分は優しい男なのだ。

そしてスーツだなんだと準備してきたことに意味がなかったことに気づく。一気に二人を襲いかかる脱力感に苦笑いするしかない。

ヨネコを呼びに行っている川口が戻るまで、さてどうしようかとミロクとシジュは話し合うことにした。

13★お悩み相談からの忍びよる者。

遠慮がちなノックの音に、ミロクは立ち上がりドアを開ける。

「いらっしゃいませ。ああ、先生じゃないですか。お久しぶりですね。どうぞいつもの席へ」

「え？　えええ？」

慌てる女子高生作家に構わず、ミロクは会議室の奥へとエスコートする。目を丸くしている川口に目配せすると、何かを感じ取ったらしく軽く会釈をしてドアを閉めてくれた。一応ドアの前で待機するらしい。

「マスターも寂しがってましたよ。若い女の子は貴重なのにーとか言って」

クスクス笑うミロクに「無駄口叩《たた》いてんじゃねぇよ」と言ったのはシジュで、会議室に置いてあるコーヒーメーカーから作ったカフェラテを彼女の前に置いた。

「久しぶりだな。ま、ゆっくりしていけ」

ニカッと笑うシジュに、釣られてニヘラと笑う若き女性作家は少し肩の力を抜いて、ドリップしたコーヒーを一口飲んだ。そんな彼女の様子にミロクもホッとする。

ここは非日常の世界。

普段やっている『ラノベごっこ』やコント、芝居のような設定で、シジュとミロクはヨネダヨネコと接することにした。

それは、彼女の日常である『執筆活動』から目を逸《そ》らさせると同時に、彼女の設定を作家にする事で悩みも聞ければ良いと思った一石二鳥作戦である。

最悪、彼女の気分転換だけでもできれば良いのだ。今回の小芝居には多くを望まないし、早々上手《うま》くはいかないだろう。

「オーナーは別件で不在ですけど、先生のこと心配してましたよ。あ、甘いもの食べます？」

「いえ、あの、大丈夫です。最近太ってきちゃって……」

「んな年でダイエットとかねぇだろ。飯はちゃんと食えよ」

喫茶店のマスターという設定の割には粗野な言葉遣いのシジュに、ミロクは「接客は丁寧に！」と注意する。

「それで、先生は大丈夫なんですか？」

「へ？　あ、はい？」

「顔にスランプですって書いてありますけど」

「ええ!?」

そんな顔をしていたのかと慌てて俯《うつむ》く彼女が、悪戯《いたずら》が成功したように笑うミロクの顔を直視しなかったことは、彼女にとって幸せだったと思われる。

「あはは、いや、川口さんに言われたんですよ。俺にそんな能力なんかないです」

「ミロクの能力はフェロモンだしな。フェロモン王子」

「うるさいですよ、野獣子どもタラシ」

「その二つ名はイヤだ！」

二人のオッサンのやり取りにクスクス笑う女子高生。そろそろかとミロクに目配せしてシジュは口を開く。

「悩んでるところ悪いけどよ、もし良かったらミロクに先生の仕事を教えてもらえないか？」

「仕事、ですか？」

「こいつ、こう見えてラノべっつーのが大好きで先生のファンだろ。先生みたいに文字書きやってみたいけど書き方がわからねぇって」

「先生、よろしくお願いします！」

にっこり微笑《ほほえ》むミロクのフェロモンに翻弄されつつ、将来有望な女子高生作家は急きょラノべ講習会を開くこととなった。


「いやぁ、何とかなりそうですねシジュさん！」

「おう、まさかこんなに上手くいくとはなぁ」

長丁場になると思われた『打ち合わせ』は、一時間弱で終わった。

ミロクに小説を書くこととは、という出だしの部分を語り出したところで、彼女の問題はほとんど解決していたと言える。ミロクに教えているうちに、書くという楽しさを思い出せたようだ。

良い方向に進んで何よりだと、まだ日の高い銀座を歩く美丈夫二人。

しかも二人とも完璧に着こなしたスーツ姿。

ミロクは足取りも軽く笑顔でフェロモンをばら撒《ま》き、シジュに至ってはネクタイが苦しいと解《ほど》く動作をしてすれ違ったマダムを一瞬で虜《とりこ》にする始末だ。

彼らが出歩いているのが、比較的人通りの少ない時間帯だったのは幸いである。

「そういえば、悩みっていうのは口に出した時点で半分は解決してるって誰かが言ってましたね」

「それな。俺もどっかで聞いたことあるな」

「自分の悩んでいる理由がわからないと、なかなか難しいですよね」

ミロクにも覚えがある。というよりも、彼の場合最近悩みがないのが悩みだったりする。

「俺の悩みは……強いていえば、フミちゃんとどうやって進展しようかってところですよね」

「おま、あれ以上やる気か？　普通は犯罪だぞ？」

「はは、何言ってるんですかシジュさん。フミちゃんが拒否するなら俺は諦め……あきらめ……ど、どうしましょうシジュさん！　俺、フミちゃんにフラれたら確実にストーカーになりそうですよ！」

「だーっ！　しがみつくな！　絶対フラれねぇよ！」

いい歳した男がみるみる目に涙をためて、それがハラハラ落ちる様が『美しい』としか表現できないミロクを、シジュは美人（男）に懐かれても嬉《うれ》しくないと冷たくあしらう。

どうせミロクも本当にフラれるなどと思っていないのだから爆《は》ぜろ、と心の中で呟《つぶや》くシジュに突然少女の声が聞こえてくる。

「そうですよ。爆ぜろですよ」

シジュは一瞬自分の心の声が漏れていたのかと固まり、そんなシジュの背中に乗っかっていたミロクは後ろから聞こえた声に振り返る。

「えーと、美海さん？」

「はい。美海です」

「いつからいたのかな？」

「ずっとですが」

「ずっと?」

「ヨイチさんが恋人の方を担《かつ》いで行かれてから、ずっとミロク王子の近くにいましたよ。ちなみに着替えは見ていないです」

「当たり前だよ！」

一体何なんだと混乱するシジュに、事のあらましを伝えるミロク。美海もうむうむと鷹揚《おうよう》に頷《うなず》いているのを見て、シジュはぴしりと少女の額にデコピンをする。

今の彼女の服装は、『344《ミヨシ》』のイベントで見た時と同じような、フリルやレースをふんだんに使った可愛《かわい》らしいワンピースを着ている。

こんなに目立つ服装でいる少女に気づかなかった自分達が怖い。

「役になりきるんですよ。今の私は会議室の椅子……とか」

「マジかよ！」

「嘘《うそ》です」

「嘘かよ!!」

「さっきまで近くの喫茶店で読書してました。もちろんヨネダヨネコ先生の本です」

電子書籍ですが……と、なぜか得意気な顔で言う美海に、ミロクは「そういえば」と思い出す。

「はい。ドラマでは私のメイン回もあるので」

美海は美少女らしからぬニタリとした笑みを浮かべ、その顔はやめろとシジュに再度デコピンをくらうのであった。

14★白と黒の弥勒。

今日のドラマ収録現場は、都心から外れた大学の付属高校だ。そして校門前に立つミロクは、ポニーテールに高校生の制服という36歳としてはツッコミどころ満載の姿。

「ミロクさんが髪を長めに整えられていたので、ウィッグが使えて良かったです」

「ちょっと頭が重いですね」

可愛《かわい》らしく首を左右交互に傾《かし》げて結わえた髪をユラユラさせているミロクは、とてもじゃないが三十代に見えない。ヨイチやシジュよりも細めの体格であるミロクだからこそ為《な》せる技？だろう。

「さすがに高校生はキツいと思うんだけどなぁ……」

ヘアメイクのスタッフがミロクから離れたため、一人残された彼は今更な言葉を呟《つぶや》く。周りから大丈夫だと言われてはいるが、実際に高校の制服を着てみると恥ずかしさがジワジワ湧き上がってくる。

以前お呼ばれされた高校の文化祭で着た制服は、あくまでも『コスプレ』だったため、どんな恰好でも気にすることはなかった。所詮お祭りであり賑《にぎ》やかしであったからだ。

その時も今回も、シジュは「似合いすぎる！」と大爆笑していたし、ヨイチは口に手を当てたまま肩を震わせていた。なんとも失礼なオッサン達である。

「はい！　では司の登校シーンいきます！」

脇役の生徒達も、それぞれに登校する配置でスタートを待つ。その中でミロクは先程までの柔らかな空気から、一気に引き締まったものへと変わっていく。

彼の武器の一つは想像力。原作を読み込んで『弥太郎』の人物像を自分に当てはめて消化させ、さらにそこからどのような『空気』をまとうのかを想像し、その『空気』を創り出すのだ。

自己紹介でも見せた、そして第一話の収録での鬼気迫る演技だったミロク……弥太郎は、今再び強い意志を宿し、己の主君とそっくりな司の元に馳《は》せ参じる。

ほのぼのとした登校シーンである場面だが、弥太郎はまるで戦に赴く兵士のように司の前に跪《ひざまず》いた。

「な、なんだよアンタ」

「殿……いや司様、どうかこの弥太郎めを側《そば》に置かせていただきたく！　何卒《なにとぞ》お願い申し上げます！」

「なんで俺、なんだよ」

「それは無論、我が主《あるじ》でありますれば！」

「だから違うって言ってんだろ！」


『カット！』

「え？　間違ってました？」

「おい、こんなところでNG出してんじゃねぇぞ」

その幼さが残る可愛らしい顔立ちとは裏腹に、ドスの効いた声でミロクに怒りをぶつけるKIRAは、監督から呼び出しを受ける。NGの原因がミロクではなく自分というところに驚きつつも、素直に応じると途端に監督からカミナリを落とされる。

「さっきのセリフ、ここで言ってみろ『だから？』だ」

「『だから違うって言ってんだろ！』」

「このセリフを言う司は、どういう感情なんだ？」

「弥太郎をしつこいやつだと思っている気持ちかと……」

「ならそうやって演技しろや」

そう言うと監督は再びメガホンを取り、モニター前に戻って行く。ミロクは悔しそうに俯《うつむ》く
ＫＩＲＡをしばらく見ていたが、クスッと笑って側に行く。

「ＫＩＲＡ君、ドンマイですよー」

「……」

「ＫＩＲＡ君、ファイトー」

「……」

「ＫＩＲＡ君……えーと」

「しつけーな、黙ってろオッサン!!　しかも励ましの種類少なすぎだろ!!」

「あはは、じゃあそんな感じでいきましょうね。センパイ」

ニコリと微笑《ほほえ》み、スタートの立ち位置に戻るミロクの背中を見送るＫＩＲＡは、先程よりも
悔しそうな顔をしていた。


「お疲れ様ですミロクさん、長髪も似合いますねっ」

「ありがとうフミちゃん」

控え室に戻るとフミがおしぼりを渡してくれる。その甲斐甲斐《かいがい》しさにミロクは嬉《うれ》しそうに笑うと、目の前の彼女はうっすら頬を染めて微笑む。ミロクの大量フェロモンを浴びてそれで済むのは、ただの慣れか、一種の才能だろうか。

「ヨイチさんとシジュさんはスタジオ？」

「はい。あの二人は室内の撮影が多いですから……あの、ミロクさん」

「なに？」

「大丈夫、ですか？　初めての演技で、初めてのドラマ撮影です」

茶色のポワポワな髪を揺らし、心配そうにミロクを見るフミの目は真剣だ。彼女の様子にミロクの心は嬉しさと愛《いと》おしさで溢《あふ》れていく。

「フミちゃん!!」

「うえぇぇ!?」

「ありがとうフミちゃん!!」

「そ、そそそそんなおきになさらずー!!」

ムギュッとミロクに抱きしめられたフミは、服の下の彼の筋肉と甘い香りに翻弄される。ある程度ミロクのフェロモンを受け流せるようになったフミでも、彼の直接攻撃には為す術《すべ》もない。

「いけ、王子そこだ、チューしろ」

「なかなか良いタイミングで出てくるね。君は」

「み、みみみ美海さん!?」

ピャーッと自分から離れるフミを残念そうに見てから、ミロクは視線を美海に戻す。その目は若干すわってはいるものの、フミの限界でもあったようだからそこまで邪魔されたとは思っていない。が、面白くはない。

「大人の時間に入ってくるなんて悪い子だね。悪い子には……お仕置きしなきゃ」

「む……」

ミロクの黒い笑みに腰が引けている美海。ちなみにフミは顔を真っ赤にして「お、お、大人の時間……」とブツブツ呟いていてミロクの黒い笑みを見ていない。惜しい。

「冗談はともかく、ノックもなく入って来たのは何かあったから？」

「はい。私はこれから撮影に入ります。そして母が妹を連れて見学に来るそうです」

「え？　そうなの？　あんなことがあったのに俺達がいる現場に来るなんてすごいね」

「はい。我が妹ながら、その不可思議な思考回路に呆《あき》れを通り越して感心するばかりです」

「それで、君はどうしたいの？」

「はい？」

てっきり母と妹を排除する方向にいくと思っていた美海は、呆《ほう》けた顔でミロクの整った顔を見た。

「美海さん、協力しますから何でも言ってくださいミロクさんはそう言いたいんですよね」

回復したフミが笑顔でミロクを見ると、彼は目尻を赤くしながら咳払《せきばら》いをしている。そんな二人の様子に美海は小さく息を吐《つ》き、いつもの美少女然とした顔ではない年相応の笑顔を見せる。

笑顔で向かい合う可愛い人と美少女に心癒やされつつ、さてどうしたものかと、ミロクはその形の良い顎に手を当て思案していた。

閑話1★エキストラな女子高生ファンBの場合。

通っている高校では演劇部に所属している女子高生……仮にBとしておこう。

そんな彼女はシャイニーズ事務所の大人気若手アイドルユニットである『TENKA《テンカ》』のKIRAが主演のドラマに、見事エキストラとして参加することができた。

応募者数が多く激戦だったため「さすがシャイニーズのアイドルのドラマだ」と驚くスタッフが多かったそうだが、実情は違う。女子高生Bとしても、そこだけは否定したいと思っている。

（これぞ、十代ファンだけの特権!!　そして演劇部に入ってて良かったー!!）

年齢層の高いオッサンアイドルユニットの『344《ミヨシ》』は、デビューして間もないが知る人ぞ知る、美形で色気満載な妙齢の男性ユニットなのだ。

Bは友人のAが見せてくれたファッション雑誌でストンと落ちた。彼女も自身で「チョロいな」と思ったようだが、これがきっかけだというファンも多かったと後で知る。

ちなみにBの母親は早々にハマっており、近所の商店街のヒーローだと言っていた。それからしばらくしてアニメの挿入歌を『344《ミヨシ》』が担当した時、多くの若者達が彼らにハマっていったらしい。その時に「今知ったの？」と友人と共にドヤ顔したのは良い思い出だ。

（ヨイチさんとシジュさんに会えないのは残念だけど、ミロクきゅんはバッチリ見られるチャンスがある！　お母さんには悪いけど、ミロクきゅんのフェロモンを存分に堪能させてもらおう！）

Bは三人三様の色香を発する彼らが大好きなのだが、中でも最年少（と言っても三十代半ばなオッサン）のミロクが特に好きなのだ。

その透き通るような白い肌に黒い髪が、いかにも「王子」であるミロク。母親は彼を可愛いと言うが、Bからしたら年上の超絶美形な男性である。しかも年齢をかさねていることが、最大限に熟成させた色香を放つ要因ともなっているからタチが悪い。

しかしそれでも、いや、それだからこそBは世界中の神々に等しく感謝の祈りを捧げた。

そう。彼らの色香は神々の奇跡に違いないのだ。

『はい、撮影入りますよー。校門の外のエキストラさんは指示通りに通学中という雰囲気で。グラウンドのエキストラさん達は朝練の部活してる生徒ね。声は出さないようにー』

主要の人達の声を綺麗《きれい》に拾えるよう、エキストラは基本声を出さない。

しかし、そのルールを破りたい訳ではないのに、今回のドラマでは勝手に声が出てしまう人々が多数出ている。かくいうBもその内の一人である。

その人が現場に立つと空気が変わる。

初めてKIRAを見た時に感じた『煌《きら》びやかなアイドル』オーラとはまた違う、独特な空気感。

まず彼が現場に来ると、周りの人間の肩から力が抜け、皆リラックスしたような顔になる。

しかし、彼が演技に入った瞬間、その甘やかな空気はガラリと変わる。その時の彼は、とにかく「すごい」の一言だ。

（ミロクきゅん、ラジオでつい最近まで素人だとか言ってたけど嘘でしょ）

ミロクの演じる役は、戦国時代らしきところから現代日本に転移してきた武士だ。ウィッグをつけて長髪を一つに結わえている彼の姿は、無駄に色っぽい。

少し大きめに仕立てられている制服を着ている彼は少し華奢《きゃしゃ》にも見えるが、それは大間違いだとB（と、他の『344《ミヨシ》』ファンなエキストラ達）は知っている。彼の服の下には、細マッチョよりも気持ち太めに鍛えてある筋肉があるということを。

「司様、どうか弥太郎をお側《そば》に……」

「しつこいな！　なんで俺なんだよ！」

死んだはずの主人そっくりな司（KIRA）に、家臣にしてくれと何度も頼む弥太郎（ミロク）。しつこいと嫌がる司に、弥太郎はまるで痛みを堪《こら》えるかのような笑顔を見せる。

「司様だからです。司様を、ずっと、お守りしたいのです」

そう言うとくしゃりと顔が歪《ゆが》み、長い睫毛《まつげ》に溜まった透明な雫《しずく》は、彼の頬をポロポロと転がり落ちていく。

『はい、カットです』

ミロクの元にマネージャーらしき女性が駆け寄り、おしぼりを渡されて笑顔になったと思うと、再びふにゃふにゃと泣き出してしまっている。

慌てるスタッフ。

慌てるKIRA。

マネージャーが何か言ったようで、ミロクは落ち着いたようだ。

ホッとするスタッフ。

ホッとするKIRA……と思ったが、急に大声で何かを言ってそっぽを向いている。

（KIRAってよく知らないけど、ツンデレ……だったら面白いかも）

どんなに演技が上手くてもミロクはやはり素人で、周りの助けが必要なようだった。

『344《ミヨシ》』古参のファンとしては彼らを助けるべく、しっかりとエキストラをこなさなければならない。

そう。しっかり最後まで、である。

ミロクの発するフェロモンに、ぼんやりとした脳を覚醒させるべく顔をパンパン叩《たた》く。

「あなた大丈夫？」

「あ、はい、ありがとうございます」

エキストラの一人がBに声をかけてきた。少し驚いて返すと、そんなBの様子に彼女は苦笑している。

「警戒しないで。私はシジュさん推しだけど、あなたは王子推しでしょ？　私でさえ王子のフェロモンに当てられてるくらいだから、大変だろうなと思って」

「ああ、ファン倶楽部の方でしたか。はい。ミロクきゅん推しで幸せなんですけど辛《つら》いですねー」

「頑張ってるね。一回でも意識なくしたら、次回から出られないから皆必死なんだよね。私童顔だから何とか潜り込めたの。実際は成人してるんだ」

「そうなんですか！　それはそれですごいですね！」

「そうそう、辛かったらあそこでエキストラ用に飲み物とかあるよ。『344《ミヨシ》』の事務所の人が用意してくれてるみたい」

「えっ、そんなことまで……至れり尽くせりですね」

早速その場所でお茶をもらいリフレッシュしたBは再びエキストラとして、そして『344《ミヨシ》』というユニットの一人のファンとして、気合を入れ直し現場に戻って行くのだった。

15★武士に必要なものを得る弥勒。

「ＫＩＲＡ先輩、ＫＩＲＡ先輩!!」

「んー？　って、オッサンかよ。邪魔だ。こっち来んな」

校内のシーン撮りの待ち時間、台本片手に座る仏頂面のＫＩＲＡに、構うことなく話しかける猛者《もさ》ミロク。

横にいたＫＩＲＡと同じユニットのＺＯＵとＲＯＵは面倒事の予感がしたのか、言い合う二人からそっと離れていく。薄情なメンバーの行動を気にすることなく、ＫＩＲＡが台本から目を離すことはない。

「うん。オッサンなミロクさんだよ。教えてほしいことがあるんだけど」

「忙しい。無理」

「そんなこと言わないでさ。俺とＫＩＲＡ先輩の仲じゃない」

「おいやめろ、こっち来んな」

嫌がるＫＩＲＡをモノともせず、彼の目の前でしゃがみこむミロクは自然の流れで上目遣いとなる。オッサンのくせになぜか可愛《かわい》いオーラを出してきたミロクに「うぎぐぅ」という謎の音を発した若者は、台本で顔を隠して震えている。

「ＫＩＲＡ君？」

「……早く言えよ」

「ありがとう！　助かるよ！」

「あと椅子に座れ。こっち向くな」

それだと話せないよ～と言いながらも、背中合わせになるように椅子に座るミロクに、ＫＩＲＡは小さく息を吐いた。

「あのさ、演技のことなんだけど。ＫＩＲＡ君って、殺気、出せる？」

「は？」

「殺気だよ、殺気。武士には必須じゃないかなーって」

「何言ってんだよアンタ。訳わかんねぇよ」

「えー、ＫＩＲＡ君は演技やってきたって言ってたのに」

「何で子役でやってきた俺が殺気出す演技すんだよ……」

「それもそうだね、あはは」

「笑ってんじゃねーよ。てゆか台本にそんなシーンねぇだろ」

「そうなんだけどねぇ」

肩ぐらいまでの髪を一つにまとめ、おくれ毛が頬に落ちるミロクの整った横顔を盗み見たＫＩＲＡは、手に持っていたペットボトルに入っている水をつい落としてしまう。

「うわっ、冷てっ」

「大丈夫ですか⁉」

二人の様子を心配そうに見ていたフミは、茶色のポワポワの髪を乱して駆け寄ると、ＫＩＲＡの濡《ぬ》れた服を持っていたタオルで拭きはじめた。

「や、別にいいって！」

「よくありません！　役者さんが風邪ひいたら大変です！」

「水かかったくらいだから、乾けば平気だっつの！」

「そんなわけにはいきません！」

甲斐甲斐《かいがい》しく世話するフミの姿にKIRAの体温はどんどん上昇し、それに反比例するように彼の後ろ側から冷気が流れ込んでくる。

ゾクッとした寒気を感じて振り向くと、そこには昏《くら》い光を目に宿した男が一人……。

「ひっ、マ、マジでやめてくれ！　アンタの担当がヤバい！　ヤバいから！」

「え？　ミロクさん？」

KIRAを拭く手を止めてミロクを見るフミの目に入ったのは、優しく微笑《ほほえ》む彼の姿だ。つられてフミもフニャリとした笑顔になる。

途端に桃色になる空気に、ウンザリした顔で場を離れようとするKIRA。そんな彼を引き止めるミロクの様子は穏やかで、先程の人外なオーラを出した人間と同一人物とは思えない。

「どこ行くのKIRA先輩」

「うるせぇよ。放っとけよ。殺されたくねぇよ」

「ええ？　そんなことしないよ……あ、もしかして今、殺気出てた？　出せてた？」

「知るかっ!!」

無邪気に喜ぶミロクとブチ切れたKIRAを、周りのスタッフは微笑ましげに見ている。フミはオロオロしていたが、とりあえずミロクが笑顔なので良しとすることにしたようだった。

「お姉ちゃん、王子様はどこにいるの？　私の王子様」

「……由海、まだそんなこと言っているのですか。あなたの王子はここにいません」

「お姉ちゃん、由海ちゃんに優しくしてあげて。どうして妹に辛《つら》く当たるの？」

「……お母さん」

妹を、妹だけをとにかく可愛がる母。そして自分が世界で一番可愛いと思っている妹。

確かに妹の由海は可愛いと、美海は客観的に見て思う。しかしそれは世間一般よりも少し可愛いという程度だ。

アイドルになると言い出した美海に、対抗するようについて来た由海。あのCM撮りの日、体調不良だった美海の仕事を奪った上に、王子とやらに言い寄り現場をメチャクチャにした挙句、プロデューサーから怒りを買って契約解除となった妹。

（この子は一体何がしたいのか……）

美海の唯一の救いは、母親と離婚して一緒には暮らしていないが、彼女を応援してくれる比較的常識人な父親の存在だ。

母親と妹は自分に甘く、自分以外を思いやる心がない。母親と妹の間にある絆《きずな》も、美海は危うく脆《もろ》いものに見えた。お互いがお互いを甘やかすだけの関係など崩壊する未来しか見えない。

（それでも止めたかったんだけど、所詮非力な少女には無理ということで）

ギャーギャーと喚《わめ》く妹の声に辟易《へきえき》しつつ、美海は未《いま》だ自分をアイドルだと思っている彼女になんともいえない気持ちになる。もう限界と声を荒らげようとした美海の横をふわりと甘い香りが掠《かす》める。

「もうすぐ出番だよ。美海さん」

その甘い香りと同じくらい甘い笑みを浮かべたミロクの姿に、日頃より冷静沈着を心がけている美海の心臓は跳ね上がる。もちろんそれは目の前にいる母親と妹も同じだろう。

「あ、は、はい。今、行きます」

「美海さんメインなんだから、遅れたらダメだよ」

ウィッグの髪を揺らして首を傾《かし》げる様は、さすが『王子』と言われるだけあって可愛い。そしてあざとい。

「すみません。今向かいます」

「王子様！　私の王子様！　私を迎えに来てくれたんでしょう！」

慌てて現場に向かおうとした美海の前に、飛び出して何事か叫び出す妹の由海。一体何を言い出すのかと制止しようとする美海の口にそっとミロクの指が触れる。

「!?」

「大丈夫」

ミロクが微笑んだ次の瞬間、体温が上がったはずの美海に悪寒が走る。それはあんなに好き勝手行動していた妹の由海も同じらしく、彼女の顔は真っ青になっていた。

「関係者ではないですね。撮影場所から離れてもらえませんか」

「あ、で、でも、わた、わたし」

「先程より騒いでいますね。たとえご家族でも撮影を邪魔する人間は……」

青白く冷えた月のような、酷く整った横顔に表情はない。言葉の最後美海は聞き取れなかったが、なぜか母親と妹には聞こえたらしく、二人の顔から一気に血の気が引いていく。へたり込む妹から視線を外し、何事もなかったかのようにミロクは歩き出す。

その後ろをついて行くか迷った美海だが、それは一瞬のこと。

何かから解き放たれたかのように彼女は足取り軽くミロクを追って行った。

16★先生な与一とオッサン二人の謎行動。

「先生！　先生！」

「先生はアイドルやってるって本当ですか！」

「元『アルファ』って、私知ってます！　めっちゃかっこいいやつ！」

「はいはい、撮影は終わったんだから僕はもう先生じゃないよ。ほら皆、次のシーンの邪魔になるからこっちで話そう」

授業のシーンを撮り終え、教師役のヨイチは女子生徒役のキャスト達に囲まれていた。四十代とはいえ絞られた筋肉質なスタイルに、その切れ長な目を細め優しく穏やかに微笑《ほほえ》む彼は、アイドルの名に相応《ふさわ》しい魅力で女性達を惹《ひ》きつけているのだ。

そこに美海を連れたミロクがやって来ると、現場はさらなる盛り上がりを見せた。和系と王子系の美形が並ぶその様子は、先程まで騒いでいた生徒役達を黙らせるほどの素晴らしい絵面だった。

「ミロク君。ああ、彼女を連れて来てくれたんだね。無事みたいで良かった」

「やっぱりヨイチさんは知ってたんですね」

「まぁ、一応ね。一回で引くとは思えないから、もうしばらくうちの事務所にいてもらうことになるかな」

「美海さんは今、如月事務所にいるんですか？」

「事務所内にある、狭かったサイバーチームのスペースの拡張したのと一緒に、上の階にあるマンションの一部を寮として借りているんだよ。うちの事務所の人間なら使えるようにしてあるんだ。サイバーチームのメンバーが、事務所内で床とか椅子を並べて寝てるのを見ちゃってね……」

「ああ、彼らはそれが普通なんですよね。如月事務所は基本フレックス制だから、彼らとしては好きな時間に働いているだけなんですけど……ヨイチさんは優しいですね」

「無理をさせないことが利益を最大限に上げる方法だと僕は思っているよ。でもうちのスタッフってびっくりするくらい優秀な子が多いから、何だか申し訳なくなる時があるよ。そんなに大きな事務所じゃないのにね」

当たり前のように語っているヨイチだが、これを実際やっている経営者はあまり存在しないだろう。そしてそんな彼だからこそ、下の人間は良い仕事をしようと思うのだ。

（俺は本当に幸運だなぁ）

ミロクは太っていた頃から、自分に目をかけていてくれたヨイチに心から感謝している。その感謝はヨイチもしていることだ。如月事務所はミロクが所属したのをきっかけに、飛躍的に大きくなったのだから。

「それにしても、ヨイチさんの先生役ハマってますね。すっかり人気者じゃないですか」

「はは、ミロク君に人気者って言われると変な感じがするよ。シジュも騒がれていたけど……」

「白衣はヨイチさんも似合いそうですね」

「ミロク君こそ」

そんなことを言い合うオッサン二人の横で、美海は台本も持たず静かに出番を待っていた。

今回は彼女がメインとなるシーンが多く、地味なメガネ女子の生徒が主人公とのやりとりで自分を変えるという流れとなっている。

ミロクがメイク直しをしてもらっている間、じっと出番を待つ美海にヨイチはヒソヒソと話しかける。

「美海さんは待ち時間に台本見ないの？」

「はい。頭に叩《たた》き込んでますから」

「へぇ、すごいね」

「待ち時間に台本を持っていても、それを開かないヨイチ社長に言われましても」

「僕はセリフが少ないからね」

「ミロクさんとシジュさんのために、毎回台本を全部暗記されてますよね」

「……一応『344《ミヨシ》』のまとめ役で上司だからね」

苦笑しているヨイチはふと真面目な顔になる。

「今回のドラマで君はある程度成果を残さなきゃいけない。そして君の所属する事務所内での地位を確立させるんだよ」

「はい。死力を尽くします」

「……程々にね」

「はい。身を捧《ささ》げます」

「……うん、まぁ、そんな感じで」

美海は軽口を叩きつつも、集中するべくまるで深い水の中に潜っていくように心を静めていく。尾根江のもとでアイドル候補生をしていた美海だが、自身の夢のために勝負に出る一歩を踏み出していた。

「シジュさん、お疲れ様です！」

「おお、俺らオッサン達の天使なマネージャー。そっちもお疲れさん」

「おしぼりです。お水いりますか？」

「ありがとな。頼むわ」

体にフィットした黒のＴシャツとジーパンで白衣を肩にかけ、火の点《つ》いていないタバコを咥《くわ》えているシジュは、フミの呼びかけにニヤリと笑みを浮かべて応えた。

撮影が一区切りつき、少し疲れた様子でモニター前まで戻ってくる様子は何とも中年の魅力全開で、フミは自重せず色香を振りまく彼に苦笑する。

「タバコを吸う保健医なんですね」

「ああ、これは撮影用の小道具だけど、こうやってっと本物吸いたくなるよなぁ」

「実際吸うシーンはどうするんですか？」

「ヨイチのオッサンが監督に言ってくれて、持ってるだけでいいことにしてくれたから平気。ニコチン入ってなくても体に煙入れるっつーのはまだキツくてな」

「良かったです」

ペットボトルの水を受け取り喉を鳴らして飲む様は、フミにとって見慣れた風景でも周りには目の毒だろう。さすがの敏腕マネージャーも、ここまで注目されると少し居心地悪く感じる。

そんなフミの様子を見て、シジュは苦笑した。

「悪いなマネージャー、ヨイチのオッサンと二人でミロクのフェロモンを誤魔化《ごまか》す、苦肉の策なんだ」

「フェロモン、ですか？」

「まぁ俺らがミロク並みにモテるわけじゃねぇけど、視線を分散させるってのは大事だろ？」

年若く美形であるＫＩＲＡは、シャイニーズ事務所所属であるにも拘《かか》わらず「色気」というものが少なく「アイドルらしさ」が勝っている。しかしミロクの場合「アイドルだから」という一言では済まない色気と魅力に溢《あふ》れた存在だ。

ちなみに自分は一般人枠だと思っているらしいシジュも結構なイケメンであり、彼はそれなりに自分の外見を自覚している、らしい。

「視線を分散……」

「おう。あのＫＩＲＡってガキには無理だろう。いっぱいいっぱいだろうし、なぜかミロクに噛《か》み付いてやがるからな。むしろこれはあのガキのためにもなるんだし」

「ＫＩＲＡさんのですか？」

「そもそもこのドラマの主役は、あのガキだろう？　ミロクも主演の一人だろうけど、主役食ったら元も子もないだろ」

「でも、ミロクさん達のいないところで視線を分散させても意味ないんじゃ……」

「それは俺もヨイチのオッサンに言った」

「社長は何て？」

「んー、『ドラマは現場にいる全員で制作するものだから』だと」

「全員……ですか」

シジュから返ってきた言葉に頷《うなず》いたものの、心の中でフミは叔父達の行動に首を傾げていた。

Radio 344! ミヨシ・クラウン!

～バレンタインなスペシャル～

〈オープニング『puzzle《パズル》』〉


「皆さんこんばんは！　バレンタインって何？　ミロクです！」

「お菓子の会社の戦略かな。ヨイチと……」

「毎年なんか貰うけど、菓子なら甘さ控えめなやつで頼む。シジュだ」

「三人合わせてー」

「「「『344《ミヨシ》』です！　よろしくお願いします！」」」

「シジュさん、毎年なんかもらってるんですか……」

「去年はホストやってたし、お得意さんがくれたんだよ。俺の仕事内容を知ってる子とかは万年筆とかポストカードとか」

「シジュって字を綺麗《きれい》に書くよね。この前の祝い事で熨斗《のし》書いてくれて助かったよ」

「ハイスペックシジュさん……」

「いや、別に普通だろ」

「あれってすごく緊張するんですよ？　俺は営業の時、総務の女性に頼んでました。会社絡むと失礼のないようにしないとだから、自分じゃ無理だって思ってました」

「そんなもんかー」

「そうそう、今日はスペシャルなんだって？　何をするのかな？」

「バレンタインにどんな言葉が欲しいかみたいなアンケートを、リスナーさんに募集したそうです。それを俺達が読み上げるというコーナーをやります！」

「へぇ……それって需要あるのかなぁ」

「オッサンに言われて嬉《うれ》しい言葉か？」

「例えばですね……『これ、俺に作ってくれたの？　嬉しいよ、ありがとう。……ん？　俺は甘いもの好きだよ。だから後でいただこうかな。チョコも君も、ね？』……うわぁ、すごいです。これすごいですよ恥ずかしさが!!」

「甘い。やめれ」

「無理だよシジュ。今日はこんなことばっかり言わされるデーだよ」

「俺は今日、甘い言葉絶対言わないマンになるんだ」

「何バカなこと言ってるんですか。はい、これを読む！」

「うわあああ、やめろおおお……なになに？　『バレンタインか、チョコありがとなー。ん？　俺が本命？　何言ってんだ、オッサンをからかうんじゃねーよ。本気だぁ？　……じゃあもらっとくから、こっち来い』……これいいのか？　本気でもらっていいのか？」

「シジュ落ち着いて。相手の親御さんに許してもらってからだよ」

「落ち着かなきゃいけねぇのはヨイチのオッサンだろが。何で冷静に混乱してるんだよ」

「いやぁ、あまりの演技の上手さに、つい」

「ドラマで培《つちか》った力が、演技に活《い》かされていますね！」

「唐突に番宣入れるのやめろよな」

「じゃあ、次は僕かな。『チョコをあげるからお返しよろしくって、お返し欲しさにチョコをくれるの？　悪い子だね。一ヶ月後じゃなくて今夜にでもお返しをあげるよ。……お仕置き、して欲しいんでしょ？』……ねぇ、何で僕のは黒い感じなのかな？」

「うーん、なんでですかね」

「俺からは何も言えねーな」

「シジュ、ボーナスをカット」

「何で俺だけ！」

「ミロク君は可愛《かわい》いから」

「可愛いは正義って本当だったんですね」

「なんか違う気がするぞ……」

「一旦ＣＭです！」


〈ＣＭ〉


「ラジオ、『ミヨシ・クラウン！』今日はバレンタインなスペシャルということでお送りしています！」

「ここからはアレだな。バレンタインに欲しいもの、だ」

「僕は何でもいいよ。甘いのは嫌いじゃないけど、自然な甘さの方が好きかな」

「ヨイチさんはコーヒーもブラック派ですよね」

「コーヒーそのものを楽しみたいんだよね。そういえばシジュは甘いもの苦手なんだよね？」

「甘過ぎなきゃいいぞ。ビターチョコとか酒と合うしな」

「そういえば、バーでワイン頼んだ時に、チョコが一緒に出てきたことがありますね」

「ああ、あそこのマスターな。必ず酒に合うアテを出してくれるから嬉しいよな」

「シジュ、お酒の話じゃなくてお菓子の話なんだけどね……ミロク君は？」

「俺、マカロン好きなんですよ。でも甘すぎないマカロンが食べたいんです。歯ざわりが好きなんですけど甘すぎるんで。まぁ俺にはバレンタインなんて縁のない話なんですけど……」

「な・に・を・言ってるんだ？」

「いひゃい、いひゃいれふよ、ひじゅひゃん！」

「こらこらシジュ、ミロク君のほっぺが餅のように伸びて、戻らなくなるかもだからやめときなさい。僕達の年齢は戻りづらいんだから」

「今年は違うだろ？　俺らのかわいこちゃん達がいるし、お前を好きだと言ってくれる子に悪いだろうが」

「そうでした。俺が間違ってました。今年も頑張ります。バレンタインのリア充撲滅運動を……」

「何でそうなるんだよ！」

「毎年ネットのイベントに参加してましたし、今年もちゃんと参加しないと」

「そこは律儀に参加しなくても良いと思うよミロク君。あと残念ながら今年から君は『狩られる側』だからね」

「狩られる側……ですと⁉」

「いい加減自覚しろミロク。参加すんなら体重増加は必至だぞ」

「それは困ります。体重増えると肩こりと腰痛が酷くなるんですよ」

「オッサンか」

「オッサンだね」

「ですね」

「さて、落ち込んだところでドラマの番宣しようか」

「そうだな！　ミロク頼むぞー」

「はい！　僕ら『344《ミヨシ》』が出演している新番組、ドラマ『戦国武将の家臣が出来ました！』は、ヤマトTVほかにて来週の土曜夜九時からの放送です！　原作・脚本は俺の大好きなライトノベル作家、ヨネダヨネコ先生ですよ！　原作の小説は『俺のクラスに戦国武将が転移してきた件』という題名です！」

「ミロクは高校生の役なんだよなー」

「僕とシジュは教師役なんだけどね。ふふ」

「絶対無理があると思うんですよ……皆さんノリノリでOK出してくるから不安だらけなんですけど」

「大丈夫だって。さっき伸びた餅みてぇなほっぺも元に戻ったぞ」

「若いねミロク君」

「なんか嬉しくないです……」

「んじゃ今日はこの辺で、か？」

「そうですね。せーの」

「「『344《ミヨシ》』でした！　また次回！　ハッピーバレンタイン！」」

〈エンディングテーマ『chain《チェーン》』〉

17★芙美の失敗とオッサンアイドルファンのパワー。

絶望。

彼女はこれまでの人生において、絶望というものを感じたことはなかった。

しかし今日、この日、彼女は膝から崩れ落ちるくらいの虚脱感と共に「絶望」という名の悪魔に心を乗っ取られてしまった。

テーブルに突っ伏した彼女は弱々しく呟《つぶや》く。

「マキ、ごめん、もう一度言ってもらっていいかな」

「え、うん、いいけど……。バレンタインの日、王子にチョコあげたのかって聞いたんだけど」

「ああああああ!!」


週半ばの穏やかな昼下がり、小洒落《こじゃれ》たカフェに繰り出したフミとマキは、お気に入りの窓際の席でまったりとティータイム中だった。

オッサンアイドル『344《ミヨシ》』の敏腕マネージャーであるフミは、ここ最近ドラマの撮影などで休みなく働いていた。さすがにそれはよろしくないと、社長であるヨイチの計らいでフミは丸一日休みをもらうこととなり、彼女の親友であるマキはそれに合わせて有給休暇を取った。久しぶりのデート?である。

「フミ、どうしたのよ……いや、何となくわかるんだけど、とりあえずテーブルにおでこ打ち付けるのやめようか。店員さんがびっくりしてるから。すごく引いているから。この店に来れなくなるのイヤだから」

「あーうー」

テーブルに突っ伏したまま額をゴッゴッ打ち付けていたフミだが、マキの言葉にとりあえず動きを止める。落ち込む親友に憐みの視線を送りつつ、ショートボブの黒髪をさらりと揺らした彼女は頬杖《ほおづえ》をついた。

「忙しかったんでしょう？　今からでも何かすればいいじゃない」

「事務所にダンボール箱がたくさん置いてあってね」

「え？　うん」

「それ、全部チョコレートだったのかなって」

「まぁ、全部ではないだろうけどね」

「女の子の好きがいっぱい詰まってたのかなって」

「フミはいつも好き好き光線送ってるじゃない。てゆかむしろ送られてるじゃない」

「私の女子力は、皆無なんだよ……」

「ねぇ、さっきから思ってたけど、私の話聞いてないでしょ」

マキは頬杖をついたまま、テーブルに突っ伏しているフミの茶色のポワポワ頭を見ると、えいやっと人差し指でつむじをグリグリ押してやる。

「やめてよーツボ押さないでよー」

「フミが話聞かないからでしょ！　ほら、今から行くよ！」

「どこに？」

「本当に話を聞いていないんだから。チョコ贈りたいんでしょ」

「んー」

「ほらほら、むーびーむーびー、行くよ！」

久々まったりティータイムだったが、急きょ乙女の戦闘準備の日となったフミの休日。それが勝敗の決まった出来レースではあるものの、フミ本人は真剣に悩んでいる。

きっと相手がアイドルだからとか、仕事だからとか考えているのだろう。フミは昔から真面目な子だったから。

（まったく、あのオッサン王子は……いい加減にしてほしいんですけど）

ちゃんと面倒を見て欲しいと、親友のためにも一言物申す必要があると思うマキだった。


ファッション雑誌の撮影を終えたミロクは、のんびり電車に揺られていた。

都心から離れた広い公園のある現場では、自分より若いであろう親と小さな子供達が遊んでいる姿がちらほら見えた。

何事もなく女性と付き合い結婚すれば、自分もあの中にいたのだろうかと考えるが、今の自分のやっていることに後悔はない。むしろ幸運だと思っている。

それでも憧れのようなものはあった。

（こんな気持ちになるようになったのも、すごいことだよな）

引きこもっていた頃は、誰かと比べるとか何かがしたいとか、そういう気持ちは一切なかった。ただ生きているだけ。家族と少し接するだけの生活。

ネットがリアルであり、そのリアルの中で生きていた。

(やろうと思えば何でもできるって、この年齢になって知るっていうのもね……)

つらつら考えながら電車に揺られるミロクは、メガネと帽子を装着していても乗客からの視線を集めていた。前に座る女性客が顔を赤らめてミロクをチラチラ見る動作に気づいた彼が微笑《ほほえ》むと、素早く俯《うつむ》かれてしまう。

そういえば女性にこういう態度をとられたのは、太っている時でもあったなとミロクはほのぼのと思い出していると、事務所の最寄駅に着く。

ミロクが電車から降りた後、残った乗客達はドアが閉まるなり大興奮でSNSに入力していく。オッサンアイドルの認知度は少しずつ上がっており、彼は気づいていないが『344《ミヨシ》』だとわかる人間は増えてきていた。

「微笑まれた！　可愛《かわい》い！」

「シジュさんは今日一緒じゃないのね！」

「ヨイチ兄貴はレアだよな」

この路線でミロクに会えた幸運を、『344《ミヨシ》』を知る乗客達は喜んでいた。初めて彼らに会った乗客も、今日はミロクの甘いフェロモンを体感してしまったため、まんまとオッサンアイドルの虜《とりこ》になってしまうのだった。

「戻りました」

事務所の入り口に積まれたたくさんのダンボール箱に驚きつつ、ミロクは奥の社長席に向かう。パソコンの画面をジッと見ていたヨイチは帰ってきた彼に気づき顔を上げる。ブルーライトをカットするメガネを外して、ヨイチは笑顔でミロクを迎えた。

「おかえりミロク君。撮影ご苦労様」

「ヨイチさんただいまです。すごいダンボール箱ですけど、備品ですか？」

「何を言ってるのかなミロク君は。バレンタインのプレゼントに決まっているだろう」

「へ？」

キョトンとした顔のミロクは、改めて積み重なるダンボールを見る。その中から見慣れたクセのある黒髪が覗く。

「お、ミロク戻ったな。手伝えー」

「シジュさん？　一体何やってるんですか」

「何ってファンからのプレゼントの整理だろ。変なのは入っていないってサイバーチームが言ってたから、とりあえず手作り菓子と、既成品の菓子と、その他って分けてるぞ」

「これ全部ですか⁉」

「これでも少ない方だよ。うちはサイバーチームがいるからね。ネットでのバレンタインイベントでお願いして、プレゼントを控えてもらったんだよ」

「へぇ、そんなんやってたのか」

「一口千円でネット上でチョコが送れるようになっているんだ。集まったお金は一部慈善団体へ寄付するって形にして、残りはファンクラブの運営費と参加してくれたファンへお返しの品を送ることになっているよ」

「あ、コメントつけれるようになっているんですね。後で読めますか？」

「もらったコメントは添付して後でメールしておくよ」

「まぁ、ミロクは一番身近な子からチョコもらってるだろうし、本命が見ていないところで確認しておけよ」

シジュが「リア充めー」と冗談めかしてミロクを小突いていたが、当の本人は再びキョトンとした顔をしている。

「え？　俺、家族以外からもらってないですよ。バレンタインのプレゼント」

「はあ？」

「マジか」

平然とした顔のミロクから出た衝撃の告白。

オッサン二人は呆然《ぼうぜん》としたまま、しばらく固まっていた。

18★遅れたバレンタイン・チョコレートの名前。

「さて、作るものは決まっているよね」

「え、そうなの？」

「フミ……まさか王子が食べたいって言ってたお菓子を、知らないとか言わないよね」

「え、えっと、その、あの」

商店街の中ほどにある食料品専門店の前で、腕を組んだマキは真顔でフミに詰め寄る。茶色のポワポワ髪を震わせアワアワ慌てる彼女の様子に、マキは大きくため息を吐《つ》いてみせた。

「マカロンでしょ！　マカロン！　なんでラジオで王子が言ってたことを覚えてないのよ！」

「今日の夜に、公式サイトの動画で視《み》る予定だったの！　それよりもマキは『344《ミヨシ》』のラジオ聴いてくれてるんだね」

「当たり前でしょ。ナマモノの二次創作は鮮度が大事なの。こういうラジオとか出演しているテレビ番組とかで彼らの話す内容から、情報収集して創作に生かすんだから。あとリアルタイムにファン同士でやり取りしたりして妄想を滾《たぎ》らせるのよ！」

話しながら次第に熱が入るマキの様子に、フミは若干引きながらも笑顔を作る。これくらいの暴走は常であり、彼女の親友であるフミにとって深刻なことではない。

ただ、今までマキはどんな作品でもフミに見せてくれていたのに、『344《ミヨシ》』を題材にした作品だけは見せてくれなくなってしまった。少し寂しい気持ちにもなるが、本人が「そのうちね」と言っているので気長に待とうとフミは思っている。

「まだこの界隈《かいわい》ではマイナーとはいえ、一部熱狂的なファンがいるのよ。これからの需要に期待大ね！」

「そ、そうなんだ。すごいね」

「もう、フミはのんびりしてるんだから……とにかく材料を買いに行くよ」

「うん。あのさ、マキ」

「なに？」

「ありがとね」

「うむ。苦しゅうない」

凹凸の少ない胸を張るマキを微笑《ほほえ》ましげに見るフミは、「よしっ」と小さく気合を入れて店に入って行った。


いつもの会議室に集まる三人。フミは休暇中なので、今日は『344《ミヨシ》』のメンバーだけだ。

深刻な顔をしているのはヨイチとシジュだけで、ミロクはなぜ急に集まることになったのかわかっていない。

「ミロクは、マネージャーからバレンタインに何ももらっていないのか？」

「はい」

「お菓子じゃなくて、小物とかだった、とか？」

「いや、何ももらってないですよ」

「うん。ちょっと席を外すね」

ヨイチはいそいそと会議室から出て行く。残ったシジュは背筋を正し、ミロクを真剣な顔で見つめる。

「おい。本当に家族以外からもらっていないのか」

「はい。あ。アニメ番組のゲストの時に、弥生《ヤヨイ》さんからチョコもらいましたよね」

「そうじゃねぇだろ。それ俺もヨイチのオッサンももらったじゃねぇか。ミロクお前バレンタインを知らないとかねぇだろうな」

「知ってますよ！　女の子が好きな人にプレゼント渡して告白するイベントの日です！」

「じゃあ、何でマネージャーはお前に何もあげねぇんだよ」

「忙しかったんじゃないですか？」

ミロクはドリップで淹《い》れたコーヒーにミルクと砂糖を二つずつ入れて、スプーンで混ぜつつ唇を尖《とが》らせた。最初は気にしていなかったミロクだったが、もらってないと何度も言われると落ち込んでしまう。

「まぁな。俺も本命からはもらってないから一緒だな」

「シジュさんに本命いるんですか!?」

「いねぇけど」

「なら一緒じゃないですよ！　ヨイチさんは姉さんからもらったでしょうし……これだからリア充は……」

「俺から見ればどっちもどっちだけどな。あ、そういや男友達からもらったわ。チョコ」

「うわーい」

ミロクの態度にシジュは怒り（？）のヘッドロックをかけてやる。不毛な会話の末にふざけ合う彼らを、戻って来たヨイチが呆《あき》れるように見ていた。

「今からフミが来るって。ミロクくん、悪いけどシジュとプレゼントの整理をしてもらってもいいかい?」

「おういいぞ」

「了解です」

息がぴったり合っている弟達に苦笑しつつ、ヨイチは再びデスクワークに取りかかる。シジュとミロクが事務所のスタッフと共にプレゼントの仕訳をしていると、フミとマキが大荷物を持ってやって来た。

「フミちゃん⁉　どうしたのその荷物‼」

息を切らし頬を真っ赤にしてやって来た可愛《かわい》い人を見て、素早くミロクがフミから荷物を奪うと、その重さにびっくりする。もう一人の大荷物を持つマキが「ひいきが過ぎる!」と不機嫌になり、シジュが元ホストの力を存分に発揮し彼女の機嫌を回復させていた。さすがである。

「バレンタインをすっかり忘れていたフミと、初めはお菓子を作ろうとしてたんだけど……」

「あの、こうやってたくさんプレゼントとかお菓子があるので、私達まで甘いもの作るのもどうかなって思いまして……」

「で。これを持って来たわけ」

マキが取り出したのはホットプレート……ではなく、黒く丸い凹《へこ》みが均等についた鉄板だ。

「これ、たこ焼き?」

「そう。甘いのよりもしょっぱいの。それで事務所には人がたくさんいる。それならばーって、たこ焼きパーティーしちゃおうかって」

カットタコが安く売ってたのを見たフミが思い出したのは、マキの家でやったたこ焼きパーティーだった。これならばホットケーキミックスで甘いバージョンも作れる。フルーツも買って色々作ろうと、フミとマキは大量に食材を購入したのだった。

「せっかくだからみんなでやろうか」

それを聞いた事務所スタッフやサイバーチームのメンバーが、なぜか倉庫にたこ焼きプレートがあったと持ってきたり、追加の材料を買ってきたりと、何やらお祭り騒ぎの様相を呈してきた。

「そういえば、スタッフを含めたこういうイベントってやっていなかったね」

「そうだなーって、俺は新人みたいなもんだから知らねぇけど」

「俺、こういうの初めてです！」

目をキラキラさせて言うミロクに、ヨイチとシジュは思わず目を潤ませて末っ子に抱きつく。押し付けられる胸筋プレスから息も絶え絶えに抜け出すと、笑顔のフミがいた。そんな彼女につられてミロクも笑顔になる。

「ミロクさん、これ。少しならいいかなって思って」

周りが騒がしい中、フミからそっと差し出されたのは銀紙に包《くる》まれた涙形のチョコレートが一粒。受け取ったミロクは「これ懐かしいね」と早速口に放り込む。

「うん。美味《おい》しい。ありがとうねフミちゃん」

「結局甘いの渡しちゃって、すみません」

「いや、嬉《うれ》しいから。もらえると思ってなかったし……あ、フミちゃん。ちょっといい？」

「はい？」

内緒話なのか小さな声で囁《ささや》くミロクの顔に、フミはそっと耳を寄せる。

ふわっとした甘いチョコレートの香りと、額に感じる柔らかな感触……その答えがわかると同時に、顔がカッと熱くなる。

「一粒に一回、ごちそうさま！」

そう言って材料を用意しているマキ達の元に戻るミロクを、涙目のフミは呆然《ぼうぜん》とした状態で見送る。そんな彼女が沸騰したままの頭で考えていたことは……。

(あげたの一粒で良かった！　あげたの一粒で良かった!!　良かったー!!)

熱々たこ焼きは好評で、事務所スタッフ全員が楽しめた。

その間フミの顔はずっと赤いままで、原因であるミロクはヨイチとマキからしこたま怒られたのだった。

19★美少女と美少年の対決と、トラブル発生。

人間ウォッチングを趣味とする美海は、十代二十代の人間よりも三十代以降をメインとして観察をしている。

一見美少女である彼女が、喫茶店の窓際で物憂げに外を眺めている姿は、多くの人に注目されていた。その視線を利用して美海は自分に向けられる感情を分析し、その中で気になる男性の筋肉を服の上からイメージすることまでやってのけており、ある意味天性の才能に恵まれている。

ちなみに、彼女の「気になる」は、あくまでも観察対象としての「気になる」である。

そんなお楽しみの時間を邪魔する人間が一人。

撮影の間だけ染めた茶髪に顔を隠すように大きめのサングラスとマスク、細身の体にフィットするようなレザージャケットとジーンズ姿の十代の若者が、美海を見下ろすように立っていた。

「何やってんだ。アンタ」

「アンタではありません。共演者の名前くらい覚えてはいかがですか」

「脇役なんか、いちいち覚えてられるかよ」

「そうですか。それでは成長しないでしょうね」

「なんだっ……くそっ」

思わず彼女に怒鳴りつけようとしたＫＩＲＡは、周りを見回して黙り込む。人気ユニット『ＴＥＮＫＡ《テンカ》』のメインボーカルである彼が、か弱い美少女を恫喝《どうかつ》する行動は醜聞《しゅうぶん》にしかならない。

美海に言われイラついたものの、シャイニーズ事務所のアイドルとしての自覚が辛うじて彼の理性を繋《つな》ぎとめた。

彼に自覚はないが、ドラマの撮影でミロクや『３４４《ミヨシ》』のメンバーと関わることは、彼を精神的に大きく成長させていたようだ。少し前まで誰彼構わず噛みついていた子犬は成長し、我慢することを覚えたのだ。

ＫＩＲＡは仏頂面のまま、美海の座る二人席の空いてる椅子にどかりと座った。

「なぜそこに座るのですか」

「別にどこに座ろうといいだろうが。それよりもアンタ何やってんだよ」

「人間観察ですが、何か」

「なんでオッサンばっか見てんの」

「オッサン？　（観察対象として、主に筋肉が）好みだからですが」

「はぁ？」

先程まで我慢していた大声をあっさり出してしまうＫＩＲＡは、慌てて口を押さえる。

「お前、ああいうのが好みなのかよ」

「ええ、まぁそうですけど。特に『３４４《ミヨシ》』の三人は、それぞれ（の筋肉美が）良いですね」

「マジかよ……なぁ、アンタ」

ＫＩＲＡはサングラスとマスクを外し、その女性的な整った顔を美海に近づける。息のかかる距離まで顔を近づけると、彼は世の女性達が熱狂する笑顔を見せた。

「俺は？　見てくんないの？」

「……」

彼の笑顔に美海は瞠目《どうもく》し、そのまま動かなくなる。近づけた顔を離して元の位置に戻ると、KIRAはニヤニヤと動かない美少女を眺める。やり込められたお返しができたとほくそ笑んでいると、彼女はゆっくり息を吐いた。

「三十四点。これ以上は差し上げられませんね」

「何だよそれ!!」

「その出来上がっていない筋肉。成長期ですよね。しっかり食べていますか？　美少年のアイドルとして売り出されているのならば仕方がないのですが、私としては細マッチョと言うにも細すぎます。そんな状態では歌いながらダンスしても、どちらかが疎《おろそ》かになるでしょう。それに今のはもしかすると『シャイニーズ・スマイル』ですか？　某事務所の社長の笑顔を見て出直すべきですね。かの方は笑顔どころか目線一つで女性達が腰砕けとなっていますよ。……まだ聞きますか？　語ってほしいならまだいけますよ」

「……もういい」

「そうですか。残念です」

KIRAに向けてニッコリと微笑む美海。

しばらく呆然《ぼうぜん》としていたKIRAはよろりと立ちあがると、二人分の会計をして店を出て行った。その時、彼の顔が真っ赤だったことに美海が気づくことはなかった。

ドラマの撮影も中盤に入っていた。主人公の司の家臣となった弥太郎は、勘違いしながらも周囲の人々の悩みを解決していくというストーリーになっている。

さらにクラスの担任と保健医も転移してきた人間だという展開に、主人公は自分の家系と血について考え、何者なのかを探っていくのだ。

そして弥太郎達の話を聞き、この時代の歴史とは異なっていることが判明する。

彼らは本当に過去から来たのだろうか、それとも……。

「やべぇ、これ面白いな。途中から読まないで最初からちゃんと読んどけば良かった。くそっ」

「だから言ったじゃないですか。ちゃんと最初から読んでくださいねって」

「ライトノベルってよく設定が似てたりするだろ？　だから侮っていた」

「ヨネダ先生に限っては、良い意味であまりテンプレを期待しない方が良いですよ」

フミの運転で現場に向かうミロクとシジュは、車内でドラマの原作話について盛り上がっていた。話を聞いているフミも読んでみたくなったようだが、ドラマを観てからにすると言っている。

何も知らない視聴者の立場で『344《ミヨシ》』のメンバーがどう映っているのか、そっちが気になるようだ。マネージャーの鑑《かがみ》である。

「ヨネコちゃんの小説は、そのテンプレってやつじゃねぇのか？」

「本人曰《いわ》く、テンプレな話を書いているつもりが、あさっての方向に向かってしまうとあとがきにありました。そこが俺は面白いと思うんですけどね」

「まぁ、個性的っていうのは良いことだよな」

確かに、高校生作家で経験が不足しているとはいえ、彼女は個性的ではあるなとミロクが思っていると車が停《と》まった。フミが外を歩いているヨイチを見つけたのだ。

「叔父さん？」

フミが車を歩道に寄せて停め、車から出ると、珍しく慌てた様子のヨイチが駆け寄って来た。

「ああ、会えて良かった。今日は撮影が中止になるかもしれないって話になっていて……フミに連絡したんだけど、運転中だったよね」

「撮影中止？　何かあったんですか？」

「ＫＩＲＡ君が来ていないそうだよ」

「ええ⁉」

驚く少女の声に、大人四名は聞こえてきた方向を一斉に見る。

そこには少し青ざめた顔の美少女、美海が立っていた。震えている彼女にフミは慌てて車を降りて側《そば》に行き背中を撫《な》でてやっている。色々とあった美海に対して思うところがあるだろうに、こういう行動をサラリとできるのがフミの優しさだ。

「彼について何か知っているのかな？」

「あ、いいえ、私は……」

「大丈夫だ。俺達は味方になってやれる」

シジュの言葉に力づけられたのか、美海の顔色が少し良くなる。ミロクは心配そうなフミの様子に、少し眉をしかめてからヨイチを見る。

「事務所にも連絡はないんですか？」

「今マネージャーとメンバーが連絡をつけようとしているみたいだけど、返事がこないみたいだよ」

ヨイチはそこまで言うと、美海に笑顔を向けた。

「大丈夫だよ。君のせいじゃない」

「いえ、昨日私は彼に会ったのです。その時に色々言ってしまったので……」

「色々？」

首を傾《かし》げるミロクに、美海は涙目で訴える。

「私、彼に三十四点とか、まだまだだとか言ってしまいまして……!!」

「三十四点!?」

思わず声をあげたミロクだったが、そんな彼とフミは目が合い、ヨイチとシジュが顔を見合わせる。

そして美海を除く全員が一斉に噴き出し、この場は爆笑に包まれたのだった。

20★主役不在と、『344《ミヨシ》』の筋肉点数。

現場は混乱していると思われていたが、慌てているのは『TENKA《テンカ》』の関係者であり、撮影スタッフは静かに待っている状態だった。

その中でも監督は一人離れた場所で台本を見直し、KIRA抜きで撮れる部分を探しているようだが、どうやらそれも進んでいないらしい。

「いやぁ、これはなかなか酷い状態だね」

「どういうことですか？」

「現場の雰囲気か」

「そうだね。これは良くないよ」

真剣な顔のヨイチをミロクは不安げに見る。それに気づいて安心させるように彼の頭にポンと手を置くと、ヨイチは離れた場所で唸《うな》っている監督の元へ向かう。

ヒヨコのようについて行くミロクとシジュ。フミは状況を把握すべく『TENKA《テンカ》』関係者の元に行った。

「ああ、ヨイチ君。とりあえず君達の撮影だけでもと思ったんだけどね」

「僕らはKIRA君と絡みますし、弥太郎に限っては付きっきりですからね」

「今日は中止にするかー」

監督とヨイチが話す中で、シジュがふと気づく。

「あれ？　あの美少女どこ行ったんだ？」

「そういえば……」

周りを見回すミロクは、走ってくるフミに気づき相好を崩す。それどころじゃないだろうというシジュの視線もなんのそのだ。

「フミちゃん、何かわかった？」

「はい！　今マネージャーさんと連絡取れました。ＫＩＲＡさんは家にいたみたいで、インフルエンザにかかったと……」

「全員注目!!　今日は中止!!　スケジュールは追って連絡する!!」

フミの言葉に監督はすぐさま撤収を指示する。ヨイチはスマホを取り出しどこかに連絡をとろうとしており、シジュは天を仰ぐ。

息を切らすフミに、ミロクはよしよしと背中をさすりながら「じゃあ今日はオフかなー」などと能天気なことを言っている。

「何でインフルエンザなんだよ。予防接種してても……なる時もあるか」

「俺らも油断してたらダメですね。昨日会った美海さんは大丈夫ですかね」

「さすがに尾根江プロデューサーのことだから、受けさせているだろうよ」

「ですよね」

外せない仕事が多い彼らは、体調管理はもちろん、できる予防は全て行うようにしている。それは如月事務所だけではなく、多くの芸能事務所が行っていることだろう。

「予防接種していれば、かかっても軽いみたいですから……ただ完治するまで来させないようにしないと」

「だな。それはさすがにわかってるだろう」

言ってて不安になるミロクとヨイチだったが、そこに姿が見えなかった美海が戻ってきた。

「おう美少女。大丈夫か」

「はい。私に少しは原因があるかもしれませんが、インフルエンザならしょうがないですよね」

「そうだね。美海さんのせいではないと思うよ」

笑顔で話すミロクに、わずかに頬を赤らめる美海。それを複雑な表情で見るフミだったが、今はそれどころじゃないと頭をプルプルと振って気持ちを切り替えた。

「あの、それで今後の予定なのですが、とりあえず待機とのことです」

「事務所で待機かな」

「ケータイが繋がる場所なら大丈夫だろ。ミロクは家に帰ってもいいぞ」

「僕とシジュは事務所に泊まることにするよ」

「何で俺だけ仲間外れにするんですか！」

「フミは泊まらないよ？」

「えー……いやいや、そんなの当たり前じゃないですか！」

一瞬残念そうな顔をしたミロクは、フミの訝《いぶか》しげな視線を受けて慌てて背筋を伸ばす。それならば今日は台本と原作を読みあおうと決め、『３４４《ミヨシ》』の三人とフミは車に向かおうとして、はたと気づく。

「ええと、美海さんは……」

「私のことはお気になさらず。とりあえず一度実家に行って荷物整理を進めておきます」

基本的に如月事務所の寮にいる美海だが、父親と暮らすために引っ越しの準備を進めているらしい。手伝いは必要ないと言われてはいるものの、何か必要なものがあれば言うようにとヨイチは話をしていた。

生真面目な顔で「今日は失礼します」と頭を下げた美海に、ミロクはふと問いかける。

「そういえばさっきのＫＩＲＡ君のって、具体的に何の点数なの？」

「何がですか？」

「ほら、さっき自分のせいかもって言ってたでしょ？　三十四点って」

そういえばと大人達の好奇に満ちた視線に晒《さら》され、美海は思わず顔を赤くして俯《うつむ》く。そんな恥ずかしがることを言ったのだろうかと身構えていると、ミロクの耳に近づきか細い声で彼女は言った。

「三十四点……」

「え？」

「あの、だから、ＫＩＲＡという人の筋肉は、三十四点だと言ったのです」

一瞬ポカンとした表情でミロクは美海を見ると、さらに彼女は顔を真っ赤にして俯いてしまう。

それは一体どういう経緯で言うことになったのか小一時間ほど問い詰めたい気分になったミロクだが、とりあえずは「ちなみに『344《ミヨシ》』の三人は90点台なので」という言葉に免じて、そっとしておくことにした。

その間、苦笑しているヨイチの隣でフミはふくれっ面をしており、シジュはニヤニヤとその様子を見ている。

去って行った美海を見送ったミロクは、そんなフミの様子に気づく。

「どうしたの？　フミちゃん」

「何でもないで、す!!」

ぷいっと顔を背けるフミの可愛《かわい》い仕草に内心悶絶《もんぜつ》しながらも、ミロクは穏やかな笑みで彼女のポワポワ猫っ毛の頭を撫《な》でてやる。

あっという間に真っ赤に茹《ゆ》だったフミを見てヨイチとシジュは「チョロい」と思うも、大人として黙っていてあげることにした。

「ということは、今日は事務所でお泊まり会ですね！　いつ撮影に呼ばれてもいいように！」

「ミロク君は相変わらず、そういうのにテンション上げるよね」

「事務所の寮で寝泊まりするだけだぞ。そんな良いものかよ」

「最近、三人で行動って中々ないじゃないですか。こういうの貴重だし嬉《うれ》しいし、ワクワクしませんか？」

ミロクは白い肌をうっすら紅潮させ、目をキラキラさせて兄二人を見る。そんな真《ま》っ直《す》ぐに慕う気持ちを向けられて、落ちない人間はいるだろうか、いやいないだろう。

目尻を赤くして照れるヨイチとシジュを見てフミは「チョロい」と思うも、大人の女性の嗜《たしな》みとして黙ってやることにした。

「あ、事務所に原作本ってありましたっけ？」

「以前ヨネダさんが出版社からだって、全巻持ってきてくれてたよ」

「俺二巻から読んでねぇから、読ませてくれ」

「じゃあ、事務所に戻りましょうか。夕飯も買って帰りましょう」

「ありがとうフミ」

走り出す車の反対の道を、美海は歩いている。

その方向は彼女の自宅へ行く道ではなかった。そして彼女はいつの間に着替えたのか、美少女ではなく地味な三つ編み女学生の姿になっていた。

「まったく。世話が焼けますね」

彼女は小さくため息を吐《つ》きスマホの地図アプリを見て確認すると、運良くすぐにつかまったタクシーに乗り込むのだった。

21★お泊まり会と煮込みハンバーグ。

　事務所に戻ったミロク達は、早速寮の空いている部屋の確認をする。風呂トイレは完備されており布団などは備え付けがあるため、雑魚寝などもできるようになっている。しかしそこで着替えのことをすっかり忘れていたことに気づく。

「アメニティは置いてあるし大丈夫ですね。明日着る服はモデルの仕事でもらった衣装が置いてあります。あと、パジャマにはこれ使ってください」

　テキパキとフミが指示する中で渡されたのは、以前撮影で使った『モフモフわんころ餅』着ぐるみパジャマだった。

「こ、これは……」

「俺ジャージで良いんだけど」

「モフ餅だー！」

「着てください」

　渋るオッサン達（内一名は笑顔）に向かって、真顔でパジャマを押し付けるフミ。その有無を言わさぬ様子に、若干引きつつ受け取るヨイチ。

　そんな心温まる叔父と姪《めい》のやりとりの隣で、自分のスマホを見たミロクが珍しく喜びの声を出す。

「ラッキーです！　母が夕飯を多く作ってくれたみたいで、ニナが持ってきてくれるとメールがきました！」

「おいミロク、この歳になってあまり母親に頼るっつーのも……」

「今日は母の必殺『牛タンシチューの煮込みチーズ入りハンバーグ』ですよ！」

「好意は受け取ってこその親孝行だな！　よくやったミロク！」

「シジュ、手の平が見えない内に返すのやめようか」

「だってよぅ、ミロク母の、あの煮込みハンバーグは絶品だっただろ？」

「確かにそうだけれども」

すっかりミロクの母親が作る料理の虜《とりこ》になっているシジュは、さらに彼女が勉強してきた『筋肉を作るための料理』の研究仲間でもある。

ハンバーグもチーズも高カロリーだが、今日は特別に許そうとシジュは早くもハンバーグに合う酒を考え始めている。いつ呼び出されるかわからないため、厳選したグラス一杯のみとなるのが悲しい。

「そういえばフミ、いつも寮にいるサイバーチームは？」

「確認しましたが、今日は事務所で夜間の仕事をするか、他で泊まるそうですよ」

「なんだ。参加してもらおうと思ったのに」

「それを避けるためみたいです。彼らの意見をまとめますと、『色気ダダ漏れなオッサン三人と一緒に密室とか俺達を殺す気か。そもそもシャツのボタンを一個だけじゃなく二個も外されてみろ、フェロモン過多で意識なくすっつーの。だからといって一番上までボタンを留められてみろ、布の下にある鍛え抜かれた筋肉が盛り上がって主張を始めやがる。何かに目覚めそうだから後は勝手にやってくれ』とのことです」

「一言一句覚えているフミもどうかと思うよ」

「同感でしたから」

「ははは……」

一体どうしてこうなったのかは不明だが、『344《ミヨシ》』というユニットは男性に対しても魅力的な存在になれたと、ここは喜ぶべきなのだろう。たぶん。

事務所近くに住んでいるため帰るフミを寂しげに見送るミロクを宥《なだ》めつつ、寮の一室に入る。数人が泊まれるようになっているその部屋は、2LDKのファミリータイプの造りとなっており、もちろんキッチンも広い。サイバーチームの面々はあまり使っていないようだが。

シジュをはじめ酒好きのスタッフが集めたため、ワインセラーや冷蔵庫に置いてある酒の種類は多い。ミロクは弱くはないが飲む酒は選ぶ。シジュは料理に合う酒を飲み、ヨイチは何でも飲むしやたらと強い。

「ミロク君、ニナちゃんに部屋の場所メールしておいてね。今事務所に行くと女に飢えたサイバーチームがいるから」

「まぁ、ミロク妹ならあっさり撃退しそうだけどな」

「ですね。ニナは家の近所にある道場で最強でしたから。古武術とか色々やってるんですよ」

「あそこ、有名なところじゃねーか。怖いな」

シャワーで汗を流し、三人とも例の着ぐるみパジャマを着ている。

前に着た色とは違って限定色と書いてあり、ミロクはうぐいす餅、ヨイチはみたらし団子、シジュは桜餅だ。

ミロクの薄緑色とヨイチの薄茶色はともかく、シジュのピンク色はどうなんだろうかと思うミロク。この配色は神聖なジャンケンでの決定のため、シジュは顔をひきつらせつつ可愛《かわい》らしいパステルピンクの着ぐるみパジャマ姿になっていた。

「ところでミロク君、もしかしてミハチさんも強いの？」

「いや、姉さんは強くないですよ」

「そうだよな。いくら何でもな」

「無手が苦手みたいで、得物《武器》があれば強いですよ」

「マジか。ヨイチのオッサン生き延びてくれよ」

「やめてよ。洒落《しゃれ》にならないよ」

ぶるっと身震いしたヨイチは、ワインセラーの中からミロク母の煮込みハンバーグに合うワインを選んでいる。モフモフな着ぐるみパジャマの長身男性が真剣な顔でワインを選ぶ様は、なかなかシュールな光景だと自分を差し置いて考えるミロクは、玄関のチャイムがなり「ニナだ！」とウキウキ出る。

ミロクを見た瞬間、背後を吹き荒れるブリザード。

「何やってるの、兄さん」

「お泊まり会だよ。フミちゃんがパジャマを出してくれたんだよ」

「フミさんか。まぁ、いいけど……って、なんで全員モフってんの！　特にそこの野獣！　ピンクに謝って！」

「ピンクに謝るってなんでだよ。ジャンケンで負けたんだっつの。俺だって無難にミロクに着せたかったたっつの」

「兄さんが着ても無難じゃないと思うけど……。あ、ヨイチさんは写メらせて。姉さんに送る

から」

「それだけはやめて」

　問答無用とばかりにスマホで写真を撮りまくった二ナは、置いてある牛タンシチューの煮込みハンバーグチーズ入りを鍋ごとミロクに押し付けると、「用は済んだ」とばかりにさっさと帰って行った。

「なぁ、俺も撮られていたよな」

「考えたらダメだよシジュ。悪用はされないだろうけど、それ以上の辱《はずかし》めを受けると思うから今から覚悟しておこう」

「良いじゃないですか。モフモフ着ぐるみパジャマ」

「ミロク君には聞いていないよ」

「そうだ。そもそもお前がこれ好きだからマネージャーが持ってきたんじゃねぇか。おい。どうしてくれるんだよ」

「えー、俺のせいですかー？」

　あざとく頬を膨らませて唇を尖《とが》らせるミロクにオッサン二人は思わず頬を染めるが、次の瞬間その可愛らしさを出す三十六歳にイラッとしたらしく、お互い目を合わせる二人。

「ミロク、覚悟はできてんだろうな」

「お仕置きだよ」

「え？　え？　ちょっと、やめ、うわっ……苦しい！　筋肉とモフモフで息が……ちょ、くすぐった……！」

　モフモフと楽しそうにじゃれ合うオッサン三人。

そこに母親から持たされた焼き菓子を置き忘れたニナが戻ったことにより、イチャつくオッサン達を目の当たりにしてしまう。

無表情のままスマホで撮影するニナに気づいたオッサン達は、動画を削除するよう小一時間ほど彼女を説得することとなった。

「せめて中身は年齢通りでいなさいよね」

一回りは離れている年下の女性に、ため息交じりに言われるミロク達だった。

そして動画はしっかりと保存されるのだった。

22★朝食はしっかりな三人と、思い出せない芙美。

（苦しい、苦しいよ……）

息苦しさに目が覚めたミロクは、そのまま起きようとするも手足が石になったように動かない。

自分の身に何があったのかを知るべく、眠気を振り払うように何度も瞬《まばた》きを繰り返す。

昨日はＫＩＲＡ抜きの撮影はしないと連絡があり、ならばと宴会モード突入となった。最初は三人で楽しく飲んでいたのだが途中シジュが秘蔵の酒とやらを取り出し、飲みやすくて普段よりも多く飲んでしまったところまでは記憶がある。

（その後は、どうしたんだっけ……）

とにかく今はこの息苦しい状態をなんとかせねばと、やっと目が開くようになって胸元を見ると、丸太のような腕が一本乗っかっている。

（シジュさんの腕、重い！）

よいしょと持ち上げ自分の右横に下ろすと、今度は腹に丸太のような腕が一本乗っかっている。

（ヨイチさんまで！）

こらしょと持ち上げ自分の左横に下ろすと、今度は自分の脚に二人の脚が絡んでいるのが見える。

「あー、もうっ、何なんですかっ、二人とも!!」

どっこいしょーとばかりに兄二人の脚を持ち上げたミロクは、息を切らしつつ文句を言う。

「んあ？　何だよミロク、朝から騒がしいなぁ……」

「うーん、昨日はちょっと飲みすぎたかもしれないね……」

「それにっ、なんでっ、俺ら三人とも下着一枚なんですか!!」


フミが昨日買って来てくれたパンやサラダを並べるミロク。ヨイチはミルに入れるコーヒー豆を選んでいて、カリカリにこだわりがあるらしいシジュはベーコンエッグを作っている。

もちろん今の三人は、フミが持ってきた服の中からカジュアルな服を選んで身につけている。残念ながらすでに下着一枚ではない。

「ミロク君は牛乳使うよね。レンジで温めればいい？」

「はい。ありがとうございます」

「ジャムとバターもあるぞー」

「僕はバターでいいかな。ミロク君はマーマレード？」

「なんで俺の好みを知ってるんですか」

「ミハチさん情報だよ」

「何で恋人との会話で、頻繁に弟が出てくんだ？」

「家族愛がすごいよね。そもそもミハチさんとお近づきになれたのは、ミロク君のモデル活動について相談していたからだし」

「え、そうだったんですか！」

「ミロク君が筋トレして痩せてきた時、よく三人でご飯食べたりしてたでしょ？　それでミロク君が如月事務所に所属してくれるってなる前に、二人でよく会うようになって……ミロク君抜きで会う理由ができて、僕は嬉《うれ》しくてね」

「策士だな。オッサン」

「結果オーライだから良いじゃない」

自分の知らないところで姉やヨイチに気遣われていたと知り、ミロクは少し面映《おもは》ゆい気持ちになる。そんな彼をヨイチとシジュは微笑《ほほえ》ましげに見ていた。

「あ、卵は半熟でいいか？」

「半熟でお願いします。あ、マヨネーズありました？」

「フミが用意していたよ。ミロク君はマヨネーズ派なの？　……太るよ？」

「少しだけですから！　目玉焼きに塩胡椒《こしょう》とマヨネーズが好きなんです！」

やいやい言いながらオッサン三人が朝食をとっていると、ミロクは「あっ」と声をあげる。

「そういえば、なんで起きた時全員下着一枚だったんですか？」

「あれはミロク君が脱ぎ始めたんだよ。着ぐるみパジャマが暑いーとか言いながら」

「ええ⁉　そうなんですか⁉」

「しかも、俺らには全裸を強制しやがったぞ。下着一枚になったら収まって、その後二人掛かりでお前を寝かすのが大変だった。泣きながら添い寝しろとか言うし、寒いからあっためろとか……」

「うわあああああもういいです!!　ごめんなさい!!　俺が悪かったです!!」

「いや、ミロク君の酔っぱらい方が面白くて、動画も撮っといたよ」

「やめてくださいいいいい!!」

顔を真っ赤にして身悶《みもだ》えるミロク。

その数分後、早めに出勤してきたフミが涙目王子に気を失いそうになるのは、もはやお約束の流れである。

三人と一人が部屋の片付けをしていると、ハウスキーパーの女性が来たので後は任せる事にした。

ここでは掃除はもちろん、頼めば食事の用意をしてもらうこともできる。食材は自費だが冷蔵庫にあるもので作ってほしいと依頼することもできるので、この施設を多く利用しているサイバーチームの栄養状況は非常にいい。

ミロクはしみじみと呟《つぶや》く。

「そういえば、白井《シライ》さんも風邪ひかなくなったって言ってたような……」

「栄養はもちろん、睡眠もとってるからじゃねぇか?」

「そうだね。如月事務所でインフルエンザは今のところ出ていないよ。以前は所属モデルが倒れて大変だったから対策としてやってみたけど、目に見えて改善されたのは嬉しいね」

「さすがヨイチさんですね。あ、そうだフミちゃん、インフルエンザといえばKIRA君はどうなったか知ってる?」

事務所のある階に移動する面々は、ミロクの言葉に撮影中止になった原因を思い出す。

「今のところ、連絡はきていません。それでも彼抜きで撮影するよう調整しているそうなので、今日も事務所で待機してもらいます。大丈夫ですか?」

「大丈夫だよ。できればスポーツジムでトレーニングとかしたいけど……」

「それなら三人で行こうぜ。昨日ミロク母のハンバーグが美味《うま》すぎて食いすぎちまったから、体に肉がつく前にトレーニングしてぇし」

「フミ、僕の仕事は？」

「緊急の案件はありません。メールはなるべくチェックするようにしてください」

「じゃあ、フミに車を回してもらって筋トレ待機しようか」

「ヨイチのオッサンは、プロテイン禁止だからな！」

「そんな！」

「あはは、そもそもヨイチさん解禁されてないですよね」

「おい、まさか……」

「飲んでない！　飲んでないよ！　（プロテイン配合のお菓子くらいだよ）」

「今、小声で何か言ってなかったか？」

「言ってないよ！　フミ、車をお願い！」

珍しく慌てる叔父の様子に、苦笑しながらビルの駐車場へ向かうフミ。彼らのトレーニング中は何をしようかと考えながら歩いていると、ビルの出入り口で人にぶつかりそうになる。

「ごめんなさいっ！」

「わっ、すみませ……あれ？　あなた……」

その女の子はフミよりも少し低い身長で、同じような髪の色をしている。どこかで見たことがあるような子だとフミが思い出せずにいると、女の子はもう一度「ごめんなさい！」と言い、走り去ってしまった。

「誰だっけ。うーん」

芸能人のマネージャーとして、人の顔と名前を覚えていないというのはどうだろうと、フミはしばらく悩むが思い出せない。

人の顔を覚えるのが得意なミロクの営業マンとしてのスキルを、羨ましく思うフミだった。

23★家族の形と理想の大人とは。

土曜日のせいか、スポーツジムでは普段より多く会員がいるように見えるも、ほとんどが顔見知りであるためミロクは気軽に話しかけたり挨拶をしていく。

ヨイチは受付のインストラクターと話をしており、シジュは入り口に展示されている新しいアスリート用の健康補助食品に興味津々のため、ミロクは一人マシーンルームに向かう。

（フミちゃんも会員になればいいのに）

入り口で別行動になってしまったフミのことを思うミロクだが、彼女が会員にならないのはミロクのせいである。

自分の好きな人が恐ろしいことを考えているとはつゆ知らず、フミはスポーツジムから程近い喫茶店にいた。

ノートパソコンを持ち込み『344《ミヨシ》』メンバーのスケジュール、新規の仕事、CDの売れ行きなどを確認する。

ドラマの放送当日に、朝の情報番組で番組の宣伝をしてもらうべく、そのスケジューリングも必要だと思い当たる。

（ミロクさんは主人公のKIRAさんと一緒に行動することになるだろうな。ヨイチさんとシジュさんはベテラン俳優さんと一緒になるのかも）

眉間にシワを寄せてパソコン画面を睨《にら》むフミ。真剣な顔をしているが、その女性らしい柔らかな相貌では迫力は出ていない。せいぜい餌の隠し場所に悩む子リスといったところだろう。

そんな失礼な感想を抱かれているとは知らずに、フミはひたすらキーボードを叩《たた》くのだった。

（餌の隠し場所に悩む子リスですね……）

ノートパソコンと格闘するフミから離れた席にて先程の失礼な感想を抱いているのは、地味な服装で美少女オーラを完璧に隠している美海だった。

通常であればフミに話しかけるのだが、今日は別件でここに来ていた。

「お姉ちゃん」

薄茶色の髪を揺らし、おどおどと美海に話しかけていたのは、妹の由海だった。

自分の憧れの存在だった『王子様』のミロクから殺気らしきものを受けて以来、今まで誰に対しても尊大な態度をとっていた由海は、すっかり大人しくなってしまった。

ミロクの言葉や態度だけではない何かが動いたようだが、美海は気にしていない。これで母も妹も『相手の立場になって考える』ことができればいいと思っている。これがもっと早くできていれば、父も離婚という選択を取らなかっただろうと思うが、父の様子から後悔はないようなので美海はこれで良かったのかなとも思う。

とかく男女の関係とは複雑なものである。

そんな年寄りめいた考えをする美海は、立っている妹に座ることを促す。今まで立つも座るも勝手にやっていた彼女の行動からは考えられないことだ。

「それで、私に何の用？　私の荷物は少ないし、引っ越し業者の人に頼んでおいたから問題はなかったでしょう？」

美海が芸能界、女優を目指しているのは自分の夢でもあるのだが、直近の望みとして独り立ちをしたかったというのがあった。

それを決めてからの美海は、いつ家を出てもいいように極力自分のものを持たないようにしていた。

母親が姉よりも妹を優遇していたのも幸いだった。服やアクセサリーを買ってもらっている妹は美海を見て優越感を抱いていたようだったが、彼女としては家を出ることを決めていたため何も問題はなかった。

寂しくないといえば嘘になるが、代わりに父が色々やってくれていた。

おあいことということで、由海には許してもらおうと思っている。

「その、荷物、少なかったね」

「まぁね。由海と比べたら少ないね」

「うん。いや、そうじゃなくて、お姉ちゃんが来ると思ったのに、来なかったから……」

「急用があって」

由海の話す内容に驚く美海。話だけ聞くと、妹である彼女が姉の自分と会いたかったというように聞こえるではないか。

「会いたかったよ。これで終わりなのかと思ったから」

なんと本当に会いたかったのかと驚く美海だが、そこまで感情を露《あら》わにしている妹に対し心を動かさない自分に苦笑する。

「そうだったんだ。ゴメンね」

あっさり返すと、そんな姉に傷ついたような顔をする由海。相変わらずな妹の様子に、やはりダメかと美海はため息を吐《つ》く。

母と妹と自分がわかり合えるのは、ずっと先のことになるだろう。

自分勝手な人間に「勝手」をしている自覚はない。自分の行動は全て正しいと思っているし、自分の感じている気持ちは相手も同じように感じていると「勝手」に思っている。

相手がどう感じているのかなどと考えられるなら、そもそも自分勝手な人間にはならない。そしてそういう人間ほど、自分がやられたら嫌だと思うことを平気で他人に行うのだ。

「じゃあ、私忙しいから」

「お姉ちゃん、次はいつ会えるの？」

「時間ができたらメールするよ」

嘘である。

今まで散々な思いをさせられた母と妹に、何が楽しくて会いに行かねばならないのだろうか。そこまで大人にはなれないと、美海は自分の精神安定を優先させることにしたのだ。

それは現在、美海が世話になっている事務所の社長であるヨイチから受けた助言だった。

(君は急いで大人にならなくてもいいんだよ、ですか。子供の時間を大事にしないと自分の理想の大人になれないとも言っていましたね。ふふ)

オッサンのくせに妙に子供っぽい三人。もしかしたら彼らは理想の大人なのかもしれない。

妹と別れ、フミに声をかけようと美海は振り返る。そこではフェロモンダダ漏れな王子の笑顔で、無抵抗な状態で爆撃を受けている子リスという、見るも絶えない大惨事となっていた。

(これは、助ければミロクさんから恨まれ、助けなければフミさんから泣かれるという、究極の二択ですね⁉)

無表情で最大限の出力で思考を巡らせている美海は、究極の二択を迫られることとなる。

しばらく悩んだ挙句、スマホを取り出し助けを求めることを選んだ美海であった。

そう。

彼女は成長したのだ。

大人に頼るということを学んだのだ。

そして呼び出されたシジュが、二人っきりの時間を邪魔され怒るミロクを上手くいなすのを見る美海。自分の行動に対し、彼女は満足げに少しだけ頬を緩ませるのだった。

24★助言と謝罪と撮影と盛り上がり。

今や人気絶好調とうたわれる、シャイニーズ事務所の所属ユニット『TENKA《テンカ》』のメインボーカルであるKIRAは、マネージャーに付き添われながら撮影スタッフ一人一人に頭を下げていた。

笑顔の裏で、舌打ちをしているKIRA。それはスタッフに対してではなく、自分に対して生意気にも説教に来たあの少女に対してであった。

(あの女、顔に痕が残らないように計算した上で、思いっきり平手打ちしやがって……)

KIRAが頭を下げている行動。

迷惑をかけ反省していることを伝えるべく、誰よりも早く現場入りして来るスタッフに謝罪するこの行動こそ、あの少女の言いなりになっているようで気分が悪かった。

『とにかく頭を下げろ！　許されなくても頭を下げろ！　許してもらえるならそれくらい安いものだ！　お前のやったことは、現場の空気と撮影の流れをぶち壊したんだ！　お前がもう一度作り直せ！　この勘違いナルシスト野郎!!』

一見儚《はかな》げな雰囲気の美少女が、高熱で唸《うな》っている人間に対し言うことだろうか。

何とか起き上がり、やっとの思いでドアを開けるやいなや怒鳴りつけられるという、ある意味生まれて初めての経験をしたのだ。

KIRAは自分の住む場所を知っている彼女に疑問を持つも、その彼女の後ろで苦笑しているメンバーを見て「ふざけるな」と呟《つぶや》いた。

大方彼らは美少女を見て、KIRAの彼女とかそういう存在だと勘違いしたのだろう。それこそふざけるなとKIRAは言いたい。こんな女はゴメンだ。

「はぁ」

「疲れたのかいKIRA君」

「うるせー。そうじゃねー。これは俺が悪いから疲れるなんてねーよ。ちょっと思い出し怒りが」

「思い出し怒りって……」

「あの女、マジふざけんなっつの」

「女？　珍しいねKIRA君が女性の話題を出すの」

「そういうんじゃねぇよ。この前メインやってた女、共演した」

「えーと、ああ、あのアイドルっぽい美少女！　可愛《かわい》い子だよねぇ」

「どこがだよ」

「え？　そういうんじゃないの？」

一人盛り上がるマネージャーを放置し、現れた監督を見て気持ちを切り替えるKIRA。もう失敗は許されない。

「監督!!」

自分から発する声が少し硬いのを意識しつつ、KIRAは小走りに監督の元へ走って行った。

「おうおう。頑張ってるぞ若者」

「こっちにも彼は来るのかな？」

「まずはスタッフに挨拶してるところが、好感度上げてますね」

復帰したＫＩＲＡを遠巻きに見るオッサンアイドル三人は、簡易椅子が並べてあるゾーンに座って台本を読み合わせている。

思った以上に早く復帰したＫＩＲＡだったが、とりあえず主人公抜きで撮れるところを撮影する予定だったため、かの若者は一人一人に謝る時間は充分にあるようだ。

「それにしても、ヨネダ先生の台本が粗方《あらかた》仕上がっていたみたいで、良かったですね」

「一時はスランプとか言ってたしなぁ」

「僕が行けなかった打ち合わせの時の話かい？」

「急きょ喫茶店を開業した甲斐《かい》がありました」

「ヨイチのオッサンも登場してたぜ。名前だけな」

「うっ、疎外感……」

高校生ラノベ作家の、ドラマ脚本家デビューは成功したと言えるだろう。密《ひそ》かに彼女のファンであるミロクも嬉《うれ》しく思っている。

今回収録分の台本では学校の教員の二人、ヨイチとシジュも転移してきたということが判明したのを知る場面が書かれている。ミロク扮《ふん》する弥太郎が主君と崇《あが》める主人公にも、何か秘密があるのではと視聴者に思わせるセリフが多い。

撮影場所は、人通りの少ない大学の構内だった。

そこに立つ三人の美丈夫達を学生達は遠巻きに撮影を見学している。エキストラの中に『３４４《ミヨシ》』のファンがいたようで、女性の黄色い声が上がるのをスタッフが慌てて注意しているのが見える。

まだ昼間でも寒い中、ミロクは学生服、ヨイチは濃いグレーのスーツで、シジュは上着代わりに白衣を着ている感じだ。


「あの日、先生方と共に、あの合戦で戦った……?」

「そうだね。僕らはそこにいたんだと思うよ」

「気づいたらこの『日本』にいたからな。お互い同じ児童養護施設に入って、こうやって教員になった」

「ここは平和だよね。そして歴史として『戦国時代』と呼ばれる頃が僕達の生きていた世界に近いような気がする。でも、どの歴史書を探しても自分が住む地名、主君の名前、多くの有名な武将の名でさえも見つからなかった」

「それは……どういう……」

「少なくとも俺達が、今ここにいる日本の過去から来た訳じゃないってことだろうな」

「そんな……それでは司殿は、殿の生まれ変わりではない、と?」

「少なくとも、俺らの過去とは繋がっていないだろうな」

「弥太郎君、自害しようとした時に司……いや、君の主君の最期は看取ったのかい?」

「いや、もう事切れる寸前ではあったが、まだ生きておられたと思う」

「その人は本当に、君の主君だった?」


『カーット!!』

いつになく気合の入ったカット声に、三人のオッサンは軽く息を吐く。

ここでは「真相に近づく」という緊迫した雰囲気が必要であり、いつもファンにはサービスするミロクも集中しているのか手を振ることはない。

モニターの前で監督と一緒に、一つ一つの動きやセリフを確認する。何度か映像を繰り返してOKが出たところで、三人はやっと安心したように笑顔で椅子に座った。

「お疲れ様です」

少し緊張していたせいだろうか。フミから受け取った温かいコーヒーを持つことによって、ミロクは自分の指先がひどく冷たくなっていることに気づく。

「ありがとう。温かいよ」

「とても良かったです。放送が楽しみです」

「ありがとう」

ふわりと微笑《ほほえ》むミロクに、思わず見惚《みと》れるフミ。

いつものような王子然とした甘い微笑みではなく、何か少し違う雰囲気を感じた。そしてそれはフミだけではなく、ヨイチとシジュも感じたようだ。

「どうしたミロク。疲れたのか？」

「ミロク君、無理したらダメだよ。今日はこれで終わると思うけど、監督に言って早く帰るかい？」

「あ、いや、そうじゃないです。元気ですよ。ちょっと考え事してて……」

「考え事!?　大丈夫ですか!?　何か悩みですか!?」

「悩みじゃないよフミちゃん！　落ち着いて！」

なぜか急に過保護を発動するフミに、ミロクはそこまで変な態度をとっていたのかと少し反省する。

「マネージャーじゃねぇけど悩みとかなら早く言えよ。こういうのは早いうちに言った方が、軽く流して終われるんだからな」

「経験者は語るだね。シジュ」

「うっせ」

去年、元カノ問題で大騒ぎを起こしたシジュは、バツの悪そうな顔で唸っている。それを見てミロクは悪いと思いつつ笑ってしまった。

「はは、本当に大丈夫ですから。いや、なんか演技をすることって難しいけど楽しいなと思ったんです。今この歳で始めたことが、こんなすごいことになっているのは現実感がないというか……」

ミロクはそこまで言うと、少し恥ずかしそうに目を伏せたまま続ける。

「でも、本当に毎日楽しくて、嬉しくて、俺すごく生きてて良かったたって思うんです。こんなこと思うなんて変ですよね」

照れくさそうな笑顔で視線を戻したミロクは、うわっと声をあげて椅子ごと後ろに少し下がる。

フミだけではなく、ヨイチとシジュまでもが涙ぐみ、三人とも黙ったままミロクをじっと見ていたからだ。


その後。

ミロクが二人のオッサン筋肉サンドイッチの犠牲者になってしまったのは、言うまでもない。

閑話2★KIRAファンの女子と司樹の友人（再）の場合。

テレビ番組の情報誌を開くと、トレードマークの金髪から茶髪になった愛《いと》しのマイダーリン『KIRA君』が中心に写っているドラマの特集が組まれていた。

「ああん！　楽しみ！　楽しみすぎて鼻水出そう！」

「汚いなー。落ち着きなよ」

シャイニーズ事務所でも、期待の若手と言われている『TENKA《テンカ》』。私と同じくらいの年齢の彼らは、三人とも個性的で、何と言っても可愛《かわい》い。

その中でもメインボーカルのKIRA君は、歌もダンスも上手いし可愛いだけじゃなくかっこいい。そこに私はメロメロになってしまったのだ。

そんなKIRA君が主演の連続ドラマが、今日、今から放送するのだ。

「ああん！　もう！　待っていられない！」

「いや、待つしかないでしょうが。もう落ち着かなくていいから待て」

小学生の頃からの付き合いなのに、隣でポテチ食べながら冷静につっこんでくる親友。冷たいぞ親友。

そんな私の心の声が聞こえたのか、親友は続けて言った。

「そんなことないよ。私が冷静だと思ったら大間違いだ」

「え？　そうなの？　ドラマ楽しみにしてたの？」

「うん。もちろん『TENKA《テンカ》』なんて子供に興味はないけどね。私は『344《ミヨシ》』目当てだから」

「何それ」

「ここ注目」

親友が指差すのは、私が開いているテレビ情報誌の写真の一つ。そこにはやたら色気のある男の人が小さく写っている。

「小さめだね。でもこの三人の中の若い人、え？　マジで⁉　三十代⁉」

「ふふん。驚いたか」

「驚くよ！　KIRA君と共演で、まぁ少し大人っぽいとは思ったけど……」

「こんな写真よりも、実際見た方がもっとびっくりするんだから」

「え？　リアルで見たことあんの？　いつ？」

「最初はお母さんの付き添いだったんだけどさ、もうダメ。あの色気。推しは保健医のシジュさんだけど三人とも好き。マジヤバい」

あまり物事に熱くならない親友が、ここまで夢中になるのは珍しい。っていうか。

「私、知らなかったんですけど。なんでそんなどっぷりハマってるのに教えてくれなかったの」

「キラ〜キラ〜って、アンタうるさかったし。それにこれを機会に見るだろうから百聞は一見にしかずじゃよ」

「何で急に老《お》いるの」

「心穏やかにしておかないと、後が危険だから」

何を言ってるんだと私は親友を笑い飛ばしたけど、私は数十分後に後悔することになる。

なぜか友人が用意していた箱ティッシュ、アイス枕、そして飲むタイプのプルーンドリンク……その全てを私は必要としてしまったのだ。

「うん。私はなんとか画面越しならいけた。アンタは大丈夫？」

「……だいじょばない」

今回の敗因は、がぶり寄りでテレビ画面を見てしまったこと。そして我が家のテレビが最新型だったこと。そして事前情報をＫＩＲＡ君以外集めていなかったことだ。

なんだアレは。

圧倒的な視覚への暴力。

美と色という言葉は、彼らのためにあるのではないか。

主君のために着た真っ白な着物の下にある引き締まった素晴らしい体。透きとおるような白い肌は滑らかに見えた。一瞬だけ映る割れた腹筋に、食い込む刃の銀色に思わず目を背けそうになる。でも頭とは別に目は画面に釘付《くぎづ》けで動けなかった。

まだ一話だから出番があまりないだろうＫＩＲＡ君の担任の先生が出てくるだけで、興味のなかった「男性のスーツ姿」に萌《も》え上がり、保健医の男性が血まみれの彼を腕に抱いている姿に、自分でも自覚なく熱いものを流していた。鼻から。

「親友殿」

「なにかね」

「今の拙者に必要な物を、明日までに大至急」

「愚かな」

「無理は承知の上」

「明日などとは水臭い。それくらい今、この場で渡してくれるわ」

「し、親友殿おぉぉぉ!!」

親友が用意していたのは救護グッズ?だけではなかった。私がどっぷりハマることを予想していたかのように(実際予想していたんだろうけど)彼らの載っているファッション雑誌や、アニメと声優番組のDVDまであった。

そして、何と彼らはアイドルだった!

マジか! マジなのか! 結構オッサンだろうに!

そのまま流れるように友人はミュージックDVDをデッキに入れる。ここで私達は痛恨のミスをしてしまう。

我が家のテレビは、最新型で50インチ以上の大きさなのだ。

私達は二人仲良く鼻血を流し、帰ってきた弟に「スプラッタだ!!」と叫ばれ、慌てて覗《のぞ》きにきた両親も驚いて救急車を呼ぼうとしたりと、大騒ぎになってしまった。

でも、KIRA君は別のところで好きなんだよね。

乙女という生き物は皆、欲張りなのさ。

◇◇◇

「んー。そろそろかー」

夜勤明けの気怠《けだる》い体を、無理のない程度にゆっくり起こしていく。

若い時とは違って、二日くらい寝なくても大丈夫などとは言えなくなった。

録画予約はしているが、彼の友人でもあり一ファンでもある自分として、リアルタイムでの視聴を逃すことはできない。

「俺の推しメンとしてはシジュなんだけど、最近ヨイチさんも捨てがたいんだよな。あの切れ長の目で見られた日には、落ちる自信がある」

男でありいい歳したオッサンが何を言っているのかと思われるだろうが、良いものは良い。

ここ最近、密《ひそ》かに話題となっているオッサンアイドル『344《ミヨシ》』は、一番若いミロクが三十六歳という、新人アイドルにしては高年齢の三人組だ。若いアイドルには出せない大人の色気と魅力がすごすぎると評判で、一度でも彼らのイベントに行けばファンになること間違いない……らしい。ちなみに俺はノーマルだ。

メンバーの一人シジュは10年来の友人で、その彼と関わる人達を応援するのは当たり前だし、実際彼らにハマっている自分を自覚している。

「シジュは舞台経験があるし、ヨイチさんは元シャイニーズ。となると、ミロク王子の演技がどうなのかが不安だな」

なぜか兄のような目線で『344《ミヨシ》』のメインボーカルであるミロクを見てしまう。それは先日久しぶりにシジュと飲んだ時、彼のミロクに対する兄っぷりに影響されたからかもしれない。

「うん。正直侮っていた。さすが王子だ」

ミロクはファンから『白い王子様』と呼ばれている。男性にしておくのは勿体《もったい》ないほどの透き通るような白い肌に、ファンに対するフェミニストな行動が王子っぷりに拍車をかけていた。

本人は王子と呼ばれたくないそうだが、あれは自業自得だとシジュも言っているので、彼は「王子」としてこれからも強く生きていって欲しいものである。

ライトノベル原作のドラマということで、そこまで期待はしていなかった。

それはライトノベルだから、ではなく、自分は原作のファンというのが理由だ。

友人であるシジュは弟分のミロクに触発され、最近になってラノベを読み始めたらしい。しかし自分はもう随分前からネット小説などのライトノベルをよく読んでいた。

元々重度の活字中毒者というのもあり、ネットで気軽に読めるライトノベルにはかなりお世話になっている。だからこそ自分のラノベに対する思いは世間一般よりも深く重いものだろう。

「原作とはまた違う一面を見せる作りか。原作者が脚本を手掛けただけあって、良い内容になっているな」

秘蔵という程でもないが、比較的値段の高いウイスキーの入ったグラスを片手に、ほろ苦いチョコレートを一欠片《かけら》かじる。これはバレンタインに友人であるシジュに渡したものと同じものだ。

何度も言うが、俺はノーマルだ。

「ん。やっぱシジュは画面に映えるなぁ。うんうん」

身内？の欲目だろうか、シジュが画面に出ると思わずテレビにかじりつくように見入ってしまう。

こうやって見ていると遠い存在になったように感じられるが、彼はどんなに忙しくても定期的に飲みに誘ってくれる。忙しいなら休めと言えば「お前と飲むとリセットされるんだよ」と言って笑うから、俺は何も言えなくなってしまう。

「リセット、ねぇ」

それが何に対してのリセットなのかわからないが、彼がそれで元気になるならいいだろうと思う。

彼とは付き合いが長い。どん底ではなかったがヤケになってホストという仕事をしていた時も、そこから少しずつ浮上して別の角度からホストという仕事に向き合った時も、飲み友達として側《そば》にいた。

そしてその仕事を辞めてホッとしたような顔を見せた時も……。

「俺は側にいたんだよな。側にいるだけだったけどな。それしかできなかったから」

彼の進む道は、彼が決めることだ。それは冷たいようだけれどもどうしようもないことだ。だから。

つまづいて、よろけて、座り込んでいたら一緒に飲んでやる。それくらいの甘やかしは許されるだろう。

ほろ酔い気分で昔を思い出していたら、スマホの画面が光っている。メールを受信したらしい。

片手で操作しながら、グラスに残ったウイスキーを一気にあおる。

提示された時間に合わせるよう明日の仕事内容を脳内で組み立てつつ、俺は顔をニヤつかせながら早速メールに返信するのだった。

25★ドラマのスピンオフと新曲の話。

その、あまりにも突然な話に、ヨイチは一瞬顔を強張《こわば》らせたものの、すぐに元の穏やかな表情に戻る。

相手は今回『344《ミヨシ》』がキャストをつとめたドラマの監督であり、ヨイチとは昔からの知り合いである。それでも今はビジネスの話をしている為、相手に自分の弱みを見せるわけにはいかないのだ。

「家臣三人組のスピンオフドラマの話は聞いていましたが、さらに僕ら『344《ミヨシ》』の新曲をぶつけるんですか？　ヨネダ先生の歌詞で？」

「そうそう。脚本やってたヨネダ先生が、ものすごいペースで書き終えたから余裕があるみたいでね」

「余裕があるって言っても、彼女はまだ学生でしょう？　勉強もあるでしょうに」

昼間のテレビ局内にある喫茶ルームは、利用客が少なく閑散としていた。

まぁまぁ味のいいコーヒーを啜《すす》りつつ、監督は女子高生作家を心配するヨイチを楽しそうに見ている。そのニヤニヤしている彼の様子にヨイチは大袈裟《おおげさ》にため息を吐《つ》いてみせた。

「正直、主役のＫＩＲＡよりも家臣の方が人気が出ると思わなかったよ。スタッフ達はスピンオフ制作に乗り気だったけど、俺はそこまでじゃないと思っていた。今は何がウケるかわからんな」

「まぁ、僕も社長という立場からアイドルに引っ張られるなんて、思っていなかったですからね。こういう流れが読めるのは、あのプロデューサーくらいじゃないですか？」

そして新曲だけでなく、スピンオフに関しても裏で尾根江が手を回していたに違いないとヨイチは睨《にら》んでいる。

「そういや、噂《うわさ》になっているな。お前達をプロデュースしているのは尾根江じゃないかと」

「ですねぇ」

気持ち的に落ち着いてきたヨイチは、彼にとって際どい話であるはずの内容だったが、少しも動じることもなく冷めかけたコーヒーを一口飲む。

「隠していたんじゃないのかい？」

「そういう噂が出始めたということは、そういう時期なんでしょう。で、曲の方はもう出来上がっているんですか？」

「とりあえずはワンコーラスのだけ作ってある。フルバージョンは時間がかかるから後日に録《と》る」

「わかりました」

スピンオフのドラマは、深夜十五分の枠で放送されるものだ。ミニドラマと家臣三人のトーク、ドラマに出てきた脇役を毎回ゲストとして呼ぶことになっている。

本編のドラマが終わるまでの番組だが、これはある意味『３４４《ミヨシ》』の番組となる。ここで一気に知名度を高めたいものだとヨイチは考えていたが、新曲も含めるとかなりスケジュールがキツくなりそうだ。

「そこまで決まっているのであれば、僕からは何も言えないですね」

「それじゃ、頼んだよ」

ではそろそろと立ち上がるヨイチは、監督がそのままコーヒーを追加で注文しているのを見て首を傾《かし》げる。

「まだここに用があるんですか？」

「ああ、KIRAの病欠騒動もあって、シャイニーズ事務所のお偉方が来るらしい。俺は忙しいからここですませてくれと言ったんだ」

「それは色々と大変ですね。僕は失礼しますよ」

「おう。スケジュール調整は頼んだ」

「ああ、それと」

振り向いたヨイチはその切れ長の目を細め、その奥に怪しげな光を灯《とも》す。

「その『お偉方』とやらに伝えてくださいよ。『TENKA《テンカ》』のマネージャーは変えた方がいいと」

「お、おう、言っておく」

ぺこりと頭を下げ、綺麗《きれい》な歩き姿で立ち去るヨイチを見送る監督。

「相変わらずだな」

人を大事にしない組織がダメにするのは雇われている人間だけではない。その周り、雇われている人間の家族や友人共々ダメにする。

とりあえずは、あのマネージャーを変えることが最善策だろうとヨイチは口を出した。

そしてそれは確かに聞き届けられるだろう。

「伝説のアイドル『アルファ』のヨイチ、か」

フミは必死にスケジュール表とにらめっこしていた。

ヨイチから来たメールには、短いとはいえスピンオフドラマの撮影と、そのドラマに間に合わせるよう新曲録りをするとあった。

「本編とスピンオフのドラマと、それに新曲？　どうやってスケジューリングすればいいの？」

三人揃《そろ》ってのラジオの仕事、個々に活動しているファッション雑誌モデルの仕事もある。月に二回の動物番組の仕事はミロクの精神衛生上外すことはできない。

さらにはドラマに出演することによって、ラジオやテレビ番組では『ドラマの番組宣伝』ができる。

「うーうーうー」

デスクに額をぐりぐり擦《こす》り付けるという意味のない行動をするフミだったが、クスクスと笑い声が聞こえて慌てて後ろを振り返ると、笑顔のミロクが立っていた。

「ミロクさん……もう、いたなら声かけてくださいよ」

「すごく一生懸命みたいだったから静かに見てたんだけど、急に唸《うな》りながらこうおでこをデスクに……」

「わぁー！　言わないでください！」

「ごめんごめん」

フミが真剣に悩んでいたのを知っているミロクはすぐに謝る。満面の笑みで謝られてもと、ふくれっ面の彼女にミロクはもう一度謝ってから、話を聞くことにする。

「つまり、俺らの仕事がキャパオーバーになってきたってことだよね」

「そうなんです。ロケが多いので移動の時間をとらないといけないのと、生放送のラジオでは三人揃う必要がありますから……」

「うん、どうにかなりそうだね。雑誌のモデルはロケを外してもらうことになったから」

「え！　そうなんですか！」

「表紙を飾る時はロケになるかもだけど、基本はスタジオ撮りになったよ。出版社の人が申し出てくれたみたい」

「いいんですか？」

「最近忙しくなってきたってスタッフさんに言ったら、なんか急にそうなったんだ。向こうからの申し出だから大丈夫じゃない？」

「はぁ、そうですか」

『344《ミヨシ》』三人ともそうだが、特にミロクはスタッフからの好感度が異常に高い。

営業時代に培《つちか》った対人スキルや人当たりの良さもあるが、さらに老若男女問わず好意を持たれるフェロモンを振りまいているのだ。好感度が高くない方がおかしい。

「あと、月二回だった動物ロケも、一回にまとめて撮ってくれるみたいだよ」

「はぁ、そうですか」

ミロクの発した「忙しい」の一言で、どれほど周りが動くのだろうとフミは不思議な気持ちになる。

スタッフ達は、たぶん個々で大きく動いた訳ではないのだろう。皆がミロクに対して自分ができることで少しずつ『好意』を寄せた。それだけだ。

その小さな力が集まれば、大きな力になる。皆が少しずつ動いたことにより、大きい結果が出たということだ。

そして、それをさせたのは他ならぬミロク自身だ。

フミは目の前にいる、自分に微笑《ほほえ》みかけてくれる綺麗な人、彼こそがきっと本物のアイドルという存在なのかもしれないと思った。

（私はミロクさんに何ができるんだろう。もっとたくさん彼の力になりたいのに……）

フミの胸に感じる小さな痛みは、彼女が力不足を自覚したから。

その痛みが大きくならないよう精進するしかないと、フミは心の中で気合を入れ直すのだった。

26★無理をする理由と少しだけ甘い時間。

茶色のポワポワした髪を乱しデスクで頭を抱えるフミを見たミロクは、一瞬にして湧き上がる衝動を抑えることに必死だった。

好きな人が悩み苦しむ姿を見れば、誰だって駆け寄って抱きしめて頭を撫《な》でたり頬ずりしたりなどなど、存分に甘やかしてやりたくなるものだ。それを必死に我慢するミロク。

そう、彼の我慢は正解だった。色々な意味で。

いっぱいいいっぱいなフミからそっと離れたミロクは、ひたすら悶《もだ》えていた。

「ありゃー、きっと無理すんじゃねぇか？」

そんなミロクの後ろから、のんびり声をかけてくるシジュ。彼もまたヨイチから連絡を受けて専属モデルをしている雑誌と折り合いをつけてきたクチだ。

「無理、しちゃうでしょうね。フミちゃんですから」

「するなって言うと、余計するんだよなぁ。こういう時って」

「わかります」

自分の力不足をわかっている時こそ、無理をしてしまうのはミロクにも経験がある。今でもそれは変わらないのだが、無理な暴走を止めてくれる仲間がいるため昔ほどではない。

ポワポワ頭を遠くから心配そうに眺めるミロクに、シジュは苦笑する。

「大丈夫だ。うちのやり手社長が手を回してるからな」

「ヨイチさんが？」

「ドラマ始まったくらいからマネージャーはキャパオーバー気味だったからな。今回のスピンオフの話でさすがにキツイだろうって」

「俺、結構悩んでいるのわかっていたのに、フミちゃんの心までケアできなくて……」

悔しそうに俯《うつむ》くミロクの頭をポンポンと軽く叩《たた》いたかと思うと、そのままシジュはつむじにグリグリと拳を押し付けた。

「いたた、痛いですよシジュさん！」

「バーカ、誰のために無理してると思ってんだ。俺達……いや、お前のためだろう。担当のタレントをケアするマネージャーが、その担当しているミロクにケアされてみろ。傷つくのはマネージャーだろうが」

「あ、そっか」

「まったくお前は……普段は頭が回るくせに、マネージャーに対してだけダメダメになるよなぁ」

シジュはオマケとばかりに、もう一度グリグリしてやる。

「いたたた、もう何でまたグリグリするんですかぁ」

「罰だ罰。マネージャーが無理する理由だ」

「え？　だからフミちゃんは頑張り屋さんで……」

「こら。マネージャーが無理すんのはお前のためでもあるだろうが。間違えるなよ」

「!!」

ミロクは弾《はじ》かれたように再度フミのいるデスクを見る。パソコンのモニターとにらめっこしているその顔は、ひたすら真剣で真《ま》っ直《す》ぐだ。そんな彼女の様子にミロクは心が温かくなるのを感じた。

「頑張りましょう」

「おう」

「とりあえずシジュさんもボイトレですね」

「おう、は？　ボイトレ？　マジか」

「マジです」

「変なハモりがないといいんだけどな」

「あれだけできれば大丈夫ですって」

ヨイチは駅前にいるとの連絡を受けている。この調子だと打ち合わせは外でやった方がいいだろうと、ミロクとシジュはヨイチと合流すべく事務所を出るのだった。

艶やかな髪を背中にゆったりと垂らし、ぼんやりと遠くを眺めている美女がいる。

窓際に座っている彼女は、カフェ内の客だけではなく、外を歩く人々の視線をも集めていた。

（忙しいのはいいことなのかもしれないけれど、会えないのは寂しいわね）

ミハチは、その整った美しい顔を少しだけしかめる。物憂げな表情で小さく吐息を吐《つ》く彼女の姿は、周りの男性客達の心を落ち着かなくさせていた。

（体、壊してないといいけど）

売れっ子となりつつあるオッサンアイドルのリーダー、ヨイチと恋人同士にはなっているミハチだが、二人が会える時間はかなり少ない。

ミハチも仕事で忙しいのもあるが、芸能事務所経営とアイドル活動をしているヨイチは、それに輪をかけて忙しいのだ。

定時であがれた時、ミハチは二時間ほど駅前の喫茶店で過ごしてから帰る。

彼女が喫茶店で過ごすその間、時間がある時にヨイチは休憩がわりにこの店にやってくる。

「ミハチさん、良かったたいてくれて」

店のドアが開く音と共に、少し息を切らせて席まで来たヨイチは恋人に微笑《ほほえ》みかける。どうやらメールする時間を惜しむほど急いで来たらしい。確かにミハチはもう少しで帰ろうと思っていた。

「メールする時間もないとか、何かあったの？」

「何かあったという程のことでもないよ。一番は君に会いたかったから」

そう言ってミハチの手を取り、彼女の指先を自分の唇に触れさせる。ミハチの頬が一瞬で赤くなり、周りにいる男性客の失望する空気が漂ったのを感じたヨイチは、牽制《けんせい》の成功に心の中で黒い笑みを浮かべる。

「もう！　そういうのはいいの！」

「ふふ、相変わらず照れ屋さんだね。ええと、ミハチさんにお願いがあって……」

「珍しいのね、ヨイチさんがお願いなんて。ミロク絡み？」

「まぁ、ミロク君も絡むといえば絡むんだけどね。うちのフミのことなんだけど」

「フミちゃん？　ああ、ミロクが心配していたわね。最近働きすぎじゃないかって」

まだ紅潮している頬を指先で撫《な》でるミハチを、ヨイチは愛《いと》おしげに見ながら話を続ける。

「僕らは三人の活動と一人ずつの活動をしているから、スケジュール管理も個々のフォローもいっぱいいっぱいになってきちゃってね。一応仕事に支障はないんだけど」

「なるほどね。経験が少ないのがネックになってる、と」

「最初から関わっているフミを変えたくはないんだよ。そんなことしたらミロク君も大変なことになりそうだからね。下手に人を増やすのもできない。僕やシジュはともかく、ミロク君のフェロモンに耐えられる人間ってなると……」

「ミロクは大崎家の血を一番濃くひいているから」

ほうっとため息を吐くミハチに、ヨイチは「大崎家って何なのか」と問いたいのを抑える。今はフミをどうするかの話だから、下手に深淵《しんえん》を覗くものではないだろう。

「フミを頼めるかな」

「そうね。未来の可愛《かわい》い義妹《いもうと》のためなら一肌脱ぎましょう」

艶やかに微笑むミハチを見たヨイチは、眩《まぶ》しいものでも見たように目を細めた。そんな慈愛溢《あふ》れる彼の表情にミハチは再び顔を赤くして俯いてしまうのだった。

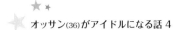

27★新曲の内容とボイストレーナー弥勒。

ボイストレーニングに使っているスタジオの重いドアノブを、片手で軽々持ち上げて開けるミロク。幼い頃の自分はこのタイプのドアを開けるのさえも大変だったなと、何となく思い出しながら手慣れたように電子ピアノの準備をする。

(電子ピアノは音量調節できるのが便利だな)

ボイストレーニングにピアノを使うのもいいとは思うミロクだが、音量調節できる電子ピアノの方が声の調子に合わせることができるので重宝している。

「ほらシジュさん、座ってないで腹式呼吸からやりますよ」

「ヨイチのオッサンが来てからでいいだろー。どうせイチャこいているんだからよー」

「シジュ、僕はいるからね。ここにいるからね」

「あ、いたのオッサン」

「だからね、僕は君の一個上なだけでね……」

「はい!!　二人とも腹式呼吸から始める!!」

「へーい」

「はーい」

基本ボイストレーニングの時間にトレーナーが不在の場合は、ミロク主導で行っている。そして彼のトレーニング方法は本職のトレーナーよりも厳しい。

柔らかな床材が敷かれているとはいえ、仰向《あおむ》けになってひたすら腹式呼吸を行う三人のオッサン。はたから見ればシュールだが、本人達はいたって真剣である。一番スタミナのないはずのミロクは、この手のトレーニングなら軽くシジュ以上のペースで進めているのが不思議だ。

「あ、ヨイチさん。デモのデータあるんですか？」

「メールで送ってもらったよ。かなり出来上がっているからイメージしやすいんじゃないかな」

「それは助かるな。俺って想像力ねぇから」

「想像力って関係あるんですか？」

「妄想力はあるんだけどなぁ」

ピアノやギターのみとは違って、いくつかの楽器で組み合わさっていると曲のイメージを掴みやすく歌いやすい。

今回は女子高生作家のヨネダヨネコ作詞で、尾根江が曲を担当している。プロデューサー業の傍ら数々のヒット作を生み出す彼は、本物のヒットメーカーなのだ。

「楽譜のデータはプリントアウトしておいたよ。メロディラインはここね」

「うわ、本当に出来上がっているんですね。ワンコーラス部分だけでも、ここまでできているのはすごいですよ」

「ヨネダ先生の走り書きした文章を担当編集者が上に見せたらしい。そこから編集長経由で尾根江さんに繋がって、スピンオフ関係なく曲は作るつもりだったみたいだよ」

「何も聞いてないから振り回されている感じがするな」

「まぁ、尾根江さんの思いつきはヒットに繋がりやすいからね……」

周りが動くの早いよねと苦笑するヨイチ。話している二人の横で、初見でメロディだけではなくコードから伴奏を弾くミロクに、シジュは軽く口笛を吹く。

「相変わらず上手いな。その記号だけで伴奏みたいなの弾けるのか」

「適当ですよ。俺ギターは管轄外ですから、なんとなく『C』なら『ドミソ』みたいな感じで弾いてますよ。基礎は習ってるんですけど」

「ミロク君はピアノをやっていたんでしょ？　コードとかって習うの？」

「一応座学みたいなのもやったんですよ。和音での長調と短調とかは小学生にあがる前に習ってましたから、ギターのコードはその延長みたいなものです」

「お前、音大とか行けば良かったんじゃねぇか？」

「姉と一緒にやりたかっただけなんで。それに十年やってればみんなそれくらいできますよ」

「そうなの？」

ヨイチは首を傾《かし》げる。楽器に関して素人である彼にはミロクの技術が高いように見えていた。ちなみにピアノ十年習っていてここまでできる人間は少ないと思われる。ミロクは天才ではないが、努力を怠らない人間なのだ。

「ミロク君はそのまま弾いていてくれるかな。僕らは歌詞を読んで合わせてみよう」

「テンポはゆっくりなんだな。振り付けのイメージをしとくか」

「シジュ、手の振り付けを多くしてくれる？　視聴者も踊れるようにわかりやすいタイプで」

「ああ、そういうやつね」

ドラマの最後に曲を流しつつダンスをするというのは、ある一定の流行《はや》りでもあった。深夜の短いスピンオフドラマであれば、かなりの『お遊び』が許されるだろう。

『344《ミヨシ》』の公式サイトでは、彼らが歌っている時にファンが一緒に踊れるような簡単な振り付け動画を公開している。それを考えているのはシジュであり、そのダンスは動画サイトでも徐々に広まっていた。

「歌詞にある言葉の意味を、そのまま振り付けにできるといいんだけどな」

あなたを守りたい　高鳴る鼓動をそのままに
あなただと信じた　その思いは変わらず永遠に

共にあることを望んだ　交わした約束は遠い
泣かないと決めたのは　あなたを守るため

道は続くその向こうで
必ず会えると信じて

「うーん、この『あなた』は、僕らの主君ってことだよね？」

二人のオッサンは唸《うな》りながら歌詞を見ている中、ミロクはピアノでメロディを奏でている。

ドラマの撮影現場ではＫＩＲＡ扮《ふん》する主人公『司』に忠誠を捧《ささ》げることはできるのだが、この場で上手く感情移入できずにいるようだ。

「僕もまだまだ未熟だね。ミハチさんだったら一瞬でイメージできるんだけど」

「はいはい、ハゼロハゼロ。今は別にいいんじゃねぇか？　俺は昔飼ってた犬とかイメージしてるし」

「シジュさん犬を飼ってたんですか？」

ミロクはピアノを弾く手を止めて、シジュの言葉に食いつく。自分の部屋に『モフモフわんころ餅』という謎のキャラクターグッズを置く彼は、モフモフな動物に目がないのだ。

「おう。ポメラニアンでな。ダイゴロウは可愛《かわい》かったぞ」

「何ですかそのアンバランスというか、名は体を表さない系のやつは」

「真っ白でなぁ、小さくてふわっとしててなぁ」

シジュの話を聞きながら必死に我慢をしていたミロクだが、ここにきて笑いの発作《ほっさ》が出てしまう。

「ぶっ、ははは、はっ、やめてくださいシジュさん！　ダイゴロウという名前のせいで、脳内イメージは太い眉毛を持つポメラニアンが浮かぶんですけど！」

「シジュ、うちのボイストレーナーに変なこと言わないでよ」

「おいおい、変なことたぁ何だよ。ダイゴロウは可愛かったんだぞ」

「もうやめてくださいー」

ツボにハマったらしいミロクの笑いの発作がおさまるまでしばらく時間がかかってしまい、その間シジュは罰として基礎の腹式呼吸強化版をやらされることとなった。

そして名付け親はシジュだということで、彼のネーミングセンスは壊滅的だということが判明する。

「いい名前だと思うんだけどなぁ」

周りの同意を得られず、寂しそうな表情をするシジュだった。

28★司樹の素朴な疑問と再登場する人。

共に死ぬ運命ならば
今はあなたと共に在りたい
強く強く願うのは
あなたの幸せ
遠く時を越えるのは
あなたに会うため
ただそれだけ
きっとそれだけ

「なぁ、ちょっと思ったんだけどよ」

「何ですかシジュさん」

「これはミロクが演じる家臣弥太郎が、主君を想う歌だよな。この最後の『きっと、それだけ』って、意味深じゃないか？」

「深く考えたら負けですよ。シジュさん」

歌詞が書かれている用紙を見ているシジュがボヤいている。

ミロクはその横でまったりとピアノを弾いていた。ヨイチが少し小休止にしようと言ったことにより、ここぞとばかりにミロクは『長編アニメの巨匠』と呼ばれる監督の初期作品のメインテーマを弾いている。

「はい、飲み物買ってきたよ」

「ここって飲食禁止だったんじゃないですか？」

「そこは社長としての信頼関係がものを言うわけだよミロク君。汚したらクリーニングするということで許可してもらったんだ」

「ここの受付のお姉さんが、ヨイチのオッサンの流し目で陥落してたからな」

「信頼って……違うじゃないですか。それはヨイチさん得意のお色気作戦でしょ」

「……なんかミロク君に言われるのは納得がいかないよ」

「天然は作戦立てられねぇからな。オッサンの負けだ」

シジュはしたり顔で言うと、ペットボトルのスポーツドリンクを一気に半分まで飲む。ミロクもピアノを弾く手を止めると、もらったスポーツドリンクに口をつける。思った以上に喉が渇いていたらしく、常温だったこともありミロクも一気に飲んだ。

冷たい飲み物は喉も体も冷やしてしまう。喉を冷やすと良い声が出づらいのは、血流が悪くなり声帯に負担がかかりやすくなってしまうためだ。

良い声で歌うには体全体を使う必要がある。スポーツをする前に準備運動で体を温めるように、歌にも準備運動が必要なのだ。

「それはともかく。スピンオフの企画は、実際やるか決定ではないみたいだね」

「え？　そうなのか？」

「僕らが新曲を出すことは決定だけど、本当はもう少し後の予定だったと尾根江さんが言っていたんだ。……まぁ監督もやる気だし、ヨネダ先生は筆がノリノリだからほぼ確定なんだろうけど」

「ヨネダ先生は一時のスランプからすっかり回復されましたね。しかも筆がノリノリで止まらないなんて、世の中のラノベ作家さんが壁を殴りつつ悔し泣きじゃないですか？」

「あの時の、俺らの即興劇が上手くいって良かったな」

ニヤリと笑ってシジュは再び歌詞に目を落とすが、やはり眉間にシワが寄っている。

「なぁ、そんなに会いたいのか。男が男に」

「シジュ。あまり深く考えない方がいいよ」

「それミロクにも言われた。二回言われると変に重要な感じがして嫌だな」

そんなに不思議な歌詞かなぁとミロクは見直してみるも、シジュほど疑問に思う点はない。誰かを一途《いちず》に想うのに、性別は関係ないというのが彼の基本的な考え方なのだ。

「なんか俺、ミロクが男女共々人気ある理由がわかってきた気がする」

「はは、何を言っているのかな。シジュだって男女共々人気があるんだよ？」

「マジか！」

「そういえば、アルバム発売のイベントでも、シジュさんに男性からの歓声が……」

「マジか！　ヨイチのオッサンのしか聞いてなかった！」

「僕のって何⁉」

「兄貴ーって言われてただろうが」

「あれって僕のことなの⁉」

「ファンの間では、三兄弟って言われているみたいです。サイバーチームが広めたっぽいですまったくサイバーチームは……と言いたいところだが、彼らがやることは事務所の利益にしかならないので強く注意できないヨイチだった。

「さてと、ツイッタラーで新刊のお知らせをしないと……」

パソコンのデータで入稿をし、ひと息つく間もなくSNSのアプリを起動させるマキ。

同人作家のみならず、創作活動をしている人間にはよくある話だが、締め切りのギリギリまでのんびり構えていた彼女は、三日以上ほとんど寝ずに原稿と向き合っていた。社会人でもある彼女にとって、同人作家としての創作活動は睡眠時間を削ることでしか得られない。

尚《なお》、土日祝日に彼女が何をやっていたのかというと、ただひたすらダラダラしていた。

作家という存在は、常に過酷な状況に身を置こうとするものなのである。

親友であるフミには、メールで「しばらく潜る。終わるまでメールの返事とか遅くなる」と伝えてあった。それでも一日二回はメールチェックをしているため、音信不通まではいかない。

しかし二、三日に一回はメールのやりとりをしている親友から、すでに一週間以上も音沙汰がないことが気になっていた。

(何かあったかな)

そこまで真剣に心配はしていない。なぜなら彼女の周りには、助けてくれる『大人』がいるからだ。

しかし、親友というだけあってマキには遠慮せずに何でも言うフミが、何も言わないのはいいことではない。それは彼女が吐き出すことができないくらいの、切羽詰まった状況になっているかもしれないからだ。

(フミがミロクさんの惚気《のろけ》話を我慢できるわけがないもの。きっと何かあったんだ)

状況確認するなら、最近やり取りするようになったミロクの姉ミハチがいいだろうとマキは思い、少し寝たら彼女にメールしようと決める。

寝る前にツイッタラーに投稿した新刊情報の反応で、鳴り止まない通知アラームをひと通りチェックする。

ツイッタラーとは『モノモウス』という限られた字数でコメントをし、それに『お気に入り』という反応や、コメントに対する返信、共有をするツールである。

マキのアカウントには多くの応援メッセージがある中、『公式』のマークがついているユーザーがいた。『公式』とされるアカウントとは、著名人や芸能人であり『限られた人』が使用している偽者防止として配布されたものである。

(この人、最近よく反応してくるなぁ)

公式のマークがついているユーザーが、なぜ自分に反応してくるのかがマキにはわかっていなかった。しかしそのユーザーのことをマキはよく知っている。

フミから聞いた話では、彼は某事務所の社長からコテンパンにされたと聞いている。

(この人も、まさか私が少し『344《ミヨシ》』と関わっているなんて思ってもいないだろうし……気のせいだよね)

偶然だろうと思いつつも、何か嫌な予感がしているマキは身震いすると、スマホを机に置いて大好きなお布団に潜り込む。

起動したままのSNSアプリは、そのまましばらく画面に出ている。そこにあるユーザー画面には『大野光周《オオノコウシュウ》（声優）』という文字が見えていた。

29★KIRAの変化と、とある声優の動き。

「あの、『344《ミヨシ》』の担当マネージャーさん、ですよね」

今日のドラマの撮影はスタジオで行う。オッサンアイドルのマネージャーであるフミは、不意に女性から声をかけられて振り返った。

きっちりまとめた髪にメガネをかけ、落ち着いた色のスーツを着た女性は関係者用のネームプレートを下げている。一見地味に見えるが、スタイルのいい綺麗《きれい》な女性だ。

「はい、そうですが……」

「急にお声がけしてすみません。いつもうちのKIRAがお世話になっております。今日から自分がマネージャーとして彼らを担当することになり、ご挨拶をと思いまして。これからもよろしくお願いします」

「あ、はい。ご丁寧にありがとうございます」

名刺交換をして、お互い頭を下げる。

マネージャーの交代とは何かあったのかとフミは内心首を傾《かし》げているが、まさか自分の叔父の一言でそうなったとは彼女も思っていないだろう。

颯爽《さっそう》とその場を離れる彼女を見送っていると、衣装の白衣を着たシジュが近づいてきた。

「マネージャー、俺、今日の出番終わったらタクシーで雑誌の撮影に行くからな。ミロク達に付いてろよ」

「大丈夫ですか？」

「へーきへーき、いつものところだし慣れてるから」

「ありがとうございます。シジュさんはそれが終わったらラジオ局に来てくださいね」

「おう。そっか、今日はラジオだったたな。サンキュ」

そう言いながら撮影に入るシジュを見ているフミの後ろから、ふわりと甘い香りが漂う。香水ではない柔らかな香りに反応して自然と彼女の顔は赤くなってしまう。

そんなフミを後ろから見ているミロクは、自分が近づくだけでポワポワ髪の分け目まで赤くなる様子にニヤける顔を抑えきれず手で隠していた。

「フミちゃん飲み物持って来てくれたんだね。ありがとう」

「お茶と水がありますよ」

「じゃあ、お茶もらおうかな」

そして二人のやり取りを見ているヨイチの視線は生温かい。自分もいるのにと思いながらも、それは口に出さず椅子に座ると台本を開く。ヨイチは大人な男、なのだ。

「あの……」

「ん？　ああ、ＫＩＲＡ君どうしたの？」

「あの二人……いや、何でもない、です。今日もよろしく、お願いします」

すっかり牙の抜かれた子犬のＫＩＲＡは、新しいマネージャーに教育されているようで口調を丁寧にするように心がけているようだ。しかし子犬の牙は乳歯だから、ドラマ終了後にはまた新しい牙が生えてくるだろう。

「ミロク君への挨拶は気にしなくていいよ。今、声をかけるのも、ねぇ」

「ですよね。はい。さすがにそれはわかる、ので」

さすがに彼もミロクとフミの間を流れる空気を読んだらしい。ヨイチはそれを面白く感じてクスクス笑っていると、ＫＩＲＡは少しムッとした顔をするが黙っている。

「言いたいことがあるなら言ってもいいんだよ？」

「あなたは先輩、なので。俺も……」

その後に続く、『アルファ』に憧れていたという言葉を飲み込むＫＩＲＡ。何となく彼の言おうとしたことを察したヨイチは、穏やかな笑みを浮かべると再び台本に視線を落とした。


スマホを笑顔で操作をしている若い男性。

知る人ぞ知る、人気声優の大野光周は日曜日の昼下がり一人、ホームで電車を待っていた。

（マキマキさん、またイラストをツイッターに上げているな）

それはアニメ『ミクロットΩ《オメガ》』のキャラクター二人、騎士と宰相が見つめ合うイラストだった。それは俗に言うＢＬ《ボーイズラブ》というもので、主に女性を対象にしたものではあるのだが、大野はマキマキの描く絵が好きで、かなり前から追っていた。

お忘れの方もいるかもしれないが、大人気アニメ『ミクロットΩ《オメガ》』には、ミロク達をモデルにしたキャラクターが登場しており『３４４《ミヨシ》』は挿入歌を担当していた。アニメの二期放送も決まり、そこでは挿入歌ではなく主題歌を担当するのではないかと多くのファンが期待している。

女主人公の敵役のミロクは、とある星の王国の王子。その臣下としてヨイチは宰相、シジュは騎士としてアニメに登場している。

しかしあくまでも彼らをイメージしたキャラクターであるため、声はプロの声優が担当していた。その中で王子の声を担当しているのが大野である。

ちなみに大野はミロクの姉ミハチに恋慕し、ヨイチから社会的に抹殺されそうになった過去がある。それが若干のトラウマになっている大野は、あれ以来気になる女性がいても自分から動くことはなく、ひたすら仕事に集中する日々を送っていた。

（うっかり公式のアカウントでフォローしちゃったけど、今さら解除するのもなぁ。同人誌も通販とかやってないみたいだし、現地で購入するしかないのか）

大野はマキマキが自分の演じている王子をメインに描いていないのを少し残念に思っていた。マキマキ……マキからするとフミの想い人であるミロクをイメージさせる王子を、アニメの二次創作とはいえ男同士の恋愛の対象にするのに抵抗があっただけなのだが、それを大野は知る由もない。

（そういえば、弥生さんもこの手の活動をしていたっけ）

声優として活動しながらも、創作活動をしている大倉《オオクラ》弥生とは仕事仲間としてやり取りが多い。これはいい考えだと、大野は早速スマホをウキウキと操作する。

もしかしたら、彼女はマキマキのことを知っているかもしれない。

仕事以外で『344《ミヨシ》』とは関わらないと決めた大野が、自ら進んで彼らと関わろうとしている。一連の事情を知っている弥生は、彼から連絡を受けて頭を抱えるのだった。

Radio 344! ミヨシ・クラウン!

～ホワイトデーなスペシャル～

〈オープニングテーマ『chain《チェーン》』～ピアノソロバージョン～〉

「皆さんこんばんは！　天然フェロモン製造機、ミロクです！」

「優しい優しいお兄さんのヨイチとー」

「みんなの守護天使、シジュだ」

「三人合わせてー」

「「『344《ミヨシ》』です！　よろしくお願いします！」」

「フェロモン製造機って何ですか？」

「今回はリスナーさんから募集したオープニングトークなんだって。僕はなんで優しいって二回言わされたのかな。どうしてかな。どういう意味なのかな」

「怖いからヨイチのオッサン殺気は出すなよ。俺なんか守護天使だぞ。意味わかんねーし」

「それはわかりますよ」

「うん。それはわかるね」

「何でだよ！」

「さて！　今回は『ホワイトデーなスペシャル』ということなんですけど」

「くそっ、話を逸《そ》らされたな……先月はバレンタインのやったなぁ」

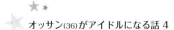

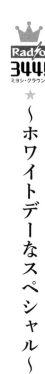

「リスナーさん達やファンの子達からは好評だったみたいで、何よりだね」

「チョコレートみたいな甘い言葉をってやつですね」

「まさか、今回も、なのか？」

「はは、そのまさかだよシジュ。僕らはアイドルなんだからね！」

「オッサンには精神的に辛《つら》いっつーの」

「それでもシジュさんが愛してやまない、かわい子ちゃん達が待っているんですよ。幼児含みますけど」

「せめて大学生からにしてくれ……」

「いいじゃないか幼児に好かれるなんて。僕は怖がられちゃうんだよね」

「あれは怖がられているというか、普通に『恋してる』って感じでしたよ？」

「だよなぁ。ヨイチに恋した幼女がすっかり大人っぽくなって、その子の父親が泣いてたって話を聞いたぞ」

「それは光栄だね」

「ヨイチさん、俺に向けて色気を出さないでください」

「おお！　ミロクが色気を感じ取れるようになったとは、成長したな！」

「いや、俺だってそのくらいはわかりますよ」

「うんうん。ミロク君は気をつけすぎるくらい、気をつけないとだからね」

「いや、だからそうじゃなくて、今日はホワイトデーなスペシャルなんですって」

「バレンタインの時はプレゼント、たくさんありがとうな！」

「ネクタイは使ってるんだよ。僕はスーツが多いからね」

「お風呂グッズ使ってますよー」

「お返しは順次発送しているから、気長に待ってくれ！」

「抽選で僕らのポスターにサイン入れたんだよね。誰に当たるのかな？」

「届いてからのお楽しみってやつなのです。皆さん楽しみに待っててください。一旦ＣＭです」


〈ＣＭ〉


「さて、ホワイトデーっぽいことしてねぇけど、大丈夫か？」

「二人が邪魔するからですよ。お返しは甘い言葉でという企画です」

「バレンタインの時と変わらないいんじゃない？」

「今回は受けてからのお返しですから、しかも自分達で考えろって言われてますよ」

「無理！　無理だ！」

「本当は前半で考える予定だったのに、二人がキャッキャするから時間がなくなったんですよ」

「じゃあ、僕から行こうかな」

「マジか！　やるなオッサン！」

「いくよー。『バレンタイン、君からのプレゼント嬉《うれ》しかったよ。あれは僕への気持ちも入っているんだよね？　だから今日はプレゼントの他に、僕からも気持ちのお返しをするよ。君への想いをたっぷりと……教えてあげるよ』……っていうのはどう？」

「エロいです」

「たっぷりがエロい」

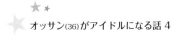

「そんなぁ、一生懸命考えたのに……ひどいな」

「じゃあ、シジュさんですね！」

「おい、何でそんなにウキウキなんだよ」

「ほら、そこは元ホストとしてのテクニックが光るというか、参考にしようとかそういうのじゃないですよ」

「思いっきり参考にしようとしてるじゃねーか」

「ほらほらシジュ、時間も押してることだし」

「あーもう、笑うなよ？　『悪りぃ、ホワイトデーとか忘れてた。用意できなくて悪かったな。その代わりに俺の時間やるから。この先ずっと、な』……帰っていいか？」

「んぐっ……シジュさん、意外と、乙女ブッフォ！」

「ほらほらミロク君、水飲んで落ち着いて」

「おいオッサン、肩震えてんぞ」

「ハァ、ハァ、腹筋がエイトパックになるかと思いました……じゃあ、俺ですね」

「おう、けっぱれー」

「期待しているよミロク君。シジュ、けっぱれって何？」

「ん、方言。頑張れみたいな意味。たぶん」

「じゃあ、いきますよ。『ねぇ、ホワイトデーのプレゼント用意したんだ。目を閉じて……ふふっ、驚いた？　マシュマロだよ。俺の唇はこんなに柔らかくないって……試してみる？』……とかですかねー」

「……」

「……」

「な、なんで二人とも黙っているんですか」

「おま、なんで俺らに向かって出すんだ。このフェロモン兵器め！」

「ミロク君、知っているかい？　ここは狭いし密室なんだよ？」

「だって！　ここは気持ちを込めて言わなきゃじゃないですか！　俺は悪くないですよ！」

「おい、音声さんが固まって動かなくなってんぞ？」

「そうかな？　音声さんはけっこう前から動かなくなって……」

「うわ！　スタッフさん達が！」

「あーなんかバタついてきたから、ここらで締めとくか」

「す、すみません！　なんか騒がしくて！　ヨイチさんフ……マネージャーが控え室にいるから、呼んだ方がいいと思いますよ！」

「マネージャーがいなくて正解だな。んじゃ、リスナーの皆、またな！」

「せーの」

「「『344《ミヨシ》』でした！　また次回！」」

〈エンディングテーマ『puzzle《パズル》〜ピアノソロバージョン〜』〉

30★突然の休日で踊ってみよう。

『344《ミヨシ》』が準レギュラーとなっている動物番組のロケであるが、今回は現地集合とのことだ。今日も今日とて異様に目立つ美丈夫、オッサンアイドル三人はフミの運転する車で現場に向かうことにした。

「今回の現場って、カフェなんだよな」

「はい。フクロウカフェですよ」

早朝のため、まだ眠そうなシジュは気怠《けだる》げに髪をかき上げるとフミに問いかける。そんな色気を気にすることもなく、彼女は番組の内容を思い出しつつ肯定した。

そんなフミのポワポワ頭を横目で見ていたミロクは、ふと何かに気づく。

「フミちゃん、フクロウって怖くない？」

「大きいのは少し怖いかもですね。何でですか？」

「ほら、フクロウって猛禽《もうきん》類でしょ？　小さな動物は捕食されちゃうから……」

「……ミロクさん、私が小さいって言いたいんですか？」

ぷくっと頰を膨らますフミの様子に、助手席のミロクは蕩《とろ》けるような笑みを浮かべる。それをうっかり見てしまったのは後ろにいる二人のオッサンだけで、安全運転のためには良かったと思われる。

「ああああ!!」

「な、何⁉　どうしたのフミちゃん⁉」

ほどなくして突然叫んだフミにミロクは驚いて問いかける。

後ろでメールチェックしていたヨイチはタブレットを落とし、うたた寝していたシジュは慌てて起きて窓ガラスに頭を思いっきりぶつけている。オッサン二人は大惨事である。

「ご、ごめんなさい。今日、ロケ、なかったです……」

「へ？」

フミは車のスピードを落としハザードランプをつけて一度停《と》める。ハンドルを持つ手が震えるフミを、ミロクは気遣わしげに見つつ問いかける。

「ロケの日時に変更があったってこと？」

「はい。昨日電話で連絡を受けてたんです。今、思い出して……ごめんなさい。スケジュールの変更をし忘れてました」

「本当は丸一日オフになるはずだったと」

「あー、痛ってぇ。何だ今日は休みだったのかよ」

「すみません‼」

青ざめて謝るフミ。彼女がこういうミスをするのは珍しく、ヨイチは叱るべきかどうするかを悩む。すでに激しく反省している彼女に追い打ちをかける必要はないだろうと、社長から叔父の顔に戻したヨイチは優しく微笑《ほほえ》む。

「まぁ、そういうこともあるよ。せっかくだからこの近くの大きな公園に寄って行こう」

「あ、いいですね！　たまには自然に囲まれて癒やされたいです！」

「俺は何でもいいぜ。公園で昼寝するとかいいよなぁ」

「シジュさん、まだ朝ですよ」

「……ありがとうございます」

公園に隣接している駐車場に入ると、フミはしばらくしょんぼり項垂《うなだ》れていたが、ミロクがそっと彼女に忍び寄り耳元で囁《ささや》く。

「下向いてると、イタズラしちゃうよ？」

一気にシャキッとなるフミに「残念、イタズラしたかったのに」とトドメを刺すミロクの後ろ頭を、ヨイチは容赦なく懐からスリッパを取り出し、すぱこーん！ といい音で引っ叩《ぱた》いた。

「タチが悪いよミロク君」

「痛いです。本音を言っただけなのに」

「さらにタチが悪いよミロク君」

そんなやり取りが面白く感じたのかフミは堪《こら》えきれず笑い出し、オッサン達をホッとさせた。

いつもマネージャーに助けられている彼らにとって、今日くらいの失敗は笑って許せる程度のものだった。彼女の頑張りを見ていれば、誰もがそうなるだろう。

「そうだ！　なぁ、俺やってみたいことがあんだけど！」

「急に元気になりましたね、シジュさんは」

「何か嫌な予感がするんだけど」

「変なことじゃねぇよ。ほら、俺らのドラマの主題歌って『ＴＥＮＫＡ《テンカ》』が歌ってるだろ？」

「そうだね。いかにもシャイニーズって感じの曲だね」

「あれのＰＶ見たことあるか？」

珍しくテンションの高いシジュは、タレ目を大きく開いて満面のキラキラな笑みを輝かせている。嫌な予感がしているヨイチの眉間のシワはどんどん深くなっていく。

「えっと、一応資料として渡されたデータに入ってたので見ましたよ。若いアイドルならではのダンスですよね」

「僕はそういうのを散々踊らされたけど、確かに若い子が踊るからいいかもね」

「そう、それさ、俺らで踊って動画撮らないか？」

「はい？」

「何言ってるのかわからないよ。シジュ」

相変わらずキラキラな笑顔のままで、とんでもないことをのたまうシジュ。彼が言うには大手動画投稿サイトの『踊ってみよう』ジャンルに匿名で動画を載せたいとのことだった。

「匿名って言っても、どうするんですか？」

「マスクかけて、画質を落とせばバレねぇだろ。オッサン三人で踊ったら面白そうだって思ってたんだよ」

「面白い……ねぇ」

シジュの言葉にヨイチは頷《うなず》きながら顎を触っている。社長である彼は『面白い』という言葉に弱い。オッサンアイドル『344《ミヨシ》』というユニットを組んだきっかけも、彼に尾根江が言った「面白そう」という言葉だった。

それを敏感に悟ったミロクは、慌ててシジュに縋《すが》りつく。

「そんなシジュさん！　急に言われても俺、踊れませんよ！　やるなら今日じゃなくても」

「三人で一日まるっとオフになるなんて、しばらくないだろう？　やろうぜーやろうぜー」

「それよりも新曲練習しましょう！」

「それは個人でもできるから大丈夫だよね」

笑顔でミロクの逃げ道をふさぐヨイチ。すっかり乗り気になった彼を止められる者はいない。唯一、彼の行動を変えられる人間は恋人であるミハチだろうが、現在彼女は出張に出ており一週間ほど不在にしていた。

「ヨイチさんは突然なのに踊れるんですか?」

「シャイニーズで昔から使われてる技法だから、そんなに難しくはないかな」

「俺だけ踊れない動画を撮るなんて恥ずかしいですよ」

「お、出たな完璧主義! 俺が教えるから大丈夫だって。マネージャーは撮影頼むわ!」

「任せてください!」

大人の雰囲気で踊る『344《ミヨシ》』しか見たことがないフミは、正統派アイドルのダンスを踊るミロク達を見てみたかった。そんな欲望を胸に秘めつつ、いつも車に置いてあるカメラと三人の着替え用ジャージを取りに行くフミ。先程までの落ち込みが嘘のようだ。

「うう、まぁ、フミちゃんが嬉《うれ》しそうなのでやりますよ。やればいいんでしょ」

不貞腐《ふてくさ》れながらも早速ヨイチのタブレットを借りて『TENKA《テンカ》』のPVを確認するミロクは、フミの見せた笑顔にホッとするのだった。

「はい! そこで入れ替わる!」

「ねぇ、ポジションも完璧にする必要があるの?」

「ダメですよ! やるからには完璧に仕上げないとですよ!」

「そう言いながら、ミロクも早速へばってんじゃねぇか。まさか体力落ちたとか言わねぇだろうな」

「は、はは、まさかですよー」

肩で息をしながらも、なんとか座り込むのを我慢するミロク。最近忙しいため、スポーツジムに行く頻度が減っていたのだ。しかしその中でもしっかりトレーニングをしているシジュに、自分の体力不足がバレたら大変なことになる。

（なんでオフなのに、ここまでキツいことやってるんだろう）

それでも笑顔で見ているフミに情けないところは見せられない。無理矢理笑顔を作り、再び最初から踊り出すミロクは汗だくになっていた。

「トレーニングが不足してるミロクには、ちょうどいい休日になっただろう」

「なんだ、バレてるん、ですね」

「当たり前だ。俺は『３４４《ミヨシ》』の専任トレーナーだからな」

「シジュ、ここのターンの時に首を少し傾《かし》げるんだ。そうすると『らしく』なる」

「なるほど、こうやってシャイニーズっぽさを出すのか」

どうやらシジュもあまり使わない振り付けらしく、ある意味勉強になっているようだ。こんな日もいいなとミロクはほのぼのとした気持ちになる。

そして、この仕事ではないことを三人で本気でやる、この感じはミロクにデビュー前のダンス発表会のことを思い出させた。

（あの時もこうやって三人でダンスして、フミちゃんに動画を撮ってもらってたなぁ）

フミの用意してくれたスポーツドリンクを二、三口飲むと、気合を入れて立ち上がる。

「お、気合入ったな」

「ミロク君、通しでやってみる？」

「はい！　どんと来いです！」

「頑張ってください！」

カメラを構えるフミの声援に、ミロクは笑顔を見せるとメンバーの間に入ってダンスが始まる。


鼻と口を白いマスクでおおった三人の男性が、シャイニーズの若手アイドル『ＴＥＮＫＡ《テンカ》』の曲に乗せて踊っている。

可愛《かわい》く首を傾げる仕草や、肩を動かしてコミカルにステップを踏む動きは三人の息がぴったり合っていて、すごく決まっている。

ジャケットを使う動きは、もちろん三人ともジャージの上着でやっているのが笑いを誘う。

そして、妙に上手い。


すぐに動画を公開すると、素人ではないだろうその動きに、視聴者は「プロがやっている？」「三人とも背が高そう」「イケメンか？」などのコメントが飛び交う。

公式のアカウントではないため、個人の動画というのはわかるが世間はそのキレッキレなダンスに注目した。


「何だよ。これ」

「あ、ＫＩＲＡも気になる？　すごく上手いよね！」

歌番組の収録に来ていた『ＴＥＮＫＡ《テンカ》』の三人は、最近話題の動画というのを番組スタッフから教えてもらっていた。できれば番組内で流したかったようだが、アカウントの主にコンタクトが取れなかったそうだ。

不機嫌そうに動画を見るKIRAを、メンバーのメガネキャラZOUと、可愛いキャラROUは不思議そうに見る。

「どうしたんだKIRA。別にこういうのは嫌じゃなかっただろ？」

「嫌とか、そういう問題じゃねぇよ。これって、あのオッサン達だろうが」

「ええ⁉　ヨイチさん達⁉」

「まさか‼」

KIRAの言葉に、改めて動画を確認する二人は目を丸くする。

「この動き……本当だな……」

「はぁ、一体何なんだよ。まったく……」

「でもさ、すごく楽しそうだね？」

動画の中での三人は顔に大きなマスクを装着しているにも拘《かか》わらず、笑顔で踊っているのがわかる。時折お互い目を合わせて動きを合わせるところなどは、仲良しという感じでとても微笑ましい。

「くそっ……」

KIRAは動画から目を逸《そ》らしそっぽを向いているのを、ZOUとROUはお互い顔を見合わせて噴き出してしまう。

彼の耳が真っ赤になっているのは、嬉しかったり楽しかったりする時のサインだ。

（素直じゃないんだから）

（憧れの人に踊ってもらえて嬉しいくせにな）

口に出して拗《す》ねられると困るため、目で会話をする二人。その横で、そっぽを向いたままのKIRA。

その日『TENKA《テンカ》』の三人は、どこか清々《すがすが》しい気分で歌番組の収録に向かったのだった。

31★怒るプロデューサーと女子高生作家のこだわり。

「何やっているのよ。あんた達は」

「いやぁ、興が乗ってしまいまして」

「これは誰のアカウントなの？」

「うちの事務所のサイバーチームの一人のなんですけど、捨てアカウントというものだそうで」

「つまりはあなたたちのうちの誰のものでもないってことね」

「ですね」

大手広告会社のビル内にあるティーラウンジの一角を陣取った、『344《ミヨシ》』のプロデューサーである尾根江加茂《カモ》は、額に手を当てて大きくため息を吐《つ》いた。

向かいの席で穏やかに微笑《ほほえ》むヨイチは久しぶりに楽しかったなぁと、その時のことを思い出している。その様子に尾根江は再度ため息を吐いた。

「あなたね、これをシャイニーズの上が知ったら、どうなると思ってるのよ」

「喜ぶんじゃないですかねー」

「んなわけあるか!!」

尾根江はいつものオネエキャラを忘れ、思わず男声でヨイチにツッコむ。それを受けた彼はさらに笑みを深める。

「ふふ、そんな顔もするんですね。大丈夫ですよ。うちのサイバーチームは優秀ですから」

「この話題、このまま大きくなったら公表するわよ」

「わざわざ言ってくれるなんて、優しいですね」

笑顔のままのヨイチだが、その切れ長の目は笑っていない。今日何度目になるだろう大きなため息を吐き、尾根江は両手を上に上げると口角を上げてみせた。

「はいはい。今回のことはたぶん関与しないわよ。楽しそうだったし、ほのぼのプライベート動画って感じで良かったから」

「ご配慮感謝いたします」

「どういたしまして。そうそう、今度から打ち合わせはここでするからよろしくね」

「ホテルだと、またあらぬ噂《うわさ》が立ちますからね」

尾根江と懇意にしているであろう、ビルの関係者であろう男性が離れた席に座っているのを見て、ヨイチは軽く会釈をする。

「気にしなくていいのよ。彼らには私が甘い汁を吸わせてあげているんだから」

「そんな乱暴な言い方しなくても。オッサンでオネエのツンデレは流行《はや》りませんよ」

突飛な行動を取りがちな尾根江だが、意外なことに自分の仕事に関わる人間を大事にする傾向にある。それを見せないようにしているところが、ヨイチにはツンデレに見えていた。

「気づく人間はずっと側《そば》にいてくれるわ。気づかなきゃ離れるでしょう。楽なものよ」

「なるほど」

そう言いながらもヨイチも似たような傾向にある、どこか似たところのある尾根江を彼は嫌っていない。ヨイチは穏やかな気持ちで冷めたお茶を飲み干したのだった。

スピンオフドラマには『三家臣の呟《つぶや》き』という副題がついている。十五分ほどの番組枠であるため、『344《ミヨシ》』の歌は最後に少し流れるだけだ。

それでも三人は稽古を続け、しっかり振り付けも覚えたところで歌の収録に臨む。

エンディングは毎回撮ることになり、ドラマに出てくる学校の保健室のセットで歌って踊るのだ。三人のドラマもこのセットでのみ行う。

他のセットでの撮影はなく、あくまでも『学校の保健室』という一空間でのみ行うとのことだった。

「ずいぶん駆け足でやるんですね」

「本編はもうじきクランクアップだからね。本編の放送に合わせないとだから」

「急に決まったからな。そんなに一話の評判が良かったのか？」

「まぁ、ほら、ミロク君だからね。僕らみたいな脇役はそこまで騒がれていないけど、シャイニーズでも群を抜いて輝いているKIRA君と一緒にいて目立てるなんて、そうそうできないよね」

「そ、そうですか？　俺は怖くてネットとかの評判は見てないんですよ。大丈夫なら良かったです」

「むしろ問題なのは『TENKA《テンカ》』の三人だろう」

「だよね。ミロク君が食ってしまった印象になってないといいんだけど」

「それこそ大丈夫だと思いますよ。KIRA君の雰囲気とか変わったし。なんか風格というか貫禄《かんろく》みたいなものが付いてきましたから」

「ミロクは甘いなぁ。アイドル界は弱肉強食だぞ」

そう言いながらもストレッチをする動きを止めないシジュは、動かないミロクに気づいて立ち上がり、彼の背中に腰をおろしてゆっくり体重をかけていく。

「いたい、いたいいたいですよシジュさん」

「痛くしてんだ。頑張れ」

「そんなぁ……」

年少二人は楽しそうにじゃれ合っている。その様子に目を細めるヨイチは、なんとなく操作していたスマホの表面に今回のドラマの脚本担当『ヨネダヨネコ』から連絡が入っているのに気づく。

「女子高生の作家ねぇ……」

以前会った時の彼女は、普通の女子高生とはお世辞にも言えなかった。

しかし今、彼女はきっと恋をしているに違いないと、ヨイチは根拠もなく感じていた。女性は恋をすると変わるものである。良くも悪くも。

「ん？　脚本の内容を変更する？」

「脚本が、どうかしたんですか？」

シジュのストレッチ地獄から命からがら逃げてきたミロクは、ヨイチの呟きに思わず聞き返す。

「ミロク君、ヨネダ先生がスピンオフの脚本変更するらしい、というか全面的になくす方向にするって言ってるんだ」

「え⁉　そうなんですか⁉　……脚本ないって、台本はどうなるんですか？」

「台本もないねぇ」

「全部アドリブでやんのか？」

ミロクの後ろからひょいと顔を出したシジュに、ヨイチは二人に見えるように端末の画面を見せる。

そこには『脚本、台本変更のお知らせ』とあった。

「えーと、なになに？　『男性同士の会話の不自然さが気になり……』って、今更だと思うけどな」

「気持ちは分かりますけど、ドラマはドラマの良さがありますから大丈夫だと思いますけど」

「ミロク君は不自然さを気にせず、自分の歌をそのまま他人に聴かせられるかい？」

「無理です」

「そういうことだよ」

「でも俺らだけじゃ無理だろ。ある程度の内容とかテーマとか、そういうのくらいはもらえないのか？」

「さすがにお題くらいはもらえると思うよ」

ある程度の妥協案を出しつつ、フリートークに弱いミロクに『特訓』をしようと心に誓うヨイチとシジュ。

そんな兄二人の気持ちを弟のミロクは気づいていないようだ。「今はしっかり新曲を歌えるようにならなくちゃねー」と呟きながら、音源をイヤホンで聴きつつ、歌のおさらいをしている。

「まぁ、何とかなるかな」

「だな」

ミロクの気楽さにつられたようにヨイチとシジュは微笑む。

とりあえずの目標は、スタジオにいるスタッフ達に新曲のお披露目をして、受け入れてもらえるように頑張る、で、あった。

32★クランクアップと弥勒の失態。

「なんだよ、それ」

「落ち着け主《あるじ》。今すぐじゃない。まだ方法は……」

「あるのか⁉ こんなんなるまで、弥太郎は、弥太郎は!!」

「主、それをどうにかしようと僕達は方法を探してるんだよ」

「ちげーよ！ なんで、なんで俺に何も……」

司は家臣である二人に詰め寄るが、振り上げたその拳を力なく下ろす。

自分の通う高校の保険医と担任、そして時代を越えて自分の生きる世に来てくれた弥太郎。

彼らの忠誠は常に司に向けられていた。家臣だと公言して憚《はばか》らない三人を信用していたし、信頼もしていた。

それでも「ずっとお側《そば》にいます」と笑顔で言った弥太郎の命が危ういことを、なぜ自分は知らないのか。なぜ、気づいてやれなかったのか。

彼から何度も「何でもないです。大丈夫ですよ」という言葉を聞いたはずなのに。

「貧血気味だって言ってたよな。あれは傷が開いていたってことか」

「そうだな。俺ら二人と違って、弥太郎は死ぬ寸前にこっちに来た。どういう原理かは分からねぇが、アイツの傷は治った訳じゃなく『時間が止まっていた』という言い方が正しいだろうな」

「弥太郎君は、主だけには言わないでくれって。彼もわかっていたようだね。数週間経《た》った時に髪や爪が伸びないことに気づいたそうだから」

「そんな……」

公園のベンチに座っている司の膝には、意識を失っている弥太郎が頭を乗せている。薬を投薬されたせいか落ち着いているように見えるが、長くは持たないだろうことがその顔色から窺えた。

「死ぬのか。俺の側にいるって言ったお前が。もう二度と約束は破らないって言ったお前が……ごめん。ごめん弥太郎。女子みたいだからって嫌がらないで、お前の好きなパンケーキ食いに行けば良かったな。ごめん、ごめんな」

「主……」

「……」

子供のように泣きじゃくる司に、かける言葉を見つけられない家臣二人。ふと弥太郎が意識を取り戻したらしく、小さなうめき声を上げた。

「弥太郎！」

「弥太郎君！」

「おい、動かすな！」

止める保健医に軽く手を上げた弥太郎はゆっくり起き上がる。そこで司の膝に頭を乗せていたのに気づいた。

「申し訳ありません主、お見苦しいところを見せまして……」

「バカ！　何言ってんだ！　今はそんなこと言ってる場合じゃねーだろ！」

「いえ、今だから、最後だからこそしっかりとせねばなりませぬ」

「言うな弥太郎!!」

「主、いえ、司殿。短い間ですがお世話になりました。ここでのことは……」

「やだ!! やめろ弥太郎!!」

弥太郎は、顔をクシャクシャにして泣く司の頬をそっと手の甲で撫《な》でると、彼の後ろで控える家臣二人に頭を下げる。

「後のことは、頼みます」

「……承知」

「来世で再び……相見《あいまみ》えましょうぞ」

三家臣の繋がりは深い。そして彼らの第一は司であり、司が生きている限りは彼らに終わりはないのだ。

二人の言葉に弥太郎は安心したように微笑《ほほえ》むと、彼の体は淡く光り出す。

そしてシャボン玉が割れるように、突然現れたあの時と同じく、彼は唐突に消えるのであった。


『カットでーす!』

スタッフの声に息を吐く出演者は、そのしばらく後の『クランクアップ』の声を待つ。

明るく響くその声に、今度こそ出演者達は笑顔を見せてホッとした息を吐いた。

「終わりましたね!」

「最初と最後はCGか。光るミロクがまた見れるなぁ」

「光るミロク君って、ぷっ……」

「なんで笑うんですか!」

「いや、フミが第一話見た時に『ミロクさん、天使みたい！』って騒いでたの思い出してね」

「あれな！　ツイッタラーでもすげぇウケてたな！」

「あーもー、やめてくださいよー」

相変わらずわちゃわちゃ騒ぐオッサン達に、主役のＫＩＲＡが呆《あき》れたようにため息を吐《つ》いた。

「おい、オッサン達、ちょっといいか」

「ん？　何だい？」

「なんだなんだ、因縁つけてんのか？」

「シジュさんヤクザじゃないんですから……ＫＩＲＡ君どうしたの？」

ミロクは微笑んでＫＩＲＡの顔を覗《のぞ》き込むと、彼は「近いっつーの！」と顔を赤らめてそっぽを向く。

「その、色々迷惑かけたし、なんだ、アレだ、悪かったっつーか」

「え？　何？」

ドラマの撮影終了ということで、スタッフのはしゃぐ声も多く聞こえている。ＫＩＲＡの小さな声はかき消され、ミロクは聞き返すがますます声が小さくなってしまう。

「あー！　すみませんミロク兄さん！　ＫＩＲＡは照れ屋なツンツンボーイなんでホントごめんなさい！」

「本当は『ありがとうございます』って言いたかったんですよ！　ね？　ＫＩＲＡ君？　ね？」

「だー!!　うっせぇお前ら!!　撮影ないくせになんで来てんだよ!!」

「メンバーの活躍を見るのと」

「クランクアップ後の宴会を目当てに」

「正直だな!!」

　先程までの大人しかったＫＩＲＡの面影はなく、メンバーのＲＯＵとＺＯＵが来たせいか、怒っているような態度の中でも嬉しそうな様子が垣間見《かいまみ》える。

「ツンツンだね」

「デレはねぇのかよ」

「シジュさんは男のツンデレは見たくないって言ってませんでした？」

「あれは女子の特権だろうが」

「ＫＩＲＡ君は可愛《かわい》いと思うけどね。シャイニーズっぽいし」

「ぽい、とは何ですか？」

「あまり背が高くなくて、少年と青年の短い時間、その一瞬の輝きって感じ」

「ああ、なんかわかるな」

「そういうものですかね」

　若いアイドル三人のじゃれ合いをホンワカとした気持ちで見守るオッサン三人。するとＫＩＲＡが何かを思い出したかのようにミロクに声をかける。

「おい、スピンオフをオッサン三人でやるって話だけど、台本ないって本当か？」

「そうなんだよー。本編と矛盾が出ないように、ドラマの台本と原作を読んで勉強しまくっているんだよー。もう時間がなくってー」

　血のりがべったり付いたままの服をスタッフに脱がせてもらいつつ、そのまま上半身裸になって着替え始めるミロク。

「おい！　おま！　何やって……」

「ん？　何？」

きょとんとした顔のミロクの横で、ヨイチとシジュが慌てて着替え用のジャージで彼の肌を隠す。顔を真っ赤にしたＫＩＲＡの後ろでＲＯＵとＺＯＵも呆然《ぼうぜん》としている。

「しまった。油断してたぜ」

「そうだね。フミがいればミロク君も気を使うんだけど、いないと気を抜くからね」

アイドルは人前で着替えをしないと言い聞かされていたミロクは、しまったと慌ててジャージをしっかり着込む。

もちろん「アイドルだから」というのは建前だ。老若男女問わずフェロモンが作用するミロクに対する、ヨイチの苦肉の策である。

完璧主義のミロクにとって「アイドル稼業を完璧にこなす」というのは基本であり、人前で着替えるというのは彼にとって失態に他ならない。

現に数人のスタッフが鼻をティッシュで押さえている。間近で見ていた『ＴＥＮＫＡ《テンカ》』の三人はさすがに免疫があるのか早々に回復しているが、三人とも頬は赤いままだ。

「ああ、失敗しました。すみません」

「次から気をつけようね。ミロク君」

「はい」

しょんぼりしているミロクを、ＫＩＲＡは不憫《ふびん》な子を見るような目で見る。

「アンタ、色々な意味で残念だな」

「うう、ＫＩＲＡ君に呆れられた……」

さらに落ち込むミロクであった。

33★打ち上げでの美海の活躍。

クランクアップを祝う打ち上げは、規模の小さいものだった。

その理由として、オッサンアイドル『344《ミヨシ》』の三人にはスピンオフのドラマ収録が残っているからだ。

ちなみに、スピンオフの放送は第三話終了後からとなっている。その回でヨイチとシジュ扮《ふん》する教師二人も、弥太郎と同じく主人公の家臣であるということが判明するからである。

スピンオフの収録も終わってから大きな宴会を開くとのことで、その心遣いをオッサン三人は嬉《うれ》しく思っていた。

「嬉しいね。僕の時は本当に殺伐としていたから」

「ああ、あの主役食ったっていう、アレか？」

「俺は肩の荷が下りました」

ホッとした表情のミロクを、フミは笑顔で労《いたわ》る。

「監督さんもスタッフの方々も、皆さんいい方ばかりで良かったですね。ミロクさんもシジュさんも初めてとは思えない演技でしたし」

「ありがとう。フミちゃんのサポートのおかげだよ」

隙あらばフミに向かって甘く微笑《ほほえ》むミロクに「場所をわきまえろ」と兄二人は両側から彼の頬を引き伸ばす。

「いひゃいれふ」

「うるせーよ」

「ここではフェロモン禁止だからね。ミロク君」

叱っているように見えて、クスクス笑っているヨイチ。シジュはここぞとばかりミロクの頬を伸ばして遊んでいる。相変わらず餅のように伸びる、謎の頬である。

「そういえば、美海さんは来ていないんですか？」

「いや、引っ越しも終わっているはずだし、今日は出演者全員参加ってなっていたはずだから来ると思うんだけど……」

「あの子も何だか不思議な子でしたね」

「育った環境っつーか、家庭環境は色々と影響するからな」

「そうだね。ミロク君が素直で良い子なのも、大崎家の皆さんがいてこそだろうし」

「な、なんで俺の話になるんですか」

ミロクの美しく整った顔は照れたせいか仄《ほの》かに赤らんでいる。そんな彼の強い色香に、一瞬黙り込むオッサン二人と乙女一人。

「ごめん、僕が軽率だった」

「まぁ、今のは見られてないだろ……あ。ダメだった」

そこに立っていたのは、今をときめくシャイニーズ事務所の大人気アイドル『ＴＥＮＫＡ《テンカ》』のメインボーカルであり、今回のドラマの主役を演じたＫＩＲＡだった。

アイドルらしい『イケメン』の顔を真っ赤にし、ふにゃふにゃに崩れた様子はある意味見ものだ。

「おーいKIRA、そっちにいたのかーって、どうしたお前」

「KIRA君、顔がふにゃふにゃだよ？」

遅れてKIRAのいる場所に来たZOUとROUは、今までに見たこともない彼の様子に驚く。未成年の彼らはジュースを飲んでいたのだが、KIRAの持っている飲み物をひったくって匂いを嗅いだりしている。

「大丈夫だよ。ちょっとKIRA君には刺激が強すぎただけだから」

「すぐおさまっから大丈夫だ」

ヨイチとシジュが慌てる少年達に声をかけるも、彼らはリーダーであるKIRAの異変にパニックになっている。もしかしたら自分のせいなのかとミロクが声をかけようとした時だった。

セットの一部らしき、木の箱に乗っている女の子が一人。なぜか顔は逆光で見えない。

「静まれ、男ども！」

オッサンアイドルと若手アイドルのみならず出演者やエキストラ、ドラマのスタッフまでもが彼女に注目し、辺りは静まり返った。

「美海ちゃん、一体いつからいたの？」

「二十分くらい前からですよミロクさん！」

「しかも照明さんまで巻き込んで……」

「嬉々《きき》として受けていただいたのですヨイチさん！」

「いいから下りてこい。パンツ見えっぞ」

「見せパンですシジュさん！」

「だ、だ、ダメですよ！　み、みせ、見せるとかそういうことじゃないのです！」

あまりにも無防備に下着を見せる美海に、今度はフミがパニックになりつつどこから用意したのか大きめのバスタオルを彼女の腰に巻きつけてやる。

本人は一切気にしていないようだが、そういう問題ではないとフミは断固として許さなかった。こういう時のフミは何を言っても聞かないのだが、今回に限ってはその性格に助けられたとヨイチはホッとする。

何かの余興だったのかと、周りの参加者は元どおりに打ち上げを楽しんでいるが、老若アイドル達は一斉にため息を吐《つ》いていた。

すっかり元の顔色に戻ったKIRAが、呆れたように美海に声をかける。

「お前、なんでこんなことしたんだよ。バカか?」

「特に意味はない。そしてバカに言われたくない」

「なんでオッサン達と対応が違うんだよ!」

「己の心に聞いてみよ」

「意味わかんねーし!」

そう言いながらも彼女と話すのが嬉しいらしいKIRAは、だいぶ口元が綻《ほころ》んでいる。それを生温かく見る『TENKA《テンカ》』のメンバー二人。

いつの間にそうなっていたんだと二人を見る大人達に、美海は『遺憾』という表情を作り出す。器用な少女である。

「さて、僕達は挨拶回りしてくるから、子供達は仲良くしているんだよ」

「サー! イエス、サー!」

ヨイチの言葉に素直(?)に対応したのは美海だけで、KIRAは子供扱いするなと怒り出す。瞬時に向こう脛《すね》を美少女に蹴られ、痛みのあまり転がり回るのをメンバーの男子二人は慌てて介抱していた。

「ほどほどにね」

「いや、これくらいが丁度いいんじゃねぇか？」

「そうですね。監督さんも楽しそうに見ていますし。案外間をおかずにあの子達に仕事がきそうですね」

若者（約一名）よ、強く生きろ!!

そう、心の中でエールを送るオッサン三人なのであった。

打ち上げも終わり、とりあえず事務所に戻ってきたオッサンアイドル三人とマネージャー女子一人。

お茶を淹《い》れて一息ついたところで、ヨイチは口を開く。

「さて。一つの仕事が終わったわけなんだけど」

「なんだよオッサン、なんかあんのか？」

「新しい仕事ですか？」

「うん。まぁ、新しいといえば新しいんだけど、今度の連休の話なんだよ」

「今度の連休ですか？　一ヶ月先ですよね？」

「おい、まさか、また無茶なこと言わねぇよな？」

「僕も正直迷っているんだよ」

「迷う、ですか？」

お茶菓子を用意してきたフミが、ノートパソコンで『344《ミヨシ》』のスケジュールを確認しつつヨイチを見る。

「ほら、この前シジュの提案で『踊ってみよう』にKIRA君達のダンスを踊って、投稿したでしょ？」

「おう。適当なアカウントで投稿したやつか。なんかすげぇ反響があったってサイバーチームが泡食ってたな。なかなか良かったよなアレ」

「はい！　楽しかったです！　またやりましょう！」

「うん。そう。それをまたやるんだよ」

「はぁ？」

楽しそうに話していたシジュとミロクの表情が凍りつく。フミは状況がわからず首を傾《かし》げた。

「いや、おかしいだろ。あれは仕事じゃなかっただろ？」

「そうですよ。あれは遊びだって言ってたじゃないですか」

「ミロク君なら知っているだろう。大手動画サイトで、年に三回大きなイベントがあることを」

一気に顔が青ざめるミロク。

彼は知っていた。

なぜなら引きこもっていた間、嫌という程視聴していた動画を思い出す。

そのサイトで『祭り』と呼ばれるイベントには名だたる踊り手や歌い手、神と呼ばれる絵師や楽器演奏者が一堂に会する……。

「まさか、それに出演するとか言いませんよね？」

ヨイチがミロクの言葉を否定することはなく無言のままだ。思わず「おぅふ」と呻《うめ》き声を上げ、ミロクは両手で顔を覆うのだった。

34★戸惑う真紀と心配する芙美。

フミとマキは、『344《ミヨシ》』が出演しているドラマのクランクアップの翌日、いつもの喫茶店で待ち合わせていた。

事務所近くに古くからある喫茶店は、平日のランチタイムが終了すれば極端に客が減る。それで経営していけるのかという疑問が湧くかもしれないが、どうやら客は常に途切れずに来る。その中の二人がフミとマキであり、彼女達はマスターの覚えもめでたい常連客であった。

マスターの淹《い》れた特製豆のコーヒーを楽しみつつ、フミは目の前に座るマキの様子を静かに観察していた。

次の連休では、大手動画サイトのイベントと共に開催される「コミフェス」と呼ばれるイベントに、抽選で当たって参加することになったマキ。しかし久しぶりに会う彼女の表情は暗く、いつもなら競争率の高いそのイベントに参加できる喜びを爆発させているはずだ。しかし、今回それがないことにフミは首を傾《かし》げる。

「マキ、何かあった？」

「え？　あ、うん。まぁ、ちょっとね」

ＳＮＳでのマキをフミは知らない。彼女は仕事以外でそういうものに触れないし、毎日忙しく過ごしているため世情にも疎《うと》い。そんな友人に心配はかけたくないのだが、「彼」に関してはフミを通すのが解決する近道であるのは確かなのだ。

しかし、フミが仕事で忙しくしているのをミハチから聞いているマキは、彼女の負担になるような相談をすることを避けたかった。

「ちょっとねって、それって何かあったってことじゃない」

「あはは、ほらフミ忙しいじゃない？　心配かけさせるとか嫌でさー」

「心配、させるようなことなの？」

いつもはポワポワしているフミだが、いつになく歯切れの悪いマキに対してその柔らかなオーラが消える。ミロクが見ていたなら、ヨイチとの血の繋がりを強く感じるであろう冷たい雰囲気を出す。

「本当に大丈夫なんだよ？　ただちょっと、不思議というか疑問というか」

「話して」

「別に何があった訳でもなくてね……」

「話しなさい」

「はい」

有無を言わせぬフミの様子に、マキはほとんど抵抗できずに洗いざらい話す羽目になるのだった。


そもそもの始まりは何だったのか。

マキはアニメ『ミクロット』シリーズをこよなく愛しており、歴代のキャラクターを男性同士をカップルにして二次創作をするくらいの情熱を持っていた。

もちろんオリジナルＢＬも大好きだし、市場に出回っているアニメやライトノベル、漫画なども大好きだ。

そんなマキのＳＮＳは、彼女の好きなもので埋め尽くされていた。リアルなマキを載せることはなく、ひたすら彼女の好きなことだけを追求する場としていたのだ。

アニメの好きなマキのフォローする対象には声優も含まれている。ミクロットシリーズ最新作である『ミクロットΩ《オメガ》』。その主要キャラである敵役三人の声優をＳＮＳでフォローすることは、彼女にとって当たり前の事であった。

ご存じの通り『ミクロットΩ《オメガ》』の敵役三人は、最近じわじわと人気の出てきたオッサンアイドル『３４４《ミヨシ》』の三人をモデルとしており、アニメのファンであれば誰もが知っていることである。

フミから当たり障《さわ》りのない彼らの日常を聞いたり、比較的彼らが身近な存在だったマキは『３４４《ミヨシ》』の大ファンでもある。アニメのキャラクターも二次創作として描いているが、リアルな彼らもしっかりと描いて本を作り、同じくイベントで売り出すこともしていた。

「また、お気に入りのボタンが押されてる」

敵役の宰相と騎士を描いたイラストをＳＮＳにアップした翌日、声優の『大野光周公式アカウント』からの反応にマキは戸惑っていた。

「この人、アニメのミロク王子の声優だよね。一応ミクロット繋がりだから、なのかな」

マキと大野は直接繋がってはいない。大野はマキがミロク達と他の一般人より近しい関係であることを知らない。

偶然とは恐ろしいものだ。ネットという世界があれば、こういうことも有り得るのだろう。

それでもマキはその「偶然」に何かを感じていた。

自分の創作活動は大手とは言えないものの、固定のファンがついている。自分がフォローしている公式アカウントからフォローを返されることもまれにあるが、ＳＮＳに上げた画像に反応されることはほとんどなかった。

「なんで、私なんだろう？」

彼女の疑問は尽きない。

そしてそれは、彼女がミクロット関連で上げるイラストだけではなく、彼女のちょっとしたラフ画にまで『お気に入り』という反応がくるようになってきた。

公式のアカウントが反応することによって生まれた過剰なまでの反応に、最近疲れを感じてきたマキは、いっそのことＳＮＳを退会しようかというところまで考えていた。

「ほら、フミはプライベートでＳＮＳやってないし、私の方も急に反応が増えてびっくりしているだけだから、大したことじゃないんだよ」

「それはマキが決めることとじゃないし、少なくとも私は今のマキが大丈夫だと思えないよ」

「う、ごめん」

「謝ることはないよ。だって私が無理やり聞いたんだから」

体を縮こまらせて小さくなるマキに、フミはやっといつものポワポワした笑顔を見せる。

「心配かけたし」

「心配したかったの。マキだって私の心配するでしょ？」

「そりゃ、そうだけど」

「おあいこでしょ？」

「んー、ま、そうだね。うん。ありがとうフミ」

「どういたしまして」

肩の力を抜いたマキは笑顔で礼を言うと、フミも笑顔で返した。

（うーん、どうしようかなー）

フミは笑顔のまま、誰に相談するか迷っていた。この件はヨイチに話すのは色々よろしくない気がしている。

以前叔父の恋人に大野がちょっかい出そうとした一件は、彼の逆鱗《げきりん》に触れたため話題として出し辛《づら》い。そしてフミは別の情報を持っていたのだ。

（うん。やっぱりミロクさんに聞いてもらおう）

自分の心臓への負担と親友を秤《はかり》にかけるまでもなく、フミはスマホを取り出しミロクにメールを送るのだった。

35★芙美は弥勒に相談する。

すっかりメンタルがやられてしまっている友人の姿に、これは早々になんとかしなければと奮起したフミは、雑誌モデルの仕事に行くミロクを送り届けることを自分のスケジュールにねじ込んだ。

事務所の社長であるヨイチは、現在三人揃《そろ》っての仕事のみを受けている。シジュは『チョイ悪お兄さんモデル』として業界でも重宝されており、撮影の際には出版社の方から送迎車を出すなどの破格の対応をされていた。

そしてミロクには、『王子』と触れ合いたいと思う命知らずな人間が出つつある。それを社長とマネージャーは断っているのだが、未《いま》だに他人との距離を掴むのが苦手なミロクのために、なるべく一人で現場に行かせるスパルタな仕打ちをしていた。

フミが今回のモデルの仕事で送迎するという話に、ミロクは少し不思議な顔をしたものの、彼にとっては嬉しい申し出だったため、ウキウキと仕事に出たのだが……。

「マキちゃんのこと？」

「そうなんです。今、マキが悩んでいることについて相談したくて」

相談か何かだろうなと予想をしていたミロクだったが、実際それだけだとやはり凹《へこ》んでしまう。気力で顔に出さないようにしつつ、彼は笑顔でフミの話を聞くことにした。

「ええと。つまりツイッタラーで繋がった大野君が『お気に入り』の反応をマキちゃんにしていると。それで良くも悪くも反応が多くて、マキちゃんはメンタルをやられてしまっていると。ここまではいいかな？」

「はい。そうです」

「で、なんで俺に相談なの？」

「えっと、それはその、間違ってたら申し訳ないんですけど、ミロクさんなら大野さんと繋がっているかなって」

「……なんでそう思ったのかな。仮にも彼は以前、姉さんとヨイチさんを怒らせた人間だよ」

「だからです」

現場から少し手前の場所で、端に寄せて車を停《と》めたフミは、助手席に座るミロクを真《ま》っ直《す》ぐに見つめる。

「ミロクさんなら、大野さんとメールのやり取りくらいはされていると思いました。そしてそれは叔父も知ってるとは思いますけど」

「うん。そうだね。ヨイチさんから言われたというのもあるけれど、俺は大野君を切ろうとは思わなかったよ。また仕事をするだろうし、彼ならきっと心を入れ替えて頑張ると思ったからね」

「ふふ、やっぱりミロクさんは優しいです」

嬉しそうに微笑《ほほえ》むフミに、優しいと言われたミロクは嬉しくなって花が咲くような満面の笑みで返す。

「ありがとうフミちゃん。俺のことをわかってくれてて嬉しいよ」

「え、あ、あにょ、しょんな……」

思わぬフェロモン爆撃をくらってしまったフミだったが、ここで倒れるわけにはいかんと何とか気力を振り絞って持ち直す。さすが『344《ミヨシ》』マネージャーである。

「それにしても、大野君が言ってたツイッタラーの気になる子って、マキちゃんのことだったんだ」

「え？　そういう話もしていたんですか？」

「うん。まぁ気になるっていうか、『たまたま気になった』らしいんだけどね」

人気声優である大野は、ツイッタラーというSNSの『公式アカウント』なるものを取得していた。

そして彼は、仕事での活動を知らせるツールとして使用していた。

有名人になればなるほど、公式アカウントの人間が反応した一般の『モノモウス』は、爆発的に拡散される。

つまり普段仕事くらいでしか利用していない大野が、マキの作品に対して反応したために大野のファンや周りの人間が一気に注目し始めたのだ。

これに関して良い悪いはないだろう。

確かに大野がもっと考えて行動すべきということもあるのだろうが、大野はマキにここまで大きく反応が寄せられていることを知らないようだ。

この話を聞いてたミロクも、フミから聞くまでここまで大事になっていたとはと驚いている。

「その反応には良く言ってくれる人もいるけど、マキちゃんのことや作品を誹謗《ひぼう》中傷するようなものも多いみたい」

「そんな……ひどいな」

「最初は『私はプロじゃないんだし』って流していたんだけど、さすがに続いているとキツイみたいで……。ミロクさん、大野さんはどうしてマキちゃんのことが気になったんでしょう」

「ああ、最初は好みのイラストだなって思ったみたい。今まではそれで終わっていたんだけど、たまたまマキちゃんのページに飛んでイラストを見ている内に気になったみたい」

「何がですか？」

「宰相と騎士のイラストばかりで、王子のイラストが一切ないって」

「……ああ、そういうことですか」

「え？　なに？　フミちゃんは知ってるの？」

「えーと、なんというかマキは宰相と騎士に対して一途《いちず》というかなんというか、あのその……」

急にしどろもどろになるフミを「可愛《かわい》いなぁ」と愛情深く見守るミロクだったが、彼女の顔が真っ赤になっていくのを見てさすがに助けてあげることにした。

「あはは、知ってるよ。前にマキちゃんから本をもらったことがあるから」

「ええっ⁉　マキったらミロクさんになんというものを……」

その本……薄い本の内容はいわゆるBLだったが、さっと目を通したミロクは登場人物の一人であるヨイチの鞄《かばん》にそっと入れておいた覚えがある。薄い本のその後の行方は知れない。

ちなみにマキが王子を描かないのはフミの気持ちを知ってのことである。さすがに友人の想い人を、男性同士の恋愛のモデルにするのは気がひけたのであろう。それでも他の担当タレント二人をがっつり描くのもどうかと思うが……。

「それにしても、大野君はかなり気を使ってたみたいだよ。実際に本を出してるなら遠くから見てみたいとか言ってたし」

「え、ストーカー……」

「いやいや、俺も一緒に行くことになっていたんだ。コミケに行ったことないって言ってたから、仕事がなければ付き合うよって」

「まぁ、それなら大丈夫ですかね」

「大野君、ちょっと可哀想《かわいそう》になってきたかも」

フミの警戒心の強さに苦笑するミロクだったが、大野の過去を知る人間はこれが普通なのかもしれない。迷惑だと言っても聞かずに我を押し通す、なかなかの困った人間だったのだ。

「マキには何て言いましょうか」

「うーん、そうだね」

形のいい顎を長い指でそっと撫《な》でるミロクの仕草に、思わず見惚《みと》れていたフミだったが、頭をプルプル振ってなんとか正気を保つ。

そんなフミを愛《いと》おしげに見ていたミロクは、ふと思いついた。

「うん。じゃあ、本人同士を会わせよう！」

36★人気絵師と人気声優の逢瀬《おうせ》。

ミロクからの突然の呼び出しを受け、大野は特に疑問に思うこともなく、待ち合わせ場所になっている喫茶店へと向かっていた。

ニット帽を深く被《かぶ》り、黒縁の伊達《だて》メガネをかけた彼は目立つ容姿ではあるものの、周りの目を気にすることなく歩いている。周りの目が気にならない理由は、如月事務所周辺であるということと、ミロクと合流するという二点にあった。

オッサンアイドルの『344《ミヨシ》』はご近所付き合いを大切にしており、商店街の人達や周辺住民との良好な関係を築けている。そういうところでは『ヨソモノ』が浮いてしまうものなのだ。

不審な行動をしているパパラッチなどはあっという間に如月事務所に連絡が入り、タチの悪い輩《やから》には下手すると警察から職務質問を受けてしまうくらいである。

(ミロクさんの側《そば》にいれば、目立つのは俺じゃなくてミロクさんだからなぁ)

大野は苦笑しつつ歩いていると、数ヶ月ぶりに会う『王子』が喫茶店の入り口に立っているのが見える。

相変わらずのキラキラしたオーラを振りまくミロクは、メールのやり取りで言ってたような『フェロモンみたいなのをコントロールするのができるようになってきた』という一文をガン無視したような存在感を放っていた。

「大野君、久しぶりだね!」

花が咲くように微笑《ほほえ》むミロクに、大野はつい顔を赤らめてしまう。

「はぁ、ミロクさんは相変わらずですね」

「え？　何が？」

「いや、何でもないです……」

なぜか疲れている様子の大野に首を傾《かし》げつつも、今回の呼び出し内容を伝える。

その瞬間、回れ右をして駅に向かって猛ダッシュをしようとする大野を、意外と力強く首根っこを摑んで引き止めるミロク。

「な、なんで今からマキマキ先生に会わなきゃいけないんですか！　マジですか！　リアルマキマキ先生マジですか！」

「うん。そうだよ。大野君は謝りたいんでしょ？」

ミロクからツイッタラーでの自分の立ち位置を考えて行動するように注意され、大野は慌ててマキの上げた作品への『お気に入り』登録を解除した。

確かにミロクには「本人に謝りたいけど、そっとしておいたほうがいいですよね」とメールで送ってはいたが、直接会って謝るという意味ではない。

「いきなり会って謝るなんておかしくないですか？　いくらミロクさんがマキマキ先生と知り合いとはいえ、おかしいですよ！　それにすごく迷惑かけたのに、なんて言えばいいのか……」

「すごく迷惑って……今回のはしょうがないと思うよ。ここまで反応が大きくなったのは大野君がきっかけかもしれないけれど、そもそもマキちゃ……マキマキさんが実力のある絵師さんだったからこうなったと思うし」

「まぁ、確かにマキマキ先生は神絵師だと思いますけど」

「大丈夫だよ。とにかく待たせちゃ悪いし、お店に入ろう」

ぐいぐい大野の背中を押すミロク。

店内に入るとふわりとコーヒーの豆を挽《ひ》く香りが漂い、奥の方に若い女性が二人座っているのが見える。

大野にとって片方は見覚えのあるミロクのマネージャーの女性、ということは絵師のマキマキはもう一人の女性だろう。

「二人とも待たせてごめんね。彼が声優の大野光周くんだよ。ほらほら大野君、固まっていないで挨拶しなきゃ」

固まったまま動かない大野に、ミロクは肘で彼の脇をグリグリと小突く、というよりもかなりの力で抉《えぐ》っている。そこまでして何とか再起動した大野は、ぎこちない笑顔を見せてお辞儀をする。

「初めましてマキマキ先生、大野と申します。この度はご迷惑をおかけして申し訳ないと思っています」

「うん。とりあえず座ろうか」

ミロクと大野は並んで座り、フミとマキが向かい合う状態になっている。その中で、緊張しているのは大野だけではなくマキも固まった状態になっていた。

「マキ、どうしたの？　具合が悪いとか？」

「い、いや、あの、あの」

「マキマキ先生？」

「ぴにゃっ⁉」

アワアワしているマキを心配した大野が呼びかけると、子猫のような悲鳴をあげてびくりと体を震わす彼女にミロクとフミは驚いて顔を見合わせる。

フミは自分の親友が初めて見せる表情に、ふと思い出す。

(そういえばマキって、アニメ好きだけど声優好きでもあるよね)

さらに言えば、そもそもツイッタラーで大野をフォローしたのはマキからだ。これは大変だとフミは話せなくなっているマキの代わりに口を開く。

「大野さん、マキ……マキはアニメ『ミクロットシリーズ』が大好きで、特に今期の『ミクロットΩ《オメガ》』が一番好きだって言ってたんですよ。ツイッタラーの大野さんの反応も、本当は嬉《うれ》しかったんですよ。ね、そうだよね」

「う、は、はひ、そです」

「まぁ、マキマキさんはプロ作家さんじゃないから、世間の悪意みたいな反応に慣れていなかっただけなんだよね。これで嫌にならず、ファンのためにも頑張ってくれると思うよ」

「ふぁ、ふぁんだなんて、そんな私なんて全然……」

ミロクの言葉にショートボブの髪を乱すくらいに首を振り、その勢いにメガネをずらしつつ否定するマキを見て、それまで黙って話を聞いていた大野は真剣な表情になる。

「自分を否定するのは良くないですよ。マキマキ先生のファンはここにも一人いるんですから」

「ふにゃあっ⁉」

再び謎の声をあげて、椅子から飛び上がらんばかりのリアクションをとるマキ。その過剰反応な様子を見て、さすがにミロクは首を傾《かし》げる。大野はそんな状態のマキに構うことなく、真剣な表情で言葉を紡ぐ。

「最初、なんでこの人は王子を描いてくれないんだって思って見てました。でもずっと追ってる内に気づいたんです。俺はマキマキ先生だから、俺が声を担当している王子を描いて欲しいんだってことを。不思議と惹《ひ》きつける絵を描くあなたに、俺はすごく惹かれています。だからこれからも作品を楽しみにしています」

「は、は、はひぃぃぃ……」

フニャフニャになってしまったマキを慌てて支えるフミは、ふと気づいてミロクにそっと囁《ささや》く。

「ミロクさん、大変」

「どうしたの？」

「マキのドストライクの声が、大野さんだったの思い出しました」

「ああ、そういうことか」

「ちょっとこの子をクールダウンさせてきますね」

「了解。ごめんね」

マキを支えて席を外すフミ。大野は真剣に語った時とは打って変わって、なぜか泣きそうな顔をしている。

「ど、どうしたの大野君。ここまでの流れで君が泣く要素はなかったよね？」

「うう、ぐす、ミロクさん、俺やっと会えました」

「そうだね。憧れの人に会えたね」

「違いますよ！　妖精です！　マキマキ先生は妖精なんですよ！」

「はぁ？」

「イメージ通りです！　きっと妖精みたいな、女性なのに女性らしくない体つきとか！　イメージそのままですよ！」

泣きながら興奮する大野に、ミロクは改心したところで大野は大野だったなと妙に納得する。そして「今の言葉は永久に封印しておけ」と若干肉体を絡めたオハナシをして、人気声優の顔色を青から白へと変えたのであった。

37★スピンオフの打ち合わせをする三人。

「それで、大野君はこれからどうすることになったのかな？」

「公式アカウントではなく、別アカウントでやりとりするとのことです」

「まぁ、ツイッタラーは直接やり取りしないもんだからな」

「シジュさん詳しいですね。やってるんですか？」

「アカウント持ってってけど、見てるだけだからなー」

（シジュさんツイッタラーやってるんだ……）

意外だと言わんばかりの顔で見てくるミロクを、シジュは「うるせー」と言って彼の頭をわしゃわしゃとかき回す。

「やめてください！　せっかくニナがセットしてくれた髪が乱れます！　しかも俺、何も言ってないじゃないですか！」

「顔がうるせーんだよ」

「ひどい！」

そんな弟二人を見てクスクス笑っていたヨイチは、隣で立っているフミに目を向ける。

「で、マキさんの様子はどう？　大野君の事何か言ってた？」

「彼女曰《いわ》く『声がドストライク』だそうです」

「声だけ？」

「あの子はリアルに興味ないので、外見とかほとんど覚えてないかも……」

少しばかり大野が不憫《ふびん》に思えたミロクだが、彼のマキに対する『外見』への物言いを思い出し、ミロクは特に何かしてやる必要はないと心の中で結論づける。

大野の問題発言に対し、ミロクは肉体的な語らいをした。ほぼ脊髄反射のような勢いで言葉を発するくせがある大野を躾《しつ》けるには、肉体言語が一番だとミロクは学んでいた。もちろん大野の事務所に話を通してあるのは言うまでもないだろう。

（多少痛めつけてもいいからって大野君のところの社長さんは言ってたけど、一体どれだけ問題起こしてきたんだろう……）

それでもミロクは大野を嫌いにはなれなかった。彼は良くも悪くも正直に生きてきており、それがミロクにはとても魅力的に見えたのだ。

自分にないものを持っている大野は、少し眩《まぶ》しく見える。

その全てを真似《まね》しようとは決して思わないミロクだが、自分に欠けているものの一つである事は間違いないだろう。

ヨイチもそこのところはわかっていて、ミロクが大野と交流するのは彼の成長に繋がると見ていた。危ういものはあるが、何かあればフォローに入ろうとヨイチは考えていた。

「じゃあ、今日の打ち合わせに入ろうか。昼からドラマのスピンオフ撮影に入るけど、台本はない。それに対してどうしていくかなんだけど」

「だよな。一応ドラマ本編の放送日にスピンオフも放送されるんだよな。だったら本編の内容に沿った方がいいって事か」

「ゲストも呼ぶって事ですよね」

「第一回は僕らだけだよ。とりあえず三家臣だけを出して僕らを認知させると」

「いつものコントっぽいヤツでいくか？」

ここでフミが温かい紅茶をオッサン三人の前に置く。春になったとはいえ、まだまだ冷え込む日が続いており、すこし冷える会議室にいるオッサン達にとって温かい飲み物は有り難かった。

「俺、弥太郎モードになるには、そのままだとキツイんですけど……流れとかヨネダヨネコ先生から貰えないですかね」

「当初の台本から、あらすじだけ取り出したのを作ってもらえそうだね。でも監督としては『素』を出してもいいって話だよ」

「それだとラジオみたいになるんじゃねーの？」

ラジオでは自分を飾らず、とにかくヨイチとシジュと楽しく過ごしているミロクは、いい香りのする紅茶を一口飲むと満足気にホワリと微笑む。

「フミちゃん、紅茶美味しいね。ありがとう」

「ど、どういたしまして、です。事務所前の喫茶店のマスターから教えてもらったんですよ」

ミロクの笑顔から視線を逸《そ》らしつつ、礼を言うフミはそそくさと給湯室へ行ってしまう。それを少し寂しそうに見送ったミロクだったが、素早く頭を切り替えてヨイチとシジュに視線を戻す。

「ラジオだと『素』を見せ過ぎることになりますよね。それだとドラマへ目が向かなくなってしまうような」

「んだな。俺とヨイチのオッサンはそのままで良さそうなんだけどな」

「問題はミロク君か」

「うう、弥太郎、弥太郎、クランクアップしたらどう演技していたのか……弥太郎の皮がどこかに落ちてないでしょうか」

「そうだねぇ、ミロク君は天才系だから場の雰囲気があればいけると思うんだけどね」

「なんでもいいけど、皮ってなんだよ」

「猫の皮をかぶるみたいな感じです」

「ミロク君……猫だけでいいんだよ。猫だけで」

「え？　皮はいらないんですか？」

「落ち着けミロク。本当に落ち着け」

フミがおかわりの紅茶とお茶菓子のマドレーヌ（サイバーチームしらたま氏の手作り）を持ってきた時に見たのは、きょとんとした顔のミロクと横で頭を抱えるヨイチとシジュだった。


スピンオフドラマの撮影は、基本屋内のスタジオで行われる。

学校の保健室のセットのみでドラマを進めていかなければならないため、内容にも気をつけなければならない。突然「外でドッジボールしようぜ！」などと言ってはいけないのだ。

控え室で衣装に着替えるオッサン三人だったが、長髪にしなければいけないミロクが一番準備に時間がかかるため、ヨイチとシジュはウィッグを付ける彼の後ろでのんびりと待っている。

「なんか久しぶりな感じがします。このウィッグ」

「長髪のミロク君も評判いいよね」

「俺、もう武士の言葉遣いとか忘れてますよ」

「本当に終わった役をさらっと忘れるんだな。お前ってやつは……」

「シジュさんは引きずりすぎなんですよ」

頬を膨らませたミロクの言葉に、ヨイチは驚いたようにその切れ長な目を丸くした。

「ミロク君、さらっと地雷を踏むよね」

「まぁ確かにな、俺って引きずりまくってたよな」

「おや、シジュは強くなったのかな？」

日本に帰ってきた『あの女』の来襲からシジュは過去を清算できたようで、ミロクの言葉をサラリと流してみせた。

「そりゃそうだろ。日々オッサンもミロクも成長してんだ。俺だって前に進んでいかねーとダメだろ」

白衣の下の黒いシャツはボタンを二つほど外しており、その引き締まった胸筋を見せびらかすように胸を張ってみせるシジュ。

対して銀縁メガネをかけたヨイチは、スリーピースのスーツをかっちり着ていた。そしてミロクはもちろんポニーテールに学生服を着用！　である。

「文化祭では遊びでしたけど、仕事とはいえ学生服着る三十代ってどうなんですかね」

「童顔の俳優さんが着たりもするし、そんなおかしなことじゃないと思うけど」

「似合ってりゃいいだろ。あ、そーだ。マネージャーも着てみれば？」

「はぁ⁉」

突然の無茶振りに、用意していたペットボトルをゴロゴロ落とすフミ。キャップが開いてなくて何よりである。

「あ、それいいな。フミちゃんの制服姿見たい」

「何言ってるんですかミロクさん！　前に着たじゃないですか！」

「それはそれ。これはこれ」

いつになく男らしい引き締まった顔のミロクは、まるで戦国武将のような覇気を纏《まと》っている。

「おお、なんかミロクがすごいやる気を出してるぞ！」

「この感じでいったら良いんじゃないかな？　撮影が上手くいったら、ご褒美にフミがコスプレするということで」

「勝手に決めないでください！」

フミの叫びは心からのものであったが、社長のヨイチから伝家の宝刀「マネージャーとしてタレントを元気にさせよう」を言われた彼女に逆らう術《すべ》はなく、泣く泣く了承するのであった。

38★ピンクなカップルと身内の美女。

女の子らしい、ピンクをベースにした部屋に男女が二人。

静かに流れる洋楽は最新のものではなく少し古いものだ。その中でも一際高く響き渡るのはキーボードを叩く音だ。パソコンに張り付いている女子の、ジャージを着ている背中は小さく可愛《かわい》らしい。

そんな彼女を眩《まぶ》しげに見つめるスーツ姿の男性が一人。

男と女。

そう、二人は編集者と作家。

編集者である男が女性作家の家にいるという現状を、漢字四文字で表現するのであれば『締切間近』であろうか。

よく見れば二人とも目の下が薄黒くなっており、室内はどんよりとした空気が漂っている。

そこには初々《ういうい》しい恋人同士の甘い空気などは一切感じられない、恐ろしき修羅場という現状であった。

ふと男性編集者の川口は、自分のノートパソコンに入ったヨネダヨネコからのメールに気づく。彼は首を傾《かし》げながら添付ファイルを開き確認すると、目の前にいる女子高生作家に声をかける。

「ヨネダ先生、これはプロットですか？」

「あ、すみません。このデータを『344《ミヨシ》』のヨイチさんにメールで送ってもらって良いですか?私アドレス知らないので」

「ああ、スピンオフの台本からあらすじを抜き出したやつですね。これなら彼らも助かるでしょう。一時はあれだけ執筆したものを取りやめるなんて、何考えてるんだと思いましたけどね」

「女子である私が本物の男子に敵《かな》うはずないでしょう」

「その男子の身になってください。突然の台本ナシでどうすりゃいいんだってなりますよ」

「反省しております」

「ええ、反省してください。ついでに新刊に付ける特典の短編を忘れていたことも、しっかりと反省してください」

「面目ない」

　珍しくも二人一緒に休みが取れたと喜んでいたのに、自分の担当している作家である彼女は仕事を忘れていたため今日のデートはなしとなってしまった。

　さらに昨日から二人とも寝ていない。高校生である彼女は平日は学業に専念しているため、休日である今日終わらせる必要があるのだ。

　泣きそうな顔でパソコンに向かって一心不乱にキーボードを叩く姿に、終わったらご褒美に甘いものでも買おうかと「彼女」に対しては甘くなる川口であった。


　スタジオに入ったオッサンアイドル三人を待っていたのは、ドラマのプロデューサーと監督だった。

　その二人の黒い笑顔を見て何やら嫌な予感に駆られたヨイチは、ミロクとシジュの肩を掴むと三人一緒に回れ右をしてスタジオから出ようとする。

「ちょ、ちょっとヨイチ君！　話を聞いてくれよ！」

「これから撮影だから忙しいなぁ。さてと、打ち合わせしようか」

「頼むよヨイチ君！　君だけが頼りなんだよ！」

猫なで声で交互に話しかけてくる五十代半ばのオッサン二人を、鬱陶《うっとう》しそうにヨイチは睨《にら》みつける。

「なんなんですか。いい歳したオッサンが気持ちが悪いんですけど」

「オッサンは君だって同じだろう。真面目な話だよ一応」

「はぁ、聞きますか。ミロク君とシジュは打ち合わせ進めておいて」

老人に片足を突っ込みかけたオッサン二人を相手に、ヨイチは臆せず堂々としている。そんな社長の様子に心配することはないが、スピンオフの撮影は基本『アドリブ』となっているため打ち合わせには三人揃《そろ》うことが必須条件だ。

「ヨイチさん……」

ミロクの不安げな顔を見て、ヨイチは彼の肩に置いていた手をそのまま背に回し、ポンポンと軽く叩く。

「大丈夫。すぐ終わらせてくるから。シジュちょっと頼むよ」

「おう、まかせとけー」

心配そうに何度も振り返るミロクを、シジュは宥《なだ》めつつスタッフの待つところへと連れて行く。そんな末っ子の様子をヨイチは苦笑して見送った。

振り返った彼の顔は笑みを浮かべてはいるものの、その切れ長な目は一切笑っていない。むしろ殺気すら感じられる。

「ヨ、ヨイチ君、落ち着いて……」

「落ち着いていますよ。こっちは時間のない中、あなた方の話を聞くためにわざわざ可愛い弟を不安にさせてまでここにいるんですから」

「怖い！　怖いんだよ笑顔が！」

引きつった顔のプロデューサーが慌ててスタジオから出て行ったと思うと、すぐさま一人の女性を連れて戻って来た。アッシュブラウンの長い髪を後ろにゆるりと流し、落ち着いたカーキ色のスーツに身を包むモデルのように綺麗《きれい》な立ち姿。その整った顔をヨイチに向けて微笑む美女。

ヨイチの冷たい笑みは一瞬で色香を放つ笑みへと変わっていく。

「ミハチさん！　どうしたのこんな所で？」

「どうしたって言われても、今回のスポンサーはうちの会社なんだけど……ねぇ、その顔やめた方が良いわよ？」

愛《いと》しくてたまらないというその表情は、いつもの穏やかで冷静な彼とは思えないほどトロトロに蕩《とろ》けている。そんなヨイチの表情を初めて見たのか監督とプロデューサーは唖然《あぜん》としているが、彼らに構わずヨイチはミハチの腰に手を回して自分に引き寄せる。

「そういえば君の会社がスポンサーだったね。でも商品開発部の君がここに来たのはどうして？」

「春の人事で広報部に異動になったの。商品開発部にはまた戻れるとは思うんだけど、たぶんこのスピンオフのことで私が動くことになったんだと思うわ」

「僕の恋人だから？」

「違うわよ。ミロクの姉だからでしょ。あなたわかってて言ってるでしょ」

「ふふ、君が僕のものだって広く伝わるといいなって思ってね」

「ダメよ。アイドルは恋愛禁止、でしょ？」

「そんなの、僕に通用しないよ」

クスクス笑いながら戯《じゃ》れ合う二人に、恐る恐る監督が声をかける。

「あー、ヨイチ君、彼女は君の知り合いだったのかな？」

「そうですが何か」

「なんだそうだったのか……すごい美女を一般人から見つけたと思ったのに、君が知っててそのままなら『そういうこと』なんだね」

「え？　何？　どういうこと？」

ミハチはがっくりと肩を落とす監督とプロデューサーを見て首を傾げる。

どうやらミロクの姉であるミハチの美貌に、監督らは逸材を見つけたと思ったらしい。しかしヨイチの知り合いということと、彼が彼女に対して過剰なまでの愛情表現をする様子に何か気づいたようだ。

「ミハチさんは美人な上に可愛いですからね。目をつける男はいっぱいいるだろうけど、渡すわけにはいかない……まぁ、取られる前に潰しますけど」

ヨイチはキラキラと輝くシャイニーズスマイルを、監督とプロデューサーに向けて全力で放っていた。

39★大崎家の一幕と、弥勒の気合。

深夜の帰宅となったミロクの妹ニナは、それでも玄関で靴をきちんと揃《そろ》える。どんなに急いでいても命に関わらない限りはマナーを守る、それが大崎家の家訓なのだ。

それでも我慢できずにダイニングルームに駆け込んで来た娘に、今日ばかりは母親のイオナも目を瞑《つむ》ることにする。

「そんなに慌てなくても、まだ始まっていないわよ」

「録画はそのままにしておいてね！」

「わかってるわよ。とりあえずご飯食べなさい。まだなんでしょ？」

「ありがとう。ソファで食べてもいい？」

「しょうがないわね」

クスクス笑う母の様子を見て、ニナは少し頬を膨らませる。普段はあまり表情を変えない彼女も、母親の前では子供っぽくなる。

「だって、お兄ちゃんのアドリブ劇だよ？　初めてのだよ？　初回の放送だけはリアルタイムで観たかったの」

「ニナは本当にお兄ちゃん大好きなんだから。ミハチも『ブラコン』って言ってたものね」

「ブラコンじゃない！　家族思いなだけ！」

母親の用意した夕飯の唐揚げを頬張りながら、早速テレビの画面に注目するニナ。そんな娘の様子を楽しげに見ていたイオナの後ろのドアから、ちょうど風呂上がりの父イソヤが部屋に入って来た。

口には出さないが、息子の活躍を一番喜んでいたのは父親のイソヤである。今日もミロクの出ているドラマのスピンオフが深夜に放送されるとあって、その前に風呂を済ませてきたのだ。

「もうすぐかな？」

「ええ、ちょうどニナも帰って来たから、一緒に観られるわね」

「最初はミロクがモデルとかアイドルとか、どうなることかと思ったけど。さすが君の息子だよ。しっかりやっているようだね」

「ふふ、あなたの息子でもあるのよ」

「ほら、お父さんもお母さんもイチャイチャしてないで。もう始まるよー」

微笑《ほほえ》み見つめ合う夫婦に向かって、ウンザリしたようにニナが声をかける。せっかくリアルタイムで観られる状態なのに、この二人は放っとくと延々とイチャイチャするのだ。

若い頃、大恋愛の末に結ばれたという二人が仲良しなのは良いのだが、もういい歳なので少しは自重してほしいと思うニナ。しかし、二人のような恋愛をしたいという憧れも彼女には少しだけある。

（まぁ、私にはしばらく無理かなー）

きっと叶《かな》わぬ恋になるだろう相手の顔を思い浮かべ、それを脳内から追い出すようにプルプルと頭を振る。

追い出したところで再びテレビ画面に出てきてしまうのだが、画面の向こうにいる彼は『アイドル』である。

（さてと。しっかりとお兄ちゃんの勇姿を目に焼き付けなくちゃ）

半ば強引に思考を変更したニナは、今度はタルタルソースをたっぷりとつけた唐揚げを口いっぱいに頬張るのだった。


「えっくし」

「シジュさん風邪ですか？」

「いや、これは女だな」

「どう判断すれば、そうなるんだい？」

オッサン三人はフミの運転する車に乗っている。続け様に出るシジュの漫画のようなクシャミに、思わず噴き出すヨイチ。

「クシャミの原因が女性だとしても、そんなに出るなんてどんな思われ方をしてるんだろうね」

「きっと俺のことを好きで好きでたまらないんだろうなー。あー、罪な男だな俺はー」

シジュを想う『かの女性』が聞いたら、彼はきっと無事ではいられないだろう。色々な意味で。

「それにしても……第一回のスピンオフ撮影はアドリブドラマでしたけど、俺全然ダメダメで、すみませんでした」

「まぁミロク君の演じる弥太郎は口数少ないキャラだから、とにかく僕らが頑張るしかなかったっていうのもあるよね」

「おう。疲れたぜ」

クシャミを連発したせいか、鼻をすすりながらもまったく疲れた様子を見せないシジュ。彼のすごいところは疲れている状況でも『疲れた様子を見せない』ところだろう。

いつかミロクが、シジュに「なぜ疲れないのか」と聞いたことがある。

「アイドルってのは他人に見られる商売だろう？　『夢を売る』って言うのは言い過ぎかもしれねーけどな。ホストもそうだったんだ。客に『夢』を見せるんだよ。だから誰かの目があるところじゃ、俺は素を見せねーんだ」

「でもシジュさんは、俺たちしかいなくても疲れた顔を見せないですよね？」

「結構見せてるつもりだけどな。でもまぁ、仲間だからこそ気持ちよく仕事してぇし、気をつけてはいるぞ。ミロクだって前に怪我《けが》したのを隠してたじゃねぇか」

「アレは本番前でしたから……」

「同じだろう。それは信頼してないとかそういうんじゃねぇよ。空元気《からげんき》でもなんでも、俺らはアイドルだ。他人だろうと仲間だろうと、心配させるようなパフォーマンスをするなんざプロじゃねぇだろ」

「そう、ですね」

「本当に無理なら無理って言うしな。この歳だからこそ自分の限界くらい知ってる。まぁミロクは限界を知った上で無理するから怒られるんだぞ。気をつけろよ」

そんな会話をミロクは思い出しつつ、後部座席の隣に座るシジュを見る。じっと見られていることに気づいたのか、シジュは「こっち見んな！」と言いながら照れ臭そうにそっぽを向く。

(今回はアドリブが上手くない俺のせいで、ヨイチさんとシジュさんの足を引っ張っちゃったな)

心の中で反省しつつも、今回の撮影で流れは摑めたような気がするミロク。次回はゲストを交えてのアドリブドラマとなるため、また違った雰囲気になるだろう。

（ん、次はもっと上手くやれる）

ミロクの良いところは、失敗したイメージをプラスのイメージに変換できるところだ。それは引きこもっていた頃に知り合った、ネット繋がりの仲間から教わったイメージトレーニングの賜物《たまもの》である。

（経験に勝る知識はない。次は大丈夫、きっとできる）

何度も自分に言い聞かせ、気持ちを前向きに持っていくミロク。

手に持っているスピンオフドラマ第二話のプロットに目を落とし、ミロクは次こそはと再度自分に気合を入れるのであった。

40★祭りのダンス練習に入るオッサン三人。

フミの運転する車は事務所近くにあるビルの前で停《と》まった。

小綺麗《こぎれい》なビルの中には馴染《なじ》みのスポーツジムがある。比較的最新の設備が置かれているため、数あるスポーツジムの中でもここは人気がある。そしてオッサンアイドルになる前のミロクが、初めてヨイチとシジュに会った記念すべき場所でもある。

ここのジムは当然会員制なのだが、会員になるのは難しいらしい。

らしい、というのは、ミロクが会員になれたのは姉ミハチの紹介だったため、入会審査のようなものを受けなかったのである。

「いつものところは大丈夫かな」

「はい。平日ですので、Cスタジオは空いています」

慣れた様子でスタジオの貸し切り処理をするトレーナーの差し出す書類に、ヨイチがサラサラとサインをしていると横からシジュが口を出す。

「マシーン使える?」

「別室に移動させておきます。どこらへんですかね」

「腹まわり」

シジュの言葉にビクッと体を震わせるミロク。そんな二人の様子にヨイチは苦笑し、スタッフに変更を申し出る。

「スタジオは二時間で頼むよ、トレーニングルームは一時間で」

「今日はそこまで混まないので延長も大丈夫ですよ」

「いつも悪いね」

個別指導用のトレーニングルームを借りる予約もしておくヨイチを見て、シジュは満足そうに頷《うなず》く。ミロクの顔色は悪い。

（なんで太ったのバレたんだろう）

如月事務所の床には体重計でも埋め込まれているのだろうかなどと、妙な事を考えているミロクに向かいシジュは呆《あき》れた顔をしてみせた。

「見りゃわかる。お前の細胞はまだまだ『太りやすい』んだ。スポンジケーキはもうちょい我慢しとけ」

「うう、シフォンケーキとかも好きなのに……」

「パンケーキなら良いぞ。ホットケーキとか」

「うう」

しょんぼり肩を落とすミロクに、ヨイチが「そういえば」と会話に入ってくる。

「ミロク君、スピンオフの撮影で反省しすぎて忘れてたみたいだけど、フミの女子高生コスプレは次回にするのかな？」

「ああ！　忘れてました！　でも今回は反省点が多かったので、次回にします！」

楽しみだなーと頰を赤らめてウキウキしているミロクを、残念な子を見るような目でヨイチとシジュは見ている。

ちなみに、オッサン三人を送って事務所に戻ったフミはコスプレ話は冗談だと思っていたらしく、後から聞いて叔父の余計な一言に涙することとなる。

「じゃあ、尚更《なおさら》トレーニング頑張ってやらねーと、太ったアイドルなんてシャレにならねーぞ」

「はい！　頑張ります！」

ダンスの練習用に借りたスタジオは、前面が鏡張りになっている。

ゆるく音楽を流しながら準備運動をするオッサン達は、かなり念入りにストレッチをしていた。

凝り固まった体をしっかりとほぐさないと、オッサンの体で激しいダンスは踊れないのだ。最悪、痛めてしまう場合もある。

「練習するのは『ＴＥＮＫＡ《テンカ》』の曲のダンスですか？」

「そうだね。それと数曲ボカロボの曲を踊るよ」

「ボカロボ、ですか」

ネット中毒者であったミロクはもちろん知っている。ボカロボとは『ボーカロボット』という音声合成技術のことであり、ソフトさえあれば素人でも簡単にボーカロボットに歌を歌わせることができる。

今回オッサンアイドルの彼らが出演する大手動画サイトの祭りでも、そのボーカロボットが歌うコーナーがある。

「確かに最近のボーカロボットの曲は、かなりレベルが高いですね。噂《うわさ》ではプロの音楽プロデューサーが参戦しているとか」

「俺はその手のことはよくわからねーけど、ミロクが良いと思ったやつなら良いんじゃないか？」

「そう思って、僕もミロク君に選曲は任せようと思っているんだけど、お願いできるかな？」

「了解です……痛い！　痛いですよシジュさん！」

ストレッチしながら器用に会話をしつつ体を折りたたむようにしているミロクの背に、いきなりシジュが体重をかけてのしかかる。

「痛くしてんだよ。しっかり伸ばせー」

「ちゃんと伸ばさないと、怪我《けが》をするよミロク君」

涼しげな顔でペタリと百八十度の開脚からヨガのポーズをとるヨイチ。ダンサーであるシジュもバレリーナのごとく体が柔らかい。

一番年下のミロクが一番柔軟性がなかったりするのがこの三人の面白いところだ。そして体力も相変わらずミロクが一番少ない。

（俺も若いとか色々言われるけど、この二人の方が若いと思う……）

苦行のようなストレッチを終え、アップとダウンのリズムをとっていく。

シジュのダンストレーニングの進め方はヒップホップのリズム取りからスタートする。全身を弛緩させながら、体の一つ一つ丁寧にリズムを取っていく。

「この前の動画サイトに投稿した『ＴＥＮＫＡ《テンカ》』のダンスでは足りなかったところを復習していくぞ」

「足りなかった、ですか？」

「おう。ヨイチのオッサンはできてるんだ。俺は苦手なんだけどな」

「ん？　僕はできているの？」

「そりゃヨイチのオッサンは元シャイニーズなんだから当たり前だろ。目線だよ。キメ顔ってやつ？」

「ああ、それね」

シジュの説明では、シャイニーズの『アイドルとしてのダンス』には『目線』が重要らしい。要所要所に送る視線と、ファン達がいるというのを意識した『キメ顔』が必要だという。

「そうだね。僕の場合流し目を送るようにって言われてたかな。今でもクセでやっちゃうんだけど」

「ああ、そうやってよく落としてんな」

「人聞きが悪いこと言わないでくれるかな。ちなみにシジュは横顔が良いね」

「そうかぁ？」

髪をかき上げつつ横を見るシジュは、確かにかっこいいとミロクは思った。しかし悔しくなったミロクは、そのことを口には出さない。弟ミロクは今、反抗期に入っているのかもしれない。

「ミロク君はアレだね」

「ん、アレだな」

「なんですか、アレって」

首をこてりと傾《かし》げて問うミロクに、兄二人は苦笑する。

「画面の向こうにフミがいるって思えば良いんだよ」

「軽くな。軽く」

「軽くって、意味がわからないんですけど」

珍しく憮然《ぶぜん》とした顔のミロクだが、それでもその整った顔からは色香すら感じさせる。

少し膨らませた頬も、突き出された艶やかな唇も、なぜか人を惹《ひ》きつける要素となってしまっているようだ。

「あー、ダメだこりゃ」

「はいはいミロク君、カットカット」

早々に白旗を上げたオッサン二人は、ミロクを宥《なだ》めすかしてから、再びダンスの練習に入るのであった。

41★イベントに付き合う弥勒。

ミロクは自分が変わっているとは思っていない。

しかし、この「芸能界」と呼ばれる世界の隅の方で活動し始めて感じたのは「変わっているということは悪いことではない」ということだった。

これまでの人生では、家から外に出れば普通であることを強《し》いられてきた。普通ではない異物は排除される、そう思っていた。しかし、生きる世界が変わることで、人とは違うことでイジメられてきた自分が、こんなに温かく受け入れられるとは思っていなかった。

芸能界だけではない。社会とは異なる世界の集まりで動いている。「業界」の壁をひとつ越えれば、そこはもう「異世界」のようなものなのだ。

「すみませんミロクさん！　これちょっと持っててください！」

「良いけど、まだ買うの大野君」

「だってこれ、通販やってないんですよ！　ここを逃すと転売でしか買えないんです！　でも転売だけには手を出したくないんで！」

「まぁ、その気持ちはわかるけどね」

うららかな日差しが眩《まぶ》しい土曜日、ミロクは売れっ子声優の大野光周と共に、中規模ながらも大手サークルも参加するイベントに繰り出していた。

この場で言うイベントとは、アニメや漫画、小説などの二次創作やオリジナルの漫画や小説、はたまたゲームまでも自作で売り出す『同人誌即売会』のことを指す。

大野は先日のゴタゴタを経《へ》ながらも、マキとはSNS上で交流を続けているらしい。マキは基本、即売会以外で自分の作品を販売していない。そこで大野はマキが新作を出す時、なるべくイベントに顔を出すようにしているそうだ。

そして、なぜそこにミロクもついて行くことになったのか。

「大野君、俺って結構忙しいんだけど」

「もうちょっとですから！」

すっかり同人誌にハマってしまった大野は、気に入った作家のものであれば、その中身がBLでもNL《ノーマルラブ》でもお構いなしで購入している。

彼曰《いわ》く「その人の絵と世界を読んでいるんです！」だ、そうだ。

そんな大野に、ミロクはメールで『祭り』の出演に関する相談をしていた。大野は出演者側として参加したことがあるらしく、参加する側がどういうものか知らないミロクは会場の雰囲気などを聞いてみたかった。ならば会って話そうかと軽い気持ちで誘ったのだが……。

「あ！　マキマキ先生の新刊をチェックするの忘れてました！」

「……」

大野に誘われ珍しくオフに地元以外の場所へ出たミロクだが「まぁこれくらいはしょうがないかな」と呟《つぶや》きながら物珍しげに周囲を見渡す。

ここでのミロクの服装は例のごとくウニクロコーデに伊達《だて》メガネという、フェロモンを抑えるための装いだ。

いわゆる「変わり者」の人間が多く存在するこの世界では、三次元に興味を示す人間はほとんど存在しないようだ。たまにチラチラ見られることもあるが、声をかけられることはない。

そう、ここにいる人間が夢中になるもの、それは売り出されている新刊やグッズに他ならないのだ。

「なんか、居心地いいかも」

「でしょ？　人が多いのが難点ですけど、ここでは声優の大野光周は存在してないんです。大きな声を出すと反応されちゃうんですけどね」

素早く目当ての本を購入したらしい大野はミロクの横でなぜかドヤ顔で立っていた。彼の話では以前、マキのいるブースで思わず大声で呼びかけてしまい、その道のプロ（？）にバレてしまったことがあるらしい。

「その道って何？」

「BLですよ。ボイスドラマとかもやるんで」

「大野君、BLの声もやってるの？」

「はい！　左右両方できますよ！」

「……意外と有能だね。大野君って」

もちろん左右の意味をミロクは知っている。知らない人は優しいお姉さんに聞いてみてほしい。

それでも高身長であるミロクと、それなりにイケメンの大野の二人組は会場でも目立っていた。声をかけられないのは、ひとえに『三次元の男性に免疫のない女子』が多くいるからだろう。

「あ、そういえばミロクさん、マキマキ先生に挨拶しないんですか？」

「それはフミちゃんから禁止されてるから。こういうイベントもあの祭りでは開催されるのかな」

「はい。もっと大規模にやりますよ。当日は出演者側なんで、そっちにいけるかどうかわからないんですけどね」

「取り置きしてもらえば良いんじゃないの？」

「それはポリシーに反するので」

大野の言葉にミロクは一瞬だけ感心する。なぜ一瞬だけなのかというと、その後「こういうストイックな男をマキマキ先生は好むんですよ。俺の好感度が上がるといいなと思って」と続いたからである。

それでも彼の行いは悪いことではないため、ミロクは微妙な顔で頷《うなず》くにとどめる。

（何やってんの。あの無駄にイケメンな二人組は）

会場内でも明らかに浮いているミロク達を見て、自分のブースで売り子をしているマキはため息を吐《つ》いた。

彼らが来ることを事前にフミから聞いていたマキだが、大野はともかくミロクまで会場に入って来るとは思ってもいなかった。

（バカだな。こんなところに男二人で来たら……）

この会場で彼らに進んで声をかける女性はいない。だがしかし、会場内の女性達は一見わからないかもしれないが、その目は熱く燃え……いや、萌《も》え滾《たぎ》っている。

その時、視線に気づいたのかミロクがマキのいるブースの方向に目をやり、フワリと微笑《ほほえ》む。

マキはとっさに目を閉じてやり過ごしたが、両隣のブースから物を倒す大きな音や、呻《うめ》き声が聞こえてくる。マキは目を閉じた状態であるものの、現在両隣りで何が起きているのか容易に想像できた。

（ご愁傷様です）

目を瞑《つむ》りながらミロクがいるらしき方向へ手を振ったマキは、せめて片付けは手伝おうと本日二度目のため息を吐くのであった。

ちなみに、歩くフェロモン兵器と甘々ボイス兵器を搭載した災害二人組は、この後ラノベ談義に花を咲かせてしまう。

結局当初の目的である『お祭り』について何の情報も共有せずにいたことに、ミロクは帰宅後、風呂に入ってから気づくのだった。

閑話3★真紀の場合。

仕事が終わった私は、日課となっているSNSの巡回をする。

起動しっぱなしのアプリから更新して呼び出すと、昨日投稿した画像に対して『お気に入り』サインが点滅しているのを確認する。もちろんいつもの『あの人』からだ。

「これ、画像あげてから一分後に『お気に入り』付いてるじゃん。何やってんの『あの人』は」

私は絵を描くのが好きだ。

だけど漫画家としてやっていくなんて夢のまた夢で、とにかく生きていくために事務仕事をしている。

それでもやっぱり絵を描くことはやめられなくて、同人誌を描いたりネットにイラストをアップしたりしている。

神絵師なんて呼んでくれる人もいるけれど、私はそんなんじゃない。絵師と名乗るのもおこがましいと思っているくらいだ。

「まぁ、私の絵が好きって言ってくれるのは嬉《うれ》しいけどねー」

手入れが面倒だからと短くしているショートボブの髪を軽く撫《な》で付けて、パソコン用のメガネから普段用のメガネに交換する。

ツリ目がちな私は疲れた顔をしていると人相が悪くなると、親友のフミに注意される。なのでいつものフェイスマッサージをしつつ周りを見渡すと、どうやら残業していたのは私だけだったようだ。

残業といっても三十分だけだから会社としては許容範囲内だろう。そもそも終業間際に雑務を押し付けてきた上司が悪い。滅せよ。

さて帰るかと席を立って帰り支度をしていると、再びSNSの通知がスマホを震わせている。個人あてのメッセージの表示に少し怯《おび》える私は、アカウント名を見て脱力した。

「って、また『あの人』じゃん。何なのよ」

特徴のあるアカウント名、それは一時私を悩ませていた声優の大野光周のサブアカウントだ。公式のアカウントで動くとファンに騒がれるから、サブアカウントをとることにしたと言っていた。そして私の投稿した画像には、必ずお気に入りを付けてくれている。

それにしても直接私とやり取りできるメッセージを送って来るとは、彼にしては珍しい。

「お茶しましょう、ね」

私だって何も感じないわけじゃない。相手は今をときめく人気声優だ。それでも彼が過去に行ったあれやこれやを親友のフミから聞いた身としては、警戒スイッチを切るわけにはいかない。

「とはいえ、私みたいな幼児体形に何かが起こるとは思えないんだけど」

直近で彼がご執心だった女性は「あの」ミロク王子の姉ミハチさんだ。フミの叔父である芸能事務所社長のヨイチさんという人が側《そば》にいるのに言い寄るとは、命知らずと言えるけど気持ちはわからなくもない。

うん。あれは良いものだ。あれは良いものだ（大事なことなので二回言った）。

「次のイベントで出す新刊の話かな？」

ＳＮＳでのやり取りも、彼とはほとんど私の作品の話しかしていない。だからこそ私は安心していたのかもしれない。

まさかこんなことになろうとは。


「で、返事を聞かせてほしいんだよね」

「はぁ」

明るい茶色の髪をふんわりと揺らし、顔を少しだけ近づけてくる大野さん。その動きに私は自然と体を後ろに引いてしまう。

私の反応に彼は悲しげに目を伏せた。オッサンアイドル三人ほどではないけど、彼もイケメンだからなんだか悪いことをしたような気持ちになってしまう。

いやいや、イケメン顔に流される訳にはいかない。しっかりしろ私。

「俺のこと、怖いの？」

しょんぼりと呟《つぶや》くその声は兵器だ。耳の奥に甘く響く声に自分の顔が熱くなっていくのがとにかく恥ずかしい。

閉店間近の喫茶店には人があまりいない。こういう状況だからこそ、尚更《なおさら》二人っきりみたいで恥ずかしくなってしまう。恥ずかしループにハマったぞ。クソが。

「ごめん。ちょっと待ってて」

大野さんは立ち上がって喫茶店の店員に紙とペンを持って来てもらっている。再び席につくとサラサラ書き始めた。筆談するの？　なんで？

『俺の声は使わないから。だからお願いします。結婚してください』

「ああ、そういう事ですか。何言ってるんですか。バカなんですか」

声がなきゃこっちのものだ。私はすぐに平常心を取り戻す。

『なんで？　……じゃあ、結婚を前提として』

「同じじゃないですか」

『恋人として』

「だから、無理ですって。私と付き合ったところですぐに飽きますよ」

『なら、友達としてたまに会ってくれる？』

「え、まぁ、それくらいなら……」

「良かった！　じゃあ今週の土曜日に一緒にイベント参加しようね！」

「ふぁっ⁉」

筆談から急に話し始めた大野さんは、一瞬で私の休日に予定をねじ込んでくる。しかも魅惑のアニメ王子声優ボイスを使ってくるとは卑怯《ひきょう》なり‼

「ああ、楽しみだね。友達って素敵だね」

「ちょ、やめ、あふ……」

目を細めて笑顔で話すイケメンと、その声にやられている私。

なぜだ。なぜこうなった。解せぬ。

「俺、ヨイチ社長をリスペクトしてるんだ。だからね」

どこに逃げたって捕まえてあげるよ。

その後に続いた言葉は、朦朧《もうろう》としている私の耳には入らなかったのだけど、後日ここのマスターから「愛されているね。病的に」と気の毒そうに言われたのは良い思い出だ。

うん。

良い思い出ってことにしておこう。うん。

42★祭りのリハーサルに来るオッサンアイドルと。

なぜか千葉にあるのに『東《ひがし》の京《みやこ》ビッグゲスト』と名付けられた施設に、オッサンアイドル三人とマネージャーは来ている。大手動画サイトの『祭り』と呼ばれるイベントに出演するため、前日のリハーサルがあるのだ。

連休前の平日、他のイベントが開催されていないこの場所は人通りがほとんどない。ミロクはキョロキョロと周りを見ていたが、感心したように呟《つぶや》く。

「最上級の名が付いているし、千葉だし、色々ツッコミどころがあるよね」

「え？　ミロクさん何か言いました？」

「いや、何でもないよ。フミちゃん」

とにかく広い。

国際的な展示場ということもあり、様々なイベントを開催できるよう二階建て一軒家くらいなら、何軒も軽く入ってしまうくらいの造りの会場だ。

そんな建物がいくつも隣接しているこの場所は、『オタク達の聖地』とも呼ばれている。

「ここに来るの久しぶりです。学生の頃、夏とか冬とかの同人誌即売会とやらに、マキとよく来ていたんですよ」

「フミちゃんも本を買ったりしたの？」

「いえ、私はマキのサークルの売り子として来ていたんで……一人一冊ですよって呼びかけたりとか、行列最後尾の案内とか、夏の暑い中だったんで意外と大変でした」

「そ、そうなんだ」

薄々感づいていたことだが、マキは実はかなり大手のサークルに所属しているのではないかとミロクは思っている。大野の付き添いでイベントに行った時も、彼女の新刊はあっという間に売り切れてしまっていた。

マキ本人は『大手』や『神絵師』などと呼ばれるのを嫌がっており、否定もしているのだが……。

「それにしても『祭り』の存在は知ってたけど、出演する側として参加するなんて思ってもみなかったなぁ」

会場に入ってフミと話していたミロクは、奥でスタッフと真剣な顔で会話しているヨイチと、舞台の造りを手で軽く叩《たた》いて確認しているシジュを見る。

「えっと、俺も何かした方がいいのかな？」

「社長に聞いてみますか」

「いや、ヨイチさんは忙しそうだから、とりあえず会場を一周してみるよ」

「じゃあ、私もついていきますね！」

歩き出すミロクの元に小走りで駆け寄るフミの可愛《かわい》らしさに内心身悶《みもだ》えしつつ、ミロクはのんびりと歩くことにする。舞台周りにはセットらしきものも置いてあり、その中には等身大のアニメキャラクターのパネルが並んでいる。

「あ、これ『ミクロットΩ《オメガ》』の主人公達だ」

「本当ですね！　気がつかなかったです！」

ピンクの髪、オレンジの髪、グリーンの髪の三人の女の子が、笑顔でポーズをとっている。

「私いつもアニメでミロクさん達をモデルにしたキャラばかり観てるから、主人公がどんな子だったか忘れちゃいます」

「そんなに王子様が好きなの？」

「はい好きです！　あ、いえ、担当、担当マネージャーなので！　マネージャーとして彼らを応援しているという意味でして！」

「ふふ、ありがとうね。フミちゃん」

うっかり、ある意味告白まがいのことをしてしまったフミは、慌ててマネージャーであることを強くアピールしている。そんな彼女を笑顔で見ているミロクは「好きと言わせる作戦成功！」と心の中でガッツポーズをとる。

いいのか。それでいいのかミロク。シジュあたりがいれば、きっとこんな風にツッコミを入れているだろう。

「そ、そうだ、ミロクさん達は『TENKA《テンカ》』の曲で踊った動画がきっかけで『祭り』の参加が決まったんですよね」

「うん。確かヨイチさんはそう言ってたけど、実際どういう存在として『344《ミヨシ》』は出るんだろう」

オッサンアイドルとしてなのか、アニメの挿入歌を担当したユニットとしてなのか、それとも当初呼ばれたとおりダンスユニットとして出るのか……。

「もしかしたら、ヨイチさん揉《も》めてるのかな」

「かもしれませんね。でもこれも事務所の仕事なんで気にしないでください。揉め事も叔父……社長なら上手く収めてくれると思いますし」

「さすがだなぁ、ヨイチさん」

笑い事ではないだろうが、ミロクもフミも笑顔だ。それにしても……と、ミロクは考える。

（うーん。俺、明日が本番なのに、今回はあまり緊張してないとか大丈夫なのかな？）

デビューからそこまでの期間は経《た》っていないものの複数回の音楽イベントをこなしてきたせいか、最近は人前に出ても緊張を強く感じなくなってきていた。それが「成長」なら良いのだが、「慣れ」であるならば、それは良くないことだろうとミロクは思っている。

ちょうど舞台裏から、シジュのいる表側に回り込むミロクとフミ。

（ヨイチさんもシジュさんもいるから大丈夫だと思うけど、「慣れ」からの「ミス」っていうのが、社会人時代では定石だった。気を引き締めていかなきゃ）

ミロクは歩きながら考え事をしていたせいか、自分の胸元に何か柔らかいものが当たるのを感じた。とっさにフミかと思い、抱き抱えて彼女が転びそうになるのを防いでやると、首すじにひやりとした空気を感じる。

「……何やってるんですか。ミロクさん」

「え？　フミちゃん？」

自分の腕の中にいるのかと思っていたフミは後ろにいて、冷たい目でミロクを見ている。恐る恐る下を向くとフミと同じくらいの身長の女性が、顔を真っ赤にしつつ小刻みに震えていた。

「うわっ！　ごめん！」

慌てて女性の体を自分から離すと、女性は「ぶはぁーっ」と思いっきり息を吐く。どうやら息を止めていたらしく、しばらく深呼吸をしていた。心配そうにフミは女性の背中をさすってやっている。

「すみません、お怪我《けが》はないですか？」

「だ、大丈夫です。何か危険な気がして、無意識に呼吸を止めていたみたいです」

「……正解です」

「え、何で、フミちゃん」

「ミロクさんのフェロモンを吸ったら最後ですから！」

面白くなさそうにプリプリと怒っているフミ。

ここまで彼女の機嫌が悪くなるのは珍しく、途方に暮れたミロクは助けを求めようとシジュに視線を送るが、肝心の彼は呆然《ぼうぜん》とした様子でこちらを見ている。

「どうしたんですか、シジュさん？」

「え？　シジュ？」

ミロクの言葉に対し、過剰に反応する女性。その声に自分を取り戻したシジュは、少し決まり悪そうな笑顔を作ってから口を開く。

「おう、久しぶりだな。チマ子」

43★昔の仲間と今のオッサン。

フミは、自分が背中をさすっていた女性がシジュの知り合いだと知り、目を丸くして驚く。ミロクは決まり悪そうに頭をかいているシジュの様子を見て、ここは黙って見ていることにする。

女性はフミに礼を言ってミロク達の方を見ると、悪戯《いたずら》っぽい笑みを浮かべる。そしてトコトコとシジュの側《そば》に寄り、身長差から自然となる上目遣いで見上げる。

「シジュ先輩って言った方がいいかな?」

「お前、俺のことを先輩なんて呼んだことねぇだろうが」

「えへへ、一応高校の先輩後輩だったし。こう言えば説明しやすいでしょ?」

ミロクとフミを交互に見てから、鼻の頭にシワを寄せて笑う「チマ子」と呼ばれた彼女はとてもシジュと同年代には見えない。ショートカットの髪は明るいオレンジに染められていて、コロコロと変わる表情や仕草はどこかハムスターを思い起こさせた。

「あー、まぁ、そうだけどな。チマ子じゃない、こいつは志摩子《シマコ》。ダンスチーム組んでた時のメンバーで、高校の後輩だ」

「はじめましてー。すっごい美形と、すっごい可愛《かわい》い子を連れているね!」

「こいつらは仕事仲間の……」

「……どうも、大崎ミロクです」

「……はじめまして。如月フミと申します」

おずおずと挨拶を返す二人は、なぜかフルネームで自己紹介をしている。どうやらシジュはミロク達について詳しい話をしたくないらしい。

そう感じるのはシジュの笑顔だ。上手く隠してはいるが、ミロクには彼がどこか無理をしているように見え、つい助け舟を出す。

「シジュさん、もう行かないと」

「おう、そうだな。チマ子、悪ぃけど仕事があるから」

「わかった。私達は明日のイベントに出るけど、ここで仕事してるなら明日も会えるね」

「イベントって、『祭り』に出るのか?」

「うん。私達のダンスチーム『カンナカムイ』は、最近『踊ってみよう』でも大人気なんだよー」

彼女の言葉に、思わず顔をひきつらせるシジュだった。


「何だか辛《つら》そうな感じだったので、早々に引き上げましたけど……大丈夫ですか?」

「おう。何とかな……」

グッタリとした様子のシジュを心配そうに見るミロク。フミはヨイチの元に行き、先程のことを話しているようだ。シジュ自身は大したことないと言い張っているが、彼のただならぬ様子にフミは問答無用で社長に報告することにしたらしい。ミロクはそんな行動派のフミもかっこいいと思いつつ、シジュに問いかける。

「昔のダンス仲間ですか」

「そうだ。まさかこんなところで再会するとは思わなかった」

シジュは懐かしそうに目を細める。彼にとってダンスチームのメンバーと過ごした日々は、毎日が充実していて素晴らしいものだった。しかし恋人でありチームの要であった女性は勝手に渡米し、心を折られたシジュはダンスから離れてしまった。メインの二人を失いチームが解散となってしまった事をシジュはずっと後悔していた。

「チマ子、まぁ、チマっこいからチマ子って皆から呼ばれていたんだけどな。アイツはすげぇ頑張ってた」

志摩子はダンサーとしては身長が低い。一五〇センチ台という身長はダンサーとして大成するのが難しいとされている。手足の長さは高身長の人間よりも動作が小さく見えてしまうため、周りに埋もれてしまうし「合わせる」ダンスというのが難しくなる。

それでも歯を食いしばって周りについていこうと頑張る彼女を、シジュをはじめメンバー達は可愛がり、そして心から応援していた。

「マスコット的な存在だったんですね」

「おう。ムードメーカーでもあったな」

話しているシジュとミロクの元に、ヨイチとフミが来る。ヨイチは社長としての顔ではなく、仲間を心配する『344《ミヨシ》』の一人の顔だ。

「大丈夫かい、シジュ」

「平気だ。気まずい感情はあるけど、もう吹っ切れてるから落ち込んじゃいねーよ」

珍しく過保護に接してくる長男に苦笑しつつ返すシジュ。そんな彼の様子にホッとしたヨイチは、手元の書類を見つつ話し出す。

「さっきの志摩子さん、だったかな？　その子の所属しているダンスグループ『カンナカムイ』

は、北海道出身のメンバーで構成された、和風ダンスユニットだそうだ。音楽事務所に所属しているとあるね」

「あの、『踊ってみよう』の動画を配信しているって聞いたんですけど、素人さんじゃなくて事務所に所属しているんですか?」

「確かにこのサイトには誰もが動画を配信できるし、プロはダメとかじゃないからね。少しでも宣伝になればと、駆け出しの歌手やダンサーが歌やダンスを配信することはよくある話だよ」

「俺らは意図せずここにいるけどな」

苦笑するシジュに、ヨイチは頷《うなず》く。

「そう。今回僕らはたまたま『TENKA《テンカ》』の振り付けを三人で踊った動画を配信した。だから出演依頼が来た、という流れじゃそもそもなかったらしい。サイバーチームが仕事の裏を取れなかったというのは、この件ではしょうがないことなんだけど」

「さっきヨイチさんがスタッフさんと話してたのって、何か問題があったんですか?」

「問題というよりも、この件に尾根江プロデューサーが絡んでいたことで、ちょっとね」

ため息を吐《つ》くヨイチは憂《うれ》い顔で、その切れ長な目を蠱惑《こわく》的に光らせる。精神的に疲れている時のヨイチは、無駄に色気を出してくる。オッサンのフェロモンコントロールには強い精神力が必要で、疲労は厳禁なのだ。

「当初ダンスだけ踊れば良かったという話が、歌も歌うっていうタイムスケジュールになっててね。それは話が違うとスタッフさんに言ったら、どうやらそもそも尾根江プロデューサーがこのイベントに僕達を参加させようと動いたことがわかったんだよ」

「俺は歌うのは構わないんですけど、もしかして『三人の謎のオッサンダンサー』じゃなくて

『オッサンアイドル344《ミヨシ》』として出演するってことですか?」

「そうなんだ。まぁ、それはしょうがないかなって思ったんだけど……状況が変わったから」

そう言ってヨイチはシジュを見ると、彼は顔をひきつらせており「マジか」と一言呟《つぶや》くのだった。

44★志摩子の努力と芙美の使命感。

舞台の設営が整ったということで、明日の出演者達がリハーサルを始めている。その様子を少し離れた場所から見ているオッサン三人は、本番をどうするのか話すことにした。フミは飲み物を買ってくると言って、この場にはいない。

「尾根江プロデューサーが絡んでいるのなら、『344《ミヨシ》』としての出演は断れないでしょう」

「そうだね。むしろそれ有りきで仕事が来たと思うし」

「だよなぁ……」

シジュが浮かない顔でため息を吐《つ》くのを見て、ヨイチは気遣わしげに口を開く。

「昔の仲間と会ったんだって？」

「ああ、まさかアイツがダンスを続けていたとは思わなかった。ダンサーとして大成できないって、散々周りから言われてたのになぁ」

「そうなんですか？」

ミロクは首を傾《かし》げる。先程見た志摩子に、何か悪い部分があるとは思えなかったからだ。

「ほら、アイツ背が低いだろう？　だからどうしても他の背の高いやつよりも振りが小さく見えちまう。動きを揃《そろ》えるダンスだと、身長の違いで埋もれたり浮いたりしちまうんだ」

その時の彼女を思い出したのか、シジュは昔を懐かしんで微笑《ほほえ》む。

「それでもアイツは諦めなかった。だから今があるんだろうな」

「シジュだって諦めてなかったでしょ？」

ヨイチがにやりとした笑みを浮かべると、ミロクも同じような顔でシジュを見る。「うっせぇな」と照れたようにシジュは視線を舞台へと向けると、ちょうど噂《うわさ》の志摩子の所属するダンスチームのリハーサルが始まるようだった。

「始まるな」

ドォンッ……と一つ、大太鼓の音が響き、志摩子達が始まりのポーズをとる。静かに奏でられる笛の音と、入り込んでくるのは三味線や琴だ。

メンバーの衣装は本番に用意するのか今はTシャツとジャージを着ているが、両手に何か変わったものを持っている。

「あれは何だろうね。鳥の羽根……雉《きじ》の尾とかかな？」

「それに似せて作った小道具だろう。考えたなチマ子」

「あの小道具で、どう変わるんですか？」

「さっきも言ったが、アイツは身長の低さのせいでどんなに良いパフォーマンスをしても、どうしても小さくまとまってしまう。だが、小道具や衣装を変えることによって、ある程度補えるものなんだ。それにはもちろん技術が伴っているというのが大前提だがな」

「しかもあの子の靴、厚底のハイヒールだね」

「ええ!?　ダンスシューズにそんなのありましたっけ？」

「社交ダンスなら女性はハイヒールを履くが、基本的にこういうダンスでは皆避けるぞ」

「女性の私でも、普段歩くだけでヒールは疲れますよ」

「そりゃそうだ。どんだけ足首鍛えれば、あの靴であんだけ動けるんだか」

　戻ってきたフミが、飲み物を配りつつ感心したように言った。シジュは呆《あき》れ顔で続ける。

「あんな靴じゃ足を痛めるだけだろうに、アイツは昔っから頑固っつーか意地っ張りっつーか……」

「ふふ、何だかシジュさんに似てますね」

　そう言ってクスクス笑うミロクに、シジュは「笑ってんじゃねー」と言いながら彼の額を小突く。

「あ、社長、結局『344《ミヨシ》』として出演するんですか？」

「そうするしかなさそうだね。尾根江プロデューサーの手のひらの上で踊らせれるのは不本意なんだけど」

「俺らのリハはいつやるんだ？」

「一応僕らはサプライズゲストという扱いになっているみたいで、出演者にも秘密にしているみたいだよ。だから今リハーサルをしている人達がいなくなってからかな」

「そうか」

　ホッとした顔をするシジュを、不思議そうに見るヨイチ。

「ヨイチさん、あの志摩子さんって人はシジュさんが今何をしているのか、知らなそうでしたよ」

「え？　そうなのかい？」

「確かに、あの人は『久しぶり』っていう挨拶しかしてませんでしたね。あと明日もいるのかって確認とか」

「俺、絶対何か言ってくるって思ったんだけどな。まぁ俺らの知名度はまだまだ低いってことだろ」

「そんなものかな？」

「昔からアイツはダンス一筋っつーか、ダンスオタクっつーか。あの頃もテレビとかほとんど観ねぇやつだったから、そんなもんだろ」

（そんなものかなぁ？）

ミロクは首を傾げる。昔の仲間がどうなっているのか気にならないのだろうか。自分だったら仲間、それも相手がシジュやヨイチだったら、絶対気になるに違いないと考える。

再び舞台に目をやると、志摩子はまるで重力を感じさせないような軽やかで魅力的なダンスを披露していた。それは確かに彼女の技術の高さを感じさせるものだ。

しかし、やはりミロクはシジュの踊る姿の方が、綺麗《きれい》で魅力的だと思った。何がとは上手く言えないが、ミロクにとってダンスの師匠であり、頼れる兄のような存在であるからだろうか。

志摩子という女性にとってもシジュは、きっとそんな存在だったのだろうと思われる。

だからこそ、尚更《なおさら》疑問に思う。

（俺なら、絶対にシジュさんを追うのに）

首を傾げたままのミロクの顔を、フミが心配そうに横から覗《のぞ》き込んできた。

「ミロクさん？」

「…………」

「ミロクさん？　大丈夫ですか？」

「……ん？　わっ！　フミちゃん！」

反応しないミロクを心配するあまり、フミはかなり至近距離にまで近づいていた。驚いたミロクは持っていたペットボトルを思わずグシャリと握りつぶし、緩んでいたフタが飛び、中身の水が全部自分の服にかかってしまった。

「きゃっ！　ミロクさん大丈夫ですか⁉」

「だ、大丈夫！　水だから乾けば平気！」

珍しく顔を真っ赤にするミロクに、フミは慌ててハンカチを取り出し彼の濡《ぬ》れているところを拭こうとするものの、身をよじって避けられるため上手く拭けない。

「ミロクさん！　じっとしててください！　風邪ひいちゃいますから！」

「いや！　いいから！　自分で拭くから！」

「ほら早くしないと！」

仮にも男性であるミロクの胸元から下の部分まで拭こうとするフミと、それをなんとか阻止しようとする純情なオッサンの攻防が繰り広げられている。

そして、そんな二人を生温かい目で見守るオッサン二人。

「なぁ、これいつまで続くんだ？」

「とりあえずリハーサルは先みたいだから、外の空気でも吸ってこようか」

「賛成」

「ちょ、ちょっと！　ヨイチさんシジュさん、助けてくださいよ！」

弟を放置しその場を去ろうとする兄二人に助けを求めるも、使命感に燃えたフミからは逃れられず、凄《すさ》まじい「我慢」を強いられることになるミロクだった。

45★悶える芙美と『344《ミヨシ》』出番直前。

ヨイチとシジュが適当に出歩き戻ってみると、苦笑しているミロクと、そんな彼からかなり離れた場所で崩れ落ちているフミがいた。

志摩子のいるダンスチームのリハーサルは終わったらしく、客席にいるミロク達からは数人のスタッフが舞台の調整をしているのが見える。

「それで、フミは一体どうしたんだい？　ミロク君」

「ミロクが何かしたわけじゃねぇよな？」

「何を言ってるんですか。俺は何もしていませんよ。ただ俺のシャツを捲《まく》りあげ……」

「にょおおおわあああああ！　なんでもないですなんでもないですううう！」

かなり離れた場所にいたはずのフミが一瞬でミロクの側《そば》まで戻り、真っ赤な顔で慌てる様子に思わず噴き出すオッサン達。そんな彼らに対して何か言ってやろうとフミが口を開こうとした時、タイミング良く（悪く？）イベントスタッフがミロク達を呼びに来た。

「おっと、悪いなマネージャー。ミロクを借りていくぜ！」

「マネージャー、ミロク君だけじゃなくて、ちゃんと僕とシジュのことも見てなきゃダメだよー」

「うるさいです！」

オッサン二人にからかわれて、むきーっと怒りをあらわにするフミ。しかしミロクがキラキラした笑顔で「いってきます！」と発すれば、彼女の機嫌も何もかもあっという間に直ってしまうのだった。

思った以上に時間のかかったリハーサルにミロクはぐったりしていたが、ヨイチとシジュは案外平気そうだった。それもそのはず、一番動くのはミロクであり、メインで歌うのもミロクという構成になっていたからだ。

彼ら以外は誰もいない控え室で、ミロクは椅子の背にダラリと寄りかかりながら口を開く。

「ずるいですよ二人とも。なんで俺ばっかり……」

「しょうがないだろうが。先方からの要請だ。デビュー曲でアニメ『ミクロットΩ《オメガ》』の挿入歌『ｐｕｚｚｌｅ《パズル》』は、演目として絶対に外せないだろ？」

「それに時間も限られている中で僕らをちゃんと知ってもらうには、ミロク君が歌うのが一番良いんだよ」

「俺、ですか？」

「やっぱり『３４４《ミヨシ》』は、ミロク君ありきのユニットなんだよ。君が歌う方が抜群に安定する。……あと忘れているかもしれないけど、君はメインボーカルなんだよ？」

「そ、そうでした。俺はメインボーカルでした……」

すっかり『３４４《ミヨシ》』での立ち位置を忘れかけていたミロクに、ヨイチとシジュは苦笑する。

「じゃあ皆、今日はゆっくり休んでね。明日は朝六時が入りだから」

「マジかー。この後は飲めねぇなぁ」

「シジュさん、なんで本番前日に飲もうとしてるんですか」

「言ってみただけだって」

「……そうですか？」

疲れているせいか若干荒《すさ》んだ目付きで見てくるミロクの頭を、シジュはワシワシと撫《な》でてやりながらフミの方を向く。

「マネージャー、俺とヨイチのオッサンはタクシー拾うから、こいつを家まで送ってやって」

「あ、はい！」

「大丈夫ですよシジュさん」

「そんな疲れた顔で言っても説得力ねぇよ。大丈夫。飲まねぇよ。たぶん」

「はは、僕が付いているから大丈夫だよミロク君。フミ、後はよろしくね」

「はい。社長」

ヨイチはそう言いながら素早く控え室から出て行き、後を追うようにシジュが部屋を出ようとしてピタリと止まる。

「疲れているから大丈夫だと思うけど、うちの可愛《かわい》いマネージャーを襲うなよ」

「襲いませんよ！」

シジュの言葉に白い肌を赤く染めて言い返すミロクと、言わずもがな彼と同様に真っ赤になったフミは口をパクパクさせている。

（あのバカ兄貴！　なんつー空気にしていくんだよ！）

軽やかな笑い声と共に去って行ったシジュを恨みがましく思いながら、自分の後ろで無言になっているフミをそっと振り返り見てみると、ふにゃふにゃな笑顔で悶《もだ》えている可愛い生き物が思いっきり目に入ってくる。

(なんて顔をしているんだフミちゃん！　今日は厄日なのか⁉)

結局ミロク達が家に着いたのは、深夜だったという。

もちろん彼らの間に「何も」なかったということは、言わずもがな、であった。

連休が始まると同時に開催される三日間の『祭り』は、例年通り多くの人で賑《にぎ》わっている。

その中でも、ミロク達『344《ミヨシ》』が出演するのは、初日と最終日だ。

コスプレや同人誌即売会のイベントがある中で、動画サイトでお馴染《なじ》みの『歌ってみよう』と『踊ってみよう』で人気の歌い手と踊り手が一堂に会する『祭り』のメインイベントは中央にある会場で行われる。

舞台を設置されている会場内には、早くも客が多く詰めかけており、スタッフは必死に客席への案内や誘導をしているようだ。

シークレットゲストということで、モニターのある小さな控え室に通されたオッサン三人とマネージャーは、本番に向けての最終確認をしていた。

「流れは大丈夫かな？　リハーサルどおりにいけそう？」

「エプロンステージに行く時は気をつけろよ。なんか滑りそうな感じになってるからな」

「えぷろ……何でしたっけ？」

「客席まで張り出してる舞台、ほら、細くなっているでしょ？」

「うう、なんか急に緊張して真っ白になりそうです……」

ミロクは元々白い肌をさらに真っ白にさせて、小刻みに震えている。そんなチワワのようになった彼の様子を面白がるように、シジュは軽い調子で話し出す。

「確かに、こんな大勢のなかで舞台に立つのは初めてだなぁ」

「初めてだとか言いながら、シジュはいやに落ち着いているね？」

「バーカ。これで緊張してんだよ」

言い合う三人に素早く飲み物を配り、衣装の確認をしているフミはシジュに問いかける。

「あの、靴は昨日ので大丈夫ですか？　一応三足ずつ持ってきたんですけど」

「さすが俺らのマネージャーだな！」

緊張していると言いつつも、まったく通常どおりなシジュを羨ましそうに見るミロクだったが、『祭り』のスタートと共にステージに多くの踊り手が出演するのを見て、目を輝かせる。

素人やセミプロや、様々な人間が一つの場所に集まり、『祭り』という大きなイベントが生まれていく瞬間に、ミロクは圧倒的な力を感じていた。

気づくと踊り手達の出番は終盤に差し掛かり、どこか寂しさを感じながらも自分達の出番に少しずつ緊張感を高めていく。

「お、次はチマ子のチームか」

「和装ですね！」

「じゃあ、僕らも舞台袖に移動しようか。フミは衣装を持ってこれる？」

「大丈夫です！」

笑顔で小さな力こぶを作るフミに、ミロク達は思わず噴き出す。それにプンスカ怒る可愛いマネージャーを宥《なだ》めつつ、彼らは控え室からどこか楽しげに出て行く。

こうしてオッサンアイドル『３４４《ミヨシ》』は、オタクの聖地である『東の京ビッゲスト』に、この後文字通り「鮮烈なデビュー」を果たすことになるのである。

46★オタクの聖地にて『344《ミヨシ》』は無双する。

美しい彩色が施された着物に、複雑な飾り帯を巻いている。

両手に一つずつ持っている雉《きじ》の尾羽のようなものはラメ加工されており、動かすたびにライトの光に反射してキラキラ光っていた。

重力を感じさせないひらりひらりと舞い踊る、まるで蝶《ちょう》のような志摩子は、今日の出演者の中で一番輝いて見えた。

「志摩子さん、すごいですね」

「チームでやってるけど、実質あの子で保《も》っている感じだね」

「あいつもいい歳なんだけどな」

自分のことを棚に上げシジュは呆《あき》れたように呟《つぶや》く。そんな彼の言動にミロクは苦笑しつつも、志摩子の踊りの激しさには感心していた。

ふと、シジュの顔が強張《こわば》る。

「……アイツ、何やってんだっ！」

怒りを滲《にじ》ませ吐き出すように言い放ち、シジュは舞台で踊り続ける志摩子を睨《にら》みつける。盛り上がる音楽と共に、張り出しているエプロンステージへ向かう彼女を、焦ったように見つめている。

ヨイチは焦るシジュの背中に手を置き、宥《なだ》めるようにさすってやる。

「シジュ？　どうしたんだい？」

「……靴だ」

「靴、ですか？」

「アイツの靴じゃ、客席に張り出してる部分は危険だ」

志摩子の演目はクライマックスに差し掛かっていた。動画サイトでも人気らしい彼女には、たくさんの観客から声援が送られている。踊りの合間に手を振って応える彼女の足元が、一瞬揺らいだようにミロクには見えた。

「シジュさん！　俺、行きます！」

「おい！　ミロク！」

「やれやれ、ちょっと出番が早まっちゃったね」


志摩子は絶好調だった。

普段は失敗するソロのダンスも成功したし、メンバー達も調子が良いらしく全員が揃《そろ》って決める部分もしっかりとこなせた。

高まる和太鼓の音と、それに合わせて踏むステップが一体化し、自分達の目指すダンスがどんどん形になっていく気がしていた。

（いける!!）

客席へ続く道のようになった舞台でクライマックスを迎える流れになっていた。そこへ向かう志摩子は、足元に違和感を覚える。

（え？　なんで？　リハーサルの時は大丈夫だったのに……）

靴の素材と床材が合わないのか、上手く踏み込めずにいる志摩子は、今更どうにもならないとこのまま続行する。

メンバーは踊るだけで精一杯のようで、志摩子のトラブルに気づけていない。この床材の舞台で踊るのはメインダンサーの志摩子だけだ。自分が失敗しなければ良いだけという彼女の考えは、甘いものだと思い知る。

ターンしようとした瞬間、体が傾くのがわかった。

(倒れる……!!)

もうダメだと彼女は思わず目を瞑《つむ》るが、体に感じたのは痛みではなく、いつか感じた温もりと甘い香りだった。

「続けられますか？」

志摩子が目を開けると、視界に入ったその顔は……大きめの白いマスクをした男性、しかも服装はジャージだ。

「つ、続けます！」

考えている暇はない。志摩子のチームの見せ場はこれからだ。慌てて立ち上がろうとする彼女を、男性は軽々と抱え上げる。

「え!?　ええ!?」

「たぶんあなたは足を痛めてます。このまま続けますよ」

気づくと志摩子の両脇に、似たような服装の男性が一人ずつ付いている。客席が大いに盛り上がっているところを見ると、彼らも『踊ってみよう』で有名な踊り手なのだろうと彼女は今やるべきことに思考を切り替える。

「リフトでお願いします!!」

和楽器の音楽と和装のダンスチーム『カンナカムイ』は、演目中メインダンサーのトラブルと思われる一件があったが、突如乱入してきた三人の男性とのコラボだと観客は理解したようだ。

シャイニーズ事務所の今もっとも輝く若手ユニットとされる『TENKA《テンカ》』の曲のダンスを、『踊ってみよう』で完全コピーを披露した三人。ジャージ姿でマスクをしている彼らは、ダンスに精通しているプロダンサーだと噂《うわさ》されていた。

出演リストには載っていなかった彼らが舞台にいるということ、それはこのイベントで観客へのサプライズ企画だったのだろうと、会場は大いに盛り上がる。

『カンナカムイ』のメインダンサーの志摩子を、三人の男性は持ち回りでリフトをしつつ音楽にのせてダンスをする。女性を宙に浮かせた状態でのダンスは、和楽器の幻想的な曲調によく合っていた。

「即興にしては、よく動けるわね」

「リハ見てたからな」

「⁉」

三人の中の一人の口調に志摩子は一瞬目を大きくさせるが、そのまま踊り続ける。

大きく太鼓が打ち鳴らされ、フィニッシュを決めたと同時に照明は暗転し、ジャージ姿の男性三人にのみスポットライトが当たる。

流れてくる曲は、『TENKA《テンカ》』のメンバー、KIRAが主演したドラマの主題歌だ。舞台の中央に、三人が各々背中を合わせるようにして立つ。

「大丈夫かい、ミロク君」

「なんとかいけそうです。マスクが苦しいですね」

「確かにな。俺はまだまだいけるけどな」

「なら、負けてられませんね！」

軽口をたたいて何とか自分を鼓舞しようとするオッサン三人。持ち回りでこなしたとはいえ、リフトという動作は若くない彼らの体力を大幅に奪っていた。

顔の半分をマスクで隠していても、目だけでアイドルスマイルを決める。動作だけでも「シャイニーズのアイドル」っぽいダンスは可能だ。それにはもちろん技術が必要ではあるが。

彼らのキレの良いダンスは、その服装とあいまって絶妙な魅力を引き出していた。あまりにも綺麗《きれい》に揃った動きに、会場は盛りに盛り上がっていく。

曲が終わりポーズを決めると、歓声が沸き立ち多くの拍手に包まれていたが、観客は次の彼らの行動に度肝を抜かれる。

なんと、三人同時に上のジャージを一気に脱ぎ去ったのだ。しかもインナーを身につけていないらしく、上半身裸の状態だ。

上がる悲鳴と、その美しい完成された筋肉に魅了される人々。もちろんその様子は舞台の後ろに設置されている巨大な液晶モニターに映し出されていたため、会場内全ての人間がその恩恵に預かっていた。

舞台袖から投げられた三つの衣装を手に取り、それを羽織った三人はマスクを外す。

少し垂れた目に整った風貌をしているものの、褐色の肌とくせっ毛の髪をワイルドにかき上げるその男性は、軍服のような赤い衣装だ。

青い衣装を羽織った男性は、その柔和な表情の割に身体は鍛え抜かれた筋肉に包まれており、衣装で隠されるのがもったいないくらいだ。

そして真っ白な軍服を羽織った男性は、まるで物語に出てくる「王子様」のような甘い笑顔に、その白い肌は踊り続けていたせいか、仄《ほの》かなピンク色に上気している。その色香は液晶モニター越しにも伝わるらしく、舞台に近い席の女性達は皆タオルを口元に当てていた。

白い王子が口を開く。

「メインボーカル、ミロクです！」

「一応リーダーの、ヨイチだよ！」

「ダンス担当の、シジュだ！」

「三人合わせてー」

「「「344《ミヨシ》です!!　よろしくお願いします!!」」」

47★本気を出すオッサン三人。

会場内は歓声というよりも悲鳴に包まれていた。オタクの聖地にて大人気のアニメ『ミクロットΩ《オメガ》』の、キャラクター人気投票での上位を占めていた敵役の三人が現れたのだ。

正確には彼らをモデルにして作られた敵役のキャラクターなのだが、この際それはどうでもいい。重要なのは「超イケメン三人がミクロットのコスプレをして舞台にいる」ということ。

そして客達の目下最重要案件は、舞台にいる彼らは三人が上着の前を「開けっ放しにしている」ことだ。

彼らが手を大きく振るたびに、上着から垣間《かいま》見える胸筋、そして鍛え上げられた腹筋は見事にシックスパックに割れている。眼福だと拝む人、ひたすら顔にタオルを当てている人、観客のほとんどが驚喜し『祭り』の盛り上がりは最高潮に達していた。

そんな歓声の中、ミロクはマイクを通して話し出す。

「初めましての方！　いつも応援してくれている方！　『344《ミヨシ》』でーす！」

「今日は『祭り』にゲストとして呼ばれたよ！」

「ま、楽しんでいってくれ！」

「聴いてください！　『puzzle《パズル》』！」

会場が割れんばかりの歓声に合わせるように、会場の客ほとんどに馴染《なじ》みのある軽快なメロディが流れる。それに合わせてステップを踏む三人。

ここ数ヶ月で何度も歌って踊った彼らのデビュー曲だ。そして、大人気アニメで使用された曲でもある。

サビの「君にハマってしまった」を歌う時に「君に」の部分で、会場の客席に向かってウインクをする振り付けをシジュは付け加えていた。それは大きな会場ならば特に気にならない動作である。

その瞬間、再び大きな悲鳴に似た歓声が上がり、驚いたシジュは思わず近くにいるヨイチに視線を送る。無言で後ろを見ろと目で合図をしたヨイチに彼は納得する。

（しまった。大型の液晶モニターで思いっきり映っちまったか）

やってしまったのはしょうがないと、シジュは気持ちを切り替える。

歌に専念するミロクはシジュから無理をするなと言われていたが、これほど大きな会場でのパフォーマンスが初めてというのと、客の中に自分らのファンらしき女性達を見つけたためテンションが上がっており、疲れを感じないくらいだ。

舞台にいると客席が見えないと思われがちだが、意外とハッキリ見えるものである。それほど目の良くないミロクだが、いつも自分達の応援をしてくれるファンのことは、昔取った杵柄《きねづか》
「営業スキル」でしっかりと認識できていた。

（嬉《うれ》しい！　『344《ミヨシ》』ファンの子達だ！）

ミロクの様子に気づいたヨイチとシジュは、それとなく彼の視線を追って納得すると同時に、何かとんでもないことが起きる予感がするものの舞台の上では何もできない。そしてその予感は現実となる。

最後のサビの部分は、エプロンステージという客席の中程まで張り出している舞台でパフォ

ーマンスする流れだ。そこでミロクは客席にいるファン達に向かって、嬉しさのあまりフェロモン全開でキラキラした笑顔を見せた。

歌って踊りながら全開王子スマイルを発動し、なおかつ衣装の隙間からは汗に光る胸元から腹筋までの筋肉が見え、熟成された大人の色香を余すところなく振りまくミロク。

そしてそれは彼だけではなく、ヨイチの妖艶な流し目と意外にも鍛え上げられている肉体美に、シジュの野獣のような笑みにしなやかな豹《ひょう》を思わせる動き、三者三様の魅力に観客は皆虜《とりこ》になっていく。それは元々のファンだけではなく、今日初めて『344《ミヨシ》』を知った人も巻き添えにしていった。

（これは、思った以上だったかもしれないね）

ヨイチは今回のイベントで『344《ミヨシ》』の知名度向上を狙ってはいたが、内心ここまで良い反応をもらえるとは思っていなかった。ここは素直に喜ぶべきなのだろうと、今はこの流れにのっていくことにする。

三人は会場の熱気に当てられるように珍しく限界を感じるところまで体を動かしていく。オッサンと言われる年になると自然とセーブをかけるようになり、なかなか無理をするところまではいかないものなのだ。

それでもなんとか踊りきり、三人合わせてターンを決めると最初の背中合わせの状態に戻る。

「……ありがとう、ございましたぁ!!」

会場が拍手と歓声に包まれる中で、そのままへたり込みそうになるミロクを三人で肩をくむことによって誤魔化《ごまか》すようにしているが、『344《ミヨシ》』のファンは「いつものこと」と認識している。

そんないつもの光景だが今日のイベントでは初見の客が多いため、彼らの仲の良さそうな様子にキャアキャアと女性達が騒いでいる。

その中で、小声で会話するオッサン達。ミロクは息も絶え絶えという状態だ。

「これ、アンコールとか、ない、ですよね?」

「だと思うよ。進行ではこのままはけるってなっていたし」

「じゃ、手を振って舞台袖に行くぞ」

マイクに声を拾われないように耳打ちするその様子も、観客にとってはご馳走《ちそう》?らしく、歓声が収まることはない。

手を振って舞台袖に行くと、そのままミロクは倒れこみ、フミの持ってきた携帯酸素を吸っている。

「おう、大丈夫かミロク」

「慣れました……けど……今回はキツかったです……」

「これはちょっと、収まりそうもないね。アンコールかな?」

タオルで汗を拭くヨイチは、客席の様子を見てため息を吐《つ》く。

「嬉しいことだけど、ミロク君の状態を見るともう一回出るのは厳しいよね」

「時間って限られてるんじゃねぇのか?」

上着だけの衣装のため、三人とも上半身裸の状態でタオルで拭いている。そんな気絶しそうな色香の中、フミはなんとか意識を保ちつつ三人のために飲み物やおしぼりでケアをしていた。

それを遠巻きに見ているのはイベントスタッフであるが、男女共々近づかないのは何か危険を察知したからだろうか。

舞台進行の担当スタッフが、顔を赤くしながらもう一度舞台で挨拶をしてほしいと言いに来たのを、やはりかと思いつつ断ろうしたヨイチの腕をミロクが掴む。

「やりましょう。ヨイチさん」

「でもミロク君、そんな生まれたての子鹿みたいになってる状態で言われても……」

「しゃーねぇな。おいオッサンそっちの脚頼むわ。マネージャーはスポーツドリンクな」

「すみません。俺のわがままで」

「いいんだよ。末っ子はわがままで」

そう言いながらミロクの脚をマッサージし始めるシジュと、それを見ながらヨイチはもう片方に取り掛かる。そしてその数分後、彼らは舞台に出るやいなや、再び大きな歓声と熱気に包まれていくのであった。

48★舞台終了後に来た志摩子のこと。

汗だくで控え室に戻ったオッサン三人は、顔を真っ赤にしながら世話をしているフミのおかげで、衣装からカジュアルな服装に着替えてなんとか人心地がついた。それでもグッタリと椅子に座り込んで動けないほどの疲れを感じているのは、彼らにとって今回が初めての体験だった。

ペットボトルのスポーツドリンクを一気に半分まで飲み、大きく息を吐いたシジュは口を開く。

「ああー。こんなんじゃ、まだまだだなぁー」
「そうだね。やっぱり体力不足はネックになるよね」
「俺が足引っ張ってますよね。すみません」

ヨイチの言葉にミロクは机に突っ伏したまま謝っている。そんな状態の彼の頭を、ヨイチは苦笑してワシワシと撫《な》でてやる。

「ミロク君は、もう体力ないキャラで良いんじゃゃない？」
「だな。末っ子おじいちゃんキャラだな」
「そんなのイヤですー。定着はやめてくださいー」

動けないままでもしっかりと言いたいことを言うミロクに、兄二人はクスクス笑い、フミは未《いま》だ彼の赤みの引かない顔に冷たいおしぼりを当ててあげていた。

するとドアをノックする音とスタッフらしき声が聞こえ、フミが持っているおしぼりを置いて対応に出るのを、名残惜しげにミロクが見送る。

「社長、先程の『カンナカムイ』の方がお礼を言いたいと」

「さっきの……そうだね。シジュは大丈夫かい？」

「ああ。かまわねぇよ」

シジュは複雑な思いもあるだろうが、わざわざ礼を言いに来てくれた相手を追い返すのもよろしくない。フミに促されて入って来たのは志摩子一人で、他のメンバーは今回は遠慮したとのことだった。

先程の和装から着替えたらしく、今の彼女は清潔感のあるシャツとジーンズ姿だ。その短い髪は汗をかいたせいか、まだ少し濡《ぬ》れている。痛めた足はそこまでひどくないらしく、少し引きずるように歩いて部屋の中にある空いている椅子をフミにすすめられると、彼女は礼を言って腰をかけた。

「皆さん、さっきはありがとうございました。ええと、私ネットもテレビもほとんど見ないから、今日初めて知ったんだけど……ねぇ、シジュ」

「……おう」

「まだダンス続けていたんだ？」

「復帰したのは数ヶ月前だけどな」

「え⁉　数ヶ月でここに出られたの⁉」

「色々あったんだよ」

「どういうこと⁉」

矢継ぎ早に質問してくる志摩子に対して面倒くさそうに答えるシジュ。そんな二人をヨイチとミロクとフミは興味津々で見ている。その視線を特に気にすることもなく、志摩子は座ったままぺこりとお辞儀をした。

「ありがとうございます！　が、先だったね。とりあえず今回は礼を言っておきます。ええと、メンバーさん達もありがとうございました」

「いや、こちらこそ乱入する形になっちゃって、申し訳なかったね」

「……どの道、私達だけだったら、最後までは舞台に出られていなかったです」

悔しそうな表情を隠しもせずに、ただ言葉を紡ぐ志摩子にシジュは近づき、彼女の頭にポンポンと手を置いた。

「悪いな。邪魔して」

「いいよ。私の練習不足だったからさ」

「お前の練習量で不足なら、世界中の人間が怠慢だってことになるからやめとけ」

「シジュ先輩は、相変わらずだなぁ」

優しく微笑《ほほえ》むシジュに、志摩子は少し頬を染めつつ小さく「ありがとう」と言うのだった。

控え室から出て行く志摩子に、送った方が良いだろうとフミがついて行く。オッサン三人の体力回復にはまだ時間がかかるだろうから、ついでに飲み物を買ってこようとフミは考えていると、隣を歩く志摩子が口を開いた。

「ねぇ、ええと如月フミちゃんだっけ？」

「はい。フミで良いですよ」

「じゃあ、フミちゃん、君は彼らのマネージャーなのかな？」

「そうですけど……？」

先程とは雰囲気の違う志摩子の様子にフミは首を傾《かし》げながら問う。少し引きずっている足を止めた志摩子は、フミに対して真《ま》っ直《す》ぐな視線を向けた。

「ねぇ、あのミロクって子、うちにもらえないかな？」

「はい？」

そのあまりにもアッサリとした物言いに、フミは一瞬何を言われたのかわからなかった。まるで彼女が持っているお菓子をちょっとちょうだいとでも言うように、志摩子はとんでもない発言をしたのだ。

言葉の意味を理解するのに少し時間はかかったものの、フミの頬はどんどん紅潮して行く。

「あの、志摩子さん！　あなたは自分が何を言っているのか、わかっていますか⁉」

「わかっているつもりだよ。だって一緒の舞台に立ったんだもの。それだけで充分でしょ」

「だとしても！」

「だとしてもそう簡単に言うことじゃないって？　私はそうは思わない。才能のある子を欲しいと思って何が悪いの？　それにこれを決めるのは本人でしょ？」

「それは、そうですが、あと事務所や社長にも……」

「マネージャーなら伝えるくらいはできるでしょ？」

「……」

フミは何か言い返そうとするも、何も言えずに項垂《うなだ》れた。そんな彼女の様子に志摩子は頭をぽりぽりとかく。

「えーと、ごめん。落ち込ませるつもりじゃなかったんだけど……。私ってどうも言葉がキツいみたいでさ、仲間からもよく怒られているんだよね」

「……」

「ええと、とにかくさ、考えておいてほしいんだよ。これは『カンナカムイ』の総意だからさ」

困ったように微笑む志摩子は、俯《うつむ》いたままのフミに話しかけるも彼女の反応はなく、仕方ないと再び歩こうとして目の前にある大きな何かにぶつかる。

「んぶっ」

「なーにやらかしてんだ。チマ子」

よろける志摩子の腕を取り、転ばないように支えたのはシジュだった。いつの間にここにいたのかと驚く志摩子の額にシジュはデコピンをかましつつ、心配そうな顔を向けるフミにはニヤリと笑ってみせた。その不敵な笑みにフミは肩の力を抜く。

「やらかしてないよ！　才能ある子をヘッドハンティングだよ！」

「お前、ヘッドハンティングの意味をわかって言ってるのか？」

「何となく言ってみただけ！」

「はぁ……それは良いとして、だ。お前ミロクを引っ張ってどうすんだよ」

「あの若さで、あのパフォーマンスできる子だよ？　今日出てた演者の中でも一番だと思ったから」

「待て待て。あの若さって、お前達まさかミロクの歳を知らねぇとかないよな？」

「え？　二十代前半くらいでしょ？」

「バカか。その一回りは上だ」

「え？」

「公式ホームページに載ってるから、しっかり見てから出直してこい」

「え？　え？　嘘《うそ》でしょ？」

余裕綽々《しゃくしゃく》で話していた志摩子だが、驚愕《きょうがく》の事実に混乱しつつも「もう一度話し合ってくる」

と言って、ふらふらよろけつつ仲間の元に戻って行った。

そんな彼女を見送るシジュとフミは、盛大なため息を吐《つ》いたのだった。

49★神無の疑問と弥勒の見解。

ふらふらと足を引きずりつつ戻ってきた志摩子を、ダンスチーム『カンナカムイ』のメンバーはそれぞれ嫌な予感と共に迎え入れる。控え室は大部屋で数組のダンスチームが寛《くつろ》いでいたが、それぞれチームごとに先程の舞台の出来について盛り上がっていたため、他のチームの異常に気づく人間はいないようだ。

その中の一人、大柄な男性が志摩子を部屋の隅にある椅子に座らせると、自分もしゃがみこんで彼女と目線を合わせ。

「で？　今度は何をやらかしたんだ？」

「や、やらかしてない、よ？」

「嘘をつくな。お前のことだから余計なことを言ったんだろう」

「う、うううるさい神無《カンナ》！　年下のくせに！」

「ならもっと年上らしくしろ。そして何をやらかしたのか話せ。リーダーは俺だ」

「うぐっ……」

このチームの中での最年長は志摩子だが、リーダーは神無と呼ばれた大柄な青年である。和太鼓の担当であり、ダンスもこなす彼はずっとこの『カンナカムイ』を率いてきた。そんな彼に逆らえない志摩子は渋々口を開く。

「……あのミロクって子を欲しいって言った」

「……はぁ？　嘘だろ？」

「だ、だって、みんなが欲しいって言ってたじゃん！」

「お前なぁ、あの人達はプロなんだぞ？」

「それが何よ！」

「プロってことは、ちゃんと事務所に所属していてデビューもしている人ってことだ」

「そう！　それよ！　ミロクって子の年齢がさぁ！」

「俺の年齢が何ですか？」

艶やかなテノールの声にビクリと体を強張《こわば》らせる志摩子を見て、神無は訝《いぶか》しげに声がした方向を見る。そこには気怠《けだる》げに壁に寄りかかる、やけに色っぽい黒髪の男性がいた。その表情は淡く微笑《ほほえ》んでいるものの、目だけは底冷えするような光を宿している。思い当たる名前はあるが、そのあまりにも舞台と違う彼の様子に神無は自信なさげに問う。

「あの、もしや、『344《ミヨシ》』の……ミロクさんですか？」

「はい。ミロクです。先程舞台では乱入失礼しました」

そう言ってにっこり微笑むミロクだが、目は冷え切ったままだ。彼の様子に、神無は志摩子の「あの子が欲しい」発言を思い出し、慌てて頭を下げる。

「すみません！　こいつさっき変なことを言ったみたいで……あの、みんなであの舞台が楽しくて話してただけで、本気とかでは……」

「わかってますよ。志摩子さんが本気じゃないということは」

ミロクの言葉にホッとする神無だが、次の言葉に再び固まる。

「だって志摩子さん、本当は俺じゃなくてシジュさんを引き抜きたかったんでしょう？」

「ん？　ミロクはどうした？」

「おかえりシジュ。ミロク君はトイレだって言ってたよ。……フミはどうしたのかな？」

　控え室に戻ったシジュの後ろにいるフミを見ると、心なしか顔色が悪く見えたためヨイチは声をかけるが、彼女は無言で首を振るだけだ。そんな姪《めい》の様子にヨイチはシジュに目をやると、やれやれと言った感じで話す。

「チマ子……さっきの『カンナカムイ』の志摩子が、ミロクが欲しいってマネージャーに言いやがったんだ」

「はい？　それは引き抜きってことかい？」

「だな。何か嫌な予感がしてついて行ったが、あんなこと言うとはなぁ」

「そうか……あれ？　二人はミロク君とすれ違ってないのかい？」

　ヨイチの言葉にフミはハッと顔を上げると、慌てて控え室を出て行く。ポワポワ頭を振り乱して走って行く小さなマネージャーを、オッサン二人は苦笑して追いかけるのだった。


　凍りついたような無表情になる志摩子の様子に、神無は疑問と戸惑いを感じていた。どんな時でも表情豊かなのが彼女の常であったはずだ。それが今、崩れてしまっている。

　志摩子が学生時代に組んでいたダンスチームは『伝説』と呼ばれ、一時代を築いた存在だった。舞台が終わり『３４４《ミヨシ》』のメンバーの一人、シジュだと聞き驚いた。それでも確かに彼らのダンスは素晴らしいと神無は思ったし、彼の『伝説』についても納得した。

　メンバーは皆、メインボーカルのミロクが加われば最強だなどと話していた。志摩子もそうだと同調していたはずだ。

それなのになぜダンサーのシジュを引き抜きたいと思ったのだろうか。今の『カンナカムイ』にシジュが必要だと彼女は考えるだろうかと神無は疑問に思う。

そんな彼の横で、志摩子はオドオドしながら話し出す。

「シジュ……先輩を引き抜きたいなんて……そんな……」

「そうですね。引き抜きたいなんて思ってなかった。だって志摩子さんはシジュさんを困らせたかっただけだから」

「……」

黙り込む志摩子に向かって、ミロクは続ける。

「俺を引き抜きたいというのも本心だとは思いますけど、根っこの部分で違和感があったんですよね」

「……なんでわかったの?」

「そりゃ、決まってるじゃないですか」

そこに駆け込んできたフミと後ろから来たシジュとヨイチを見て、ミロクは蕩《とろ》けるような微笑みを浮かべると、呆然《ぼうぜん》と自分を見る志摩子に向かって言う。

「シジュさんほどの素敵な人なら、誰だって一緒にやりたいって思うでしょう?」

椅子に座っているのにすべり落ちそうになる志摩子を、慌てて支える神無も顔を真っ赤にし、見守っていた他の『カンナカムイ』のメンバーも腰砕けたように座り込む。

駆け込んで来た『344《ミヨシ》』のダンス担当は、そのまま回れ右をしたまま震えており、ヨイチに背中をさすられている。

そしてその中で、マネージャーのフミは厳《おごそ》かな表情で言った。

「ミロクさん。やりすぎです」

「ええ!?　そんな……良かれと思って……!」

「ダメです。アウトです。『それ』をしまってください」

「しまう？　何を？」

「良いから早くしまいなさい！」

「だから何を!?」

いつになくプリプリとおかんむりな可愛《かわい》いマネージャーに、内心悶《もだ》えつつもミロクはとにかく謝り倒して何とか許してもらっていた。

ちなみに、フミの後に『344《ミヨシ》』のダンス担当からの照れ隠し説教もあったのは、言うまでもない。

50★繋がる仕事。

昼下がりの会議室に打ち合わせとして集まったオッサンアイドル三人は、前日のラジオの話もそこそこに、ヨイチから新しい仕事について聞くことになった。

その内容に、ミロクは少し驚いた顔をする。依頼主は京都の老舗着物メーカーであった。

「着物のイベントですか？」

「例のごとく、尾根江プロデューサーの気まぐれなのか計算なのか。まぁ今回は前者だろうね。『和の着物イベント』という企画があるんだけど、そこでのショーに呼ばれたんだよ」

「まさかこの前チ……志摩子達と舞台に立って、それを尾根江プロデューサーが見たからか」

「ということは、彼ら『カンナカムイ』のおかげで、お仕事が来たってことですか？」

「きっかけはそうだけど、そもそもイベントのスポンサーをしている会社のお嬢さんが僕らを知ってくれてたようでね。色々重なった結果ってところかな」

「俺らが断ったら、あいつらの仕事はなくなるってことか？」

「可能性は高いかもね。着物イベントのスポンサーは和楽器関連の伝手《つて》に事欠かないだろうし。関東で活動している和楽器演奏でダンスするというだけではインパクトが少し弱いかもね」

すったもんだがあった先日の『祭り』終了後、締めのミロク・フェロモンを全員が受けたところで、引き抜きの件はうやむやのまま解散となった。

しかし『カンナカムイ』の所属する芸能プロダクションからは後日、『344《ミヨシ》』に対して事務所経由で謝罪の連絡が入っていた。如月事務所として実害があった訳ではないので、志摩子はマネージャーから「以後気をつけるように」という注意だけで済んだらしいが、彼女が本当に反省しているかは不明である。きっとリーダーの神無が彼女を見張ることになるだろうとヨイチは考えている。彼は年齢の割にしっかりとリーダーを務めているようだったからだ。

「俺は別にいいと思うんですけど、何か心配なことでもあるんですか?」

「お前、この間散々暴走しといて何言ってやがる」

「シジュのことも心配だけど、僕が一番心配しているのはミロク君だよ。大丈夫なのかい?」

「んー、俺には志摩子さんの気持ちもわかりますからね。でも、可愛《かわい》くて愛らしいフミちゃんに嫌な思いをさせたことは、子々孫々にまで後悔させてやろうと思いますけど」

「全然大丈夫じゃねぇだろが!」

「あはは、冗談ですよ。子々くらいで許しますよ」

「全然冗談に聞こえないよミロク君!!」

そこまで会議室のエアコン設定温度を低くしていないはずだが、室温が少し下がった気がしたタイミングでドアをノックする音が聞こえる。給湯室から戻ったフミが温かい紅茶を淹《い》れてきたらしい。できたマネージャーである。

「社長、着物イベントの仕事を受けるんですか?」

「そうだね。一応そうしようかって話になっているよ」

フミの言葉にヨイチは答えると、ミロクとシジュの顔を見た。二人ともコクリと頷《うなず》くのを見ると「じゃあ受けようか」と小さくため息を吐《つ》く。

「どうしたんですか?」

「ああ、いや、ちょっとね。じゃあ仕事の概要を説明しようか」

少し疲れた様子のヨイチをミロクは不思議そうに見ながらも、フミの用意してくれた企画書に目を通すのだった。


小さな女性を交互に抱き上げる三人の美形オッサン達。これはまたえらいことをやらかしたなと、ニナはパソコンの画面を見ながら少し笑う。

画面の中の兄は辛《つら》そうな顔を少しも見せずに、ずっと笑顔を観客に向けていた。

「休みなく、この後の自分達の舞台もこなしたんだ。お兄ちゃん結構体力ついてきたみたいだけど……」

終わった瞬間、ヨイチとシジュに肩を組まれたミロクは、さすがに足の震えが出ている。それを見てつい噴き出したニナは、部屋のドアをノックする音にびくりと体を揺らす。

「ニナ、ちょっといい？」

「い、い、いいよ！　入って！」

慌ててパソコンの画面に違うウィンドウを開き、声の主であるミハチを部屋に入れる。パソコンの前にいる妹を見て少し目を細めたものの、ミハチはそのまま話し出す。

「悪いけど、一週間くらい出張に出るから」

「え？　最近多いね。今度はどこ？」

「シンガポールよ。お土産期待してて」

どこか疲れたように言う姉のミハチを、ニナは気遣わしげに見る。

「姉さん、最近ヨイチさんに会ってる？」

妹の言葉に寂しげに目を伏せつつ、ミハチはそれでも笑顔を見せる。そんな姉の姿に、心の中で某オッサン社長をシメる算段をつけるシスコンのニナ。

「まぁ、しょうがないわよ。お互い忙しいし……それよりもミロクの動画を私にも見せてよ。パソコンが今手元にないのよね」

「な、なんで！　スマホで見ればいいでしょ！」

「大きい画面で見たいし、すぐ動画出せるでしょ？」

「んぐっ……しょ、しょうがないな……」

ブツブツ言いながらも、素早くパソコンを操作し『祭り』の配信動画を再生させると、画面の中で汗だくになっているミロク達が笑顔で手を振っている。

「やっぱり見てたんじゃない」

「べ、別にいいでしょ！　ほら、お兄ちゃん達の衣装が今回前が開けっぱなしになってるよ！」

「凶器ね」

「だよね」

「あら、ヨイチさんちょっと筋肉つけすぎてるんじゃないのかしら？」

「姉さん……そんな細かいところまで……」

「ミロクの脇腹、ちょっとキレが甘くなってない？」

「あ、本当だ」

オッサン達の知らない所で、着々と筋肉の良し悪しがわかるようになっていく姉妹。

この後、のんきに鼻歌を歌いながら帰ってきたミロクは、姉と妹から自分の筋肉についてダメ出しをくらい、電話でシジュに泣きつくのだった。

51★役所の人と、弥勒の好奇心。

翌日、事務所にて空き時間を確認したシジュは、問答無用でミロクをスポーツジムへと連行していった。そんな鬼教官シジュと涙目のミロクを笑顔で見送ったヨイチは、書類に目を落とすとフミに問いかける。

「今から区役所に行く時間はありそうかな」

「少し待ってください。確か……大丈夫です。何かありましたか？」

スケジュール帳を見直すフミの答えに、ヨイチはホッと息を吐いて書類を手早くまとめていく。

「郵送しようとして、うっかり忘れていたのがあったんだけど、直接持って行った方が早いと思ってね」

「わかりました。書類を渡すだけですか？」

「一応担当の佐藤《サトウ》さんに内容を確認してもらうから、少し時間がかかるかな」

「佐藤さんですね、わかりました。予定としては十六時から尾根江プロデューサーとの打ち合わせですが……」

「ああ、大丈夫だよ。着物イベントの契約書の確認だろうね」

再び息を吐き、打ち合わせ前に早くもネクタイを緩めてしまうヨイチを、フミは心配そうな顔で見る。

「疲れているの？　叔父さん」

「いや、ああ、ちょっと疲れているのかもね。打ち合わせはすぐ終わらせて、今日は早くあがるよ」

ヨイチが疲れている理由は体力的なことではなく、明らかに精神的なものだ。彼の恋人であるミハチとは、ここ一ヶ月ほど会えていない。

これまでは短い時間だけでもと、ヨイチはミハチと会う時間を作るようにしていた。しかし、オッサンアイドルの三人は、デビューから着々と人気を得てきている。社長業とアイドル業の二足のわらじを履くヨイチには、とにかく時間が足りなかった。

「了解です。社長の決裁が必要な書類は明日に回しておきますね」

姪《めい》から再びマネージャーへと戻ったフミは、新規に入った予定を明日に回すようにスケジュール帳にしっかり書き込んでおく。フミはアイドルのメンタル管理も、マネージャーとして必要だろうと考えている。

書類の準備をするヨイチに、フミは「そういえば」と聞く。

「その提出書類はなんなんですか？」

「町内会のイベント関係だよ」

「ご近所付き合いも大変ですね」

「かなり強力な味方になってくれているからね。ご近所の方々と良い付き合いをしておいて損はないよ」

そう言って切れ長の目を細め、魅力的な笑顔を見せるヨイチ。ミロクほどフェロモンをダダ漏れにさせないまでも、それなりの色気を身内にまで発する叔父に対して「相変わらず心臓に悪いなぁ」と思うフミだった。

その男性をどこかで見かけたような気がしていたミロクは、彼の名前を思い出せずにモヤモヤしながら筋トレに励んでいた。

思い出せそうで思い出せない何ともいえない感覚に、唸《うな》りながらも懸命に筋トレをするミロクの様子を、周囲の人間は微笑《ほほえ》ましげに見ている。きついトレーニングも一生懸命に取り組み、鬼教官のシジュに必死に食らいついていく。そんな健気《けなげ》さを持つミロクに対しての、スポーツジム内での評価も非常に高かった。

「どうしたミロク?」

「あー、思い、出せないん、ですよー」

ミロクにはキツい筋トレを指示し、自分はマットの上で柔軟運動をしていたシジュは彼の視線を追っていく。

「男? お前、男に興味があるのか?」

「誤解、されるような、こと、言わないで、ください、よっ‼」

ラスト一回を気合入れて持ち上げたマシーンのレバーを、そのまま落とさずにゆっくりと下ろしていく。パンプアップで一番キツいのは持ち上げる時よりも下ろす時であり、しかもそれをゆっくりと行うのはかなり苦しい。もちろんこれは無理しない重量でやるトレーニング方法である。

「ん? あいつ、どっかで見たことがあるぞ。良い体してんなって思ったから覚えてる」

「なんか、シジュさんがそういうと変なふうに聞こえますね」

「おい、どういう意味だよ」

「あ！　思い出しました！」

「お前な、誤魔化《ごまか》そうったってそうはいかねぇからな？」

「違いますよ。ほら、市役所の人ですよ」

「ああ、そういやそうだな。商店街のイベントとかでも会った気がする。あーっと、田中だっけ？」

「シジュさん適当に言いましたね？　加藤さんですよ。加藤さん」

「……佐藤ですが」

　突然声をかけられ、思わず揃《そろ》って体を固まらせたミロクとシジュが恐る恐る振り返ると、無表情のまま立っているスーツ姿の男性が二人の後ろにいた。手に持っている紙の束は、この地区で行われるイベントのチラシのようだ。

「す、すみません！　佐藤さん！」

「いえ、よくある名字なのでお気になさらず。では失礼します」

　謝るミロクに向かって佐藤は斜め四十五度できっちりとお辞儀をすると、そのままジムのスタッフの元に行き、手に持つチラシを渡している。

「あー、びっくりしました。全然気づきませんでしたよ。あの人、気配遮断スキルとか持っているんですかね」

「んなわけあるか。でもまぁ、そういう感じはするな」

「え？　そうなんですか？　冗談で言ったんですけど」

　ラノベに出てくるような用語を出していたミロクは、それに乗ってきたシジュの真面目な様子に驚く。

「ホスト時代に、ああいう雰囲気の黒服がいたからな。歩き方から重心の取り方、やや右肩下がりだったりとか」

「おお、なんかかっこいいですね！　ところで黒服ってなんですか？」

「水商売の店で働くウエイターみたいなもんだ。雑務が多くて、客相手じゃなくホストやキャバ嬢の世話をしたりもする。……おいおい、黒服見たさにそういう店に行くなよ？」

「えー、黒服の人を見てみたいです。かっこいいじゃないですか」

目をキラキラさせて上目遣いで見てくるミロクに、とりあえず釘《くぎ》を刺すも「そういう店にミロクを連れて行くのも面白そうだな」と良からぬことを考えるシジュ。

きっとミロクは「そういう店」の経験はないだろう。連れて行ってやりたいが、ヨイチに何を言われるかわからない。オッサンとはいえアイドルとして活動するからには難しいだろうと、シジュは釘を刺されてショボリするミロクの頭をワシャワシャ撫でてやる。

「わーったよ。ダメ元でヨイチのオッサンに聞いてやる。そんときゃ知り合いの黒服を紹介してやるよ」

「やった！　ありがとうございます！」

パッと花咲くような笑顔を見せるミロクを、今度は少し乱暴にワシャワシャと頭を撫《な》でくり回すシジュだった。

52★久しぶりの逢瀬と夜の街。

喫茶店の中に大きなスーツケースを持ち込んだミハチは、それを店員に預けると同時に注文も済ませ、ヨイチの座っているいつもの窓際の席へ行く。彼女の服装はキャミソールに夏用のニットカーディガンとジーンズを合わせたカジュアルなものだ。

「久しぶりに会えたのに、あまり時間がなくてごめんなさい」

「いや、僕の方こそ最近バタバタしていたから、なかなか時間が合わせられなくて。今日も無理に時間を作ってもらっちゃって申し訳ない」

「夜のフライトで良かったわ。出発前に少しでも会えたし……」

そう言って、少し照れたように微笑《ほほえ》むミハチをヨイチは愛《いと》おしげに見る。ここが公共の場でなければ、キスの一つや二つ……いや、それではすまなかったかもしれない。いやはや危ないところであった。

そういう？気持ちを一切表には出さず、ヨイチは穏やかな表情のまま口を開く。

「ミハチさんがそんな可愛《かわい》いことを言うなんて、見送るのが辛《つら》くなるよ」

「一週間で帰ってくるわよ。月末は休みを取れそうだから、例の着物のイベントとやらをこっそり見に行こうかと思っているの」

「ミロク君には内緒なのかい？」

「ふふ、だってあの子恥ずかしがるんだもの。変に緊張させたら可哀想《かわいそう》でしょ？」

「弟思いだね」

今度は悪戯《いたずら》っ子のような笑みを浮かべるミハチ。くるくると表情を変える彼女をヨイチは楽しげに見つめる。二年前に会った頃は話しかけてもほとんど笑顔を見せなかった彼女が、ここまで表情を変えるようになったのは嬉《うれ》しいことだと彼の笑みは自然と深まる。

すると、胸ポケットに入れていた携帯が振動し、ミハチに「ちょっとごめん」と言って取り出したヨイチは、画面を見るなり盛大に顔をしかめてみせた。

「どうしたの？」

「シジュからなんだけど、ミロク君を夜の店に連れて行きたいって……まったく」

「夜の店って……キャバクラとか？　フミちゃんが怒るんじゃない？」

「それは平気だと思うよ。連れて行って良いものかな」

「私もそうだけど、あなたも大概過保護よね。あの子もオトナなんだから行くのは自由でしょ。まぁ、一応『アイドル』をやってるから、ヨイチさんの許可は必要かもしれないけど」

「確かにそうだよね。なら大丈夫かな」

「ええ。ミロクをよろしくね、ヨイチさん」

「ん？　僕もついて行くの？」

「当たり前でしょ。シジュさんだけだと不安じゃない」

過保護に関してはミハチも人のことを言えないだろうと、彼はオトナだから口には出さない。ただイイ笑顔で承諾するヨイチであった。

翌日、準レギュラーの動物番組ロケを済ませた三人は事務所で着替えると、途中ニナの勧める美容院に寄る。そこでノリノリで髪をセットしてくれたニナに見送られ、夜のネオンきらめく都心の繁華街へと繰り出した。

「ねぇ、シジュ。一つ聞きたいんだけど」

「なんだよオッサン」

「このテラッテラでド派手なスーツは、僕らが着る必要あるの？」

「ですよね！　俺もおかしいなって思ってたんですよ！」

「ミロクはともかく、なんでオッサンはここに来るまで黙ってんだよ。もっと早くツッコめよ」

「いや、事務所でミロク君もシジュも着てるし、僕だけ着ないのも寂しいなって思って」

「寂しがりだなぁ、ヨイチのオッサンは」

「シジュさん着替えましょうよ！　なんかすごい見られてて恥ずかしいですよ！」

「見られんのはいつものことだろが。気にすんなー、行くぞー」

「シジュさーん！」

涙目のミロクの服装は、ラメ入りシルバーのスーツに白のエナメルの靴、シャツは黒で胸元は大胆に開けてシルバーのアクセサリーを着けている。

対して兄の二人は黒のスーツに黒の革靴。しかしシャツをヨイチは青、シジュは赤である。白系を着たミロクの左右をヨイチとシジュが固める。さながら王子と従者二人といったところだろうか。

道を歩く三人を通りすがる人々は振り返り、唖然《あぜん》としたように見送っている。遠巻きに見ている女性達も皆一様に顔を赤くしており、店の前に立つ店員達も驚いた顔でオッサン三人を見ていた。

「出勤途中のホスト三人組ってところだね」

「いやいや、ナンバーワンに付き添う格下二人ってところだろ」

「年齢が年齢だし、ちょっとそれはキツいんじゃない？」

「二人とも楽しんでないで、着替えましょう!!」

「ミロク」

ふと真剣な顔で見つめてくるシジュに、思わずドキッとするミロク。

「黒服の仕事っぷりを見たいなら、このままで行くんだ」

「シジュさん……？」

「この方がきっと楽しいぞ。……俺が」

「シジュ、君が楽しくてどうするんだ。せめてミロク君は楽しませてやってくれよ」

ため息を吐《つ》きながらシジュを諌《いさ》めるヨイチの横で、呆然《ぼうぜん》とシジュの言葉を聞いていたミロクは、みるみる目を輝かせる。そんな彼の変化に、何かを感じて若干後ずさりするシジュ。

「シジュさん！　俺の……俺のために！　嬉しい、嬉しいです！」

シジュの言葉を最後まで聞いていなかったらしいミロクは、感極まった様子で彼にすがりつく。

「わ、わかった！　わかったから！　だからその目で俺を見るな近づくなフェロモン交じりの吐息を漏らすな!!」

じゃれ合う二人の様子を苦笑して見ていたヨイチだが、周りの視線を感じて手を叩《たた》く。

「はいはい二人とも、早く行こう。ここで騒いでいたら迷惑だよ」

「すいません！」

「へーい」

「シジュ、後でお仕置き」

「何で俺だけ！　……っと、着いたぞ。ここだ」

なんだかんだ話しながら三人が到着したその店の外観は、一見普通のバーにも見える。しかし扉の向こうで待ち構えているのは、着飾ったスーツ姿の男性がずらりと並ぶ壮観なものであった。

そしてその全員が右手を差し出し、一斉に声を出す。

「いらっしゃいませ――――!!」

一番手前の若者が、爽やかな笑顔を浮かべたまま一歩前に出る。

「ようこそいらっしゃいました。初めてのホストクラブとのことですので、僕がご案内しますね。そしてお久しぶりです。シジュさん」

「ん？　久しぶり？」

名を呼ばれたシジュは、彼の言葉に首を傾《かし》げる。

「約束どおりナンバーワンになりましたよ」

金髪の前髪をサラリと指先で払う彼は、先程とは違う少年のような笑顔を見せた。

53★白服と黒服。

「あれ？　君って、うちの事務所にいたよな？」

金髪に白のスーツを着ている青年に向かって言葉を発したのは、シジュではなくヨイチであった。

「なんだ、知り合いかよオッサン」

「いやいや待って、それは僕のセリフだからね？」

「え？　この人はシジュさんの知り合いで、ヨイチさんの事務所の人だった？」

「モデルとして所属していたんだけど、実家に戻らなきゃいけないとかで辞めたはず、なんだけどね」

青年はミロクに負けず劣らず白いその肌を、みるみる赤くさせて震えている。恥ずかしさか怒りか、俯《うつむ》く彼の表情は見えない。シジュはそんな彼の様子を気にすることなく話し出す。

「てゆか、俺コイツ知らないんだけど」

「え？」

「え？」

「ええええええ⁉」

ミロクとヨイチが驚く後ろで、一番大きな声を上げる彼は涙目だ。しっかりセットされた金髪に青い瞳、白い肌は海外の俳優を思い起こさせる。それなりに整った彼の風貌をじっくり見るシジュであったが、やはりこの青年を思い出せないようだった。

「それに、俺が勤めてた店はここじゃねーし、お久しぶりって言われてもなぁ」

「覚えて……ない……だと……」

がくりと膝をつく青年にミロクは少し同情する。そんな彼に構うことなく、シジュは店の中へと入ってしまう。

「おーい！　サムー出てこーい！」

「シジュ、お前なぁ……客なら客らしく、ちゃんと手順を踏んでから入ってこいよ。それに俺はサムじゃなくて寒川《サムカワ》な」

「お前だって、それ客相手の口調じゃねーだろ」

「はいはいお客様、失礼いたしました。初めまして寒川と申します」

奥から出てきたのは、カジノのディーラーのような服装をした中性的な雰囲気の男性だ。寒川と名乗るその男性は、ミロクの前に来ると優雅に一礼する。

「本日のご来店、誠にありがとうございます。ご予約のお席にご案内いたします」

「は、はい！」

「ミロク君、緊張しなくても大丈夫だよ」

「黒服に会えるって楽しみにしてたもんな。ミロクは」

「黒服に……？　ホストではない自分に会っても楽しくないですよ。お客様」

そう言って苦笑する寒川に、ミロクは首をブンブンと横に振る。

「そんなことないです！　サム……じゃない、寒川さんはすごくかっこいいです！」

興奮しているせいか、頬を少しピンクに染めてキラキラした目で言うミロクを見て、寒川は少し驚いたように片眉を上げる。

「これは……良いものを持ってらっしゃる方ですね」

「やらねーぞ」

「それは残念」

本気ではないように肩をすくめるサムだったが、内心「欲しい」と思ったのは仕方のないことだろう。ミロクのその整った容姿と甘く香るフェロモンは、ホストになれば確実にトップに立てるある種の「才能」である。

「やらねーけど、今日はちょっとだけミロクを実地で教育してくれねーか？　客は知り合いが来るし、いいだろ？」

「奥を貸し切りにしてるから、やれないことはないけど……シジュがやれば？」

「俺は今日、こっちのオッサンと一緒に王子の護衛だから」

「王子はともかく、護衛って？」

「そのうちわかるって。なぁ、オッサン」

「シジュ、僕のことをいい加減オッサンじゃなくて、せめて名前で……」

「あ、オッサンはボタンもう一個あけとけよー」

「……もういいよ」

ガックリと肩を落とすヨイチの横で、ミロクは一人テンパっている。自分がホストをやるとは聞いていないし、客も来ると言うではないか。

「シジュさん！　こんなことをやるって聞いてないですよ！　帰……」

帰りましょうという言葉を飲み込んだミロクの目に入ったもの。それは、ふんわりとしたパステルピンクのシフォンワンピースを胸の下でキュッとしぼり、膝上までのレースの靴下にエナメルのヒールを合わせた、暴力的な愛らしさをまき散らすフミの姿だった。

後ろでニヤニヤと笑っているのは、ニナである。どうやら彼女の見立てでフミを着飾ったらしい。「妹よグッジョブ！」と目で伝えるミロクに、ニナは力強くサムズアップしてみせた。

着飾った恰好を恥ずかしがるフミを愛《め》でるミロクに、してやったりといった顔でシジュは言う。

「キャバクラに行くことも考えたけどよ、黒服に興味あったみたいだからサムに会うためにホストクラブになっちまった。でもここならマネージャーも楽しめるだろ？　もちろんお前も」

「はい！　シジュさんには感謝です！」

「女子二人は俺とオッサンが相手しとくから、まずはサムから話を聞いておけー」

「りょ、了解」

まだ開店して間もないせいか他の客は来ていない。なので特に周りを気にすることなく、寒川はミロクにホストとしての接客方法を説明していくと、ミロクはすぐさま吸収していった。驚くべき集中力である。

ミロクが集中した理由として、最初にホストの心構えについて言われた言葉があった。

「女性のお客様は、皆お姫様……フミちゃんにピッタリです!!」

「お姫様扱いされて喜ばない女性はいません。ミロクさんは王子様といった感じですから、お姫様と王子様ならお似合いのお二人ですね」

そう言って微笑《ほほえ》む寒川に、ミロクは照れたような笑顔を浮かべる。フミとニナは、ミロクとは少し離れたテーブルでヨイチとシジュの接客?を受けている。

フミは楽しそうだが、ニナはなぜか微妙な顔をしている。

「あれはいけませんね。シジュは腕がなまったのでしょうか？」

「ニナは基本、男嫌いなのであれが普通だと思うんですけど……」

そう言いながらも、ミロクはなぜニナが男嫌いなのかを知らない。そして今、ヨイチとは普通に会話するのに、シジュに対しては眉間にシワを寄せている。いけない、シワになるぞニナ……と、ミロクは心の中で呟く。

「そうですね。お姫様扱いも良いかとは思いますが……。ホストの語源は『ホスピタリティー』です。求められたことを与える『もてなす心』が必要なんですよ。……ああ、もう大丈夫ですね」

話している寒川の視線を辿っていくと、シジュに何かを言われて笑顔を浮かべるニナがいた。

「どうやらまだまだ現役ホストをこなせそうですね。シジュは」

「あげませんよ」

「それは残念」

半分冗談、しかし半分は本気に言う寒川に向かって、ミロクは油断も隙もないと軽く睨《にら》んでみせる。少し潤んだその瞳で睨んでみせても、彼の魅力に妖しげな何かを上乗せしただけだった。

そんな彼のフェロモン攻撃をうっかり間近で受けてしまい、一瞬意識を飛ばした寒川が、我に返ると早々に講習を終わらせたのは賢明な処置だった。さすがトップクラスの黒服だ。

ちなみに可哀想《かわいそう》なこの店のホストである白いスーツの青年は、服と同じくらい真っ白に燃え尽きた状態になっているため裏に連れていかれてしまった。

心配するミロクに、寒川は氷点下の笑顔で「お客様に心配されるなんて、最低なホストですね」と一刀両断し、他のホスト達を震え上がらせたのであった。

54★王子様の従者のお仕事。

ミロク達が夜の街に出かけることに、フミは特に反対はしていなかった。叔父も付き添うと言っているし、マネージャーとして問題はないと思い納得した。

それでも、純心で真っ白なミロクが、着飾った夜の蝶《ちょう》に囲まれているのを想像するとフミの胸はキュッと苦しくなる。彼に「行かないでほしい」などと言える立場ではないのに。

そんな胸の内を隠してオッサン三人が出て行くのを笑顔で見送り、事務所に一人残ってデスクワークをしているフミ。彼女の後ろに忍び寄る影……。

「ミロクさん行かないで……」

「ふえぇぇぇ!?」

驚いたフミは、座ったまま数センチ飛び上がる。慌てて後ろを振り向くと、先程まで嬉々《きき》としてオッサン達のヘアメイクをしていたニナが立っていた。

「フミちゃんの心の声」

「そ、そんなこと思ってないです！　あの、ニナさん帰ったんじゃなかったんですか？」

「次は女子の番だから」

「へ？　え？　いや、あの、え？」

疑問符を多く飛ばしているフミに構うことなく、ニナは手早く服を脱がしていく。事務所に響き渡るか細い悲鳴は幸いにも外に漏れることはなく、ポワポワ猫っ毛な小動物はニナに思う存分弄《もてあそ》ばれて（？）しまい……。

「まさか、ミロクさん達がホストクラブに行くとは思ってなかったです」

フミは店内の煌《きら》びやかな内装に驚きながら、興味深そうにあちこち見回している。

「何？　マネージャーはミロクが女の子がいっぱいいる店に行って欲しかったとか？」

ニナを挟んで向こう側に座るシジュが、面白がるような表情でフミをからかう。

「いえ、そんな……」

「こらシジュ、僕の可愛《かわい》い姪《めい》っ子をイジメたらお仕置き追加だよ」

「お仕置きって何だよ！　怖いんですけど！」

フミの隣に座るヨイチが、冗談っぽく笑顔で言っているものの目は笑っていない。ヨイチの様子にシジュは首をすくめると、そっとニナの後ろに隠れるように座り直す。

半円を描くように設置されたソファに、フミとニナを挟むようにヨイチとシジュが座っている。裾がふんわりと広がるワンピースを着たフミとは対照的に、ニナはタイトなワンピースに薄手のジャケットを羽織っていた。そんな彼女達を囲むオッサン三人は、はたから見れば若い女性を誑《たぶら》かす美中年ホストといったところであろうか。

フミをからかったせいか、シジュを見るニナの視線は冷たい。そんな彼女の様子に気づいたシジュは悲しげな表情をしてみせた。

「そんな表情してもダメ。他の女性みたいに私は騙《だま》されないから」

「人聞き悪いこと言うなよ。俺そんなことしねぇぞ。優しいシジュさんで通ってんだからな」

「でもホストって、女性と疑似恋愛とかするんじゃないの？」

首を傾《かし》げるニナ。隣にいるフミも同じように首を傾げている。

「そういうホストもいるらしいけどシジュは基本面倒くさがりだからね。通常の接客を最短時間勤務するだけで、ホストの中で真ん中くらいの収入だったらしいよ」

「それで真ん中ならナンバーワンにもなれたんじゃないの？」

「面倒くせぇだろ。俺そこまで働きたくねぇし」

「いやいや、真ん中あたりの売り上げをキープできる……しかもそれをコントロールするホストなんて、滅多にいないよシジュ」

「そうか？　普通だろ」

シジュのキャラクターに似合わないキョトンとした表情を見て、思わずニナは噴き出す。「シジュさんチートですね！」とフミが最近覚えた言葉を発し、たまらずヨイチも噴き出した。そんな彼らを憮然《ぶぜん》とした様子で見ていたシジュだが、ニナの笑顔に小さく息を吐く。

ふと、シジュの横に寒川と同じ服装の男性が近づき、小さく耳打ちをする。

「準備できたようだな。……ではフミ様とニナ様、当店『本日のナンバーワンホスト』をご紹介いたします」

気取った様子でお辞儀をするシジュとヨイチ。黒服の寒川が先導して来たのは……。

「ようこそ、お姫様。俺のことはミロクと呼んでください」

そう言って艶《あで》やかに微笑《ほほえ》んだのは、真っ赤に茹《ゆ》だったフミの前に優雅な動作で膝をつく『王子様』だった。

「これ、完璧お兄ちゃん私を見てないよね。別にいいけど」

「まぁまぁ、俺がいるから許してやってくれよ」

「……いなくてもいいんだけど？」

「冷たいなっ」

　フミをエスコートするミロクを見て、ニナは複雑な表情だ。それでもシジュに対して憎まれ口を叩《たた》けるくらいには元気なようだ。

「お兄ちゃん、ちゃっかりフミちゃんと二人のスペースを確保している……あの黒服の人が自然に誘導しているんだ。すごい」

「全体を見て、ホストの接客の割り振りしてるのも黒服の仕事だからな。サムはハイスペックだから、ホストの教育や事務仕事までこなす変態だ」

「仕事できる人を変態呼ばわりって……あれ？　ヨイチさんは？」

　いつの間にかこの場にいないヨイチを探すニナに、シジュがそっと指をさす。少しずつ増えてきた店の女性客がミロクに相手をしてもらいたくて奥に行こうとするのを、ヨイチが相手をしつつやんわりと止めているのだ。

　スーツの上からでもわかる均整のとれた筋肉、和を感じさせる整った風貌に切れ長の目を向けて丁寧に対応されれば、どんな女性でもうっとりしてしまうだろう。

　例に漏れず、他の女性客もその色香に翻弄《ほんろう》されているうちに、いつものホストが他の場所に連れて行くというのを繰り返している。この店のホストの平均年齢は二十代半ばのため、あまりいない四十代の大人の色香に当てられる女性客が続出していた。

「行かなくていいの？」

「今日は客として来てるからな」

「ヨイチさんも客じゃないの？」

「あれは事務所の社長として、所属タレントを守る一環みたいなもんだろ。サムもいるし……ん？　何？　俺の華麗なるホストのテクニックが見たいとか？」

「バカじゃないの？」

呆《あき》れたようにシジュを見るニナに、彼はソファの背もたれに身を預けると、整えている髭《ひげ》を撫《な》でながら言った。

「俺がここ離れたら、違うホストが来ちまうだろ。ここはお客を一人にしないからな」

「別に、それでも……」

男性が得意ではないニナは一瞬言葉に詰まる。それを見透かされたくなくて強がる彼女に気づいたシジュだが、それを指摘することなく続ける。

「知らない顔より知ってる顔がいる方がミロクは安心するだろ。『お兄ちゃん』のためだと思って我慢しとけ」

「……わかった」

しぶしぶ頷《うなず》いたニナにシジュは「いい子だ」と言って、子ども扱いするなと結局またニナを怒らせるのだった。

こうしていつもより五割増し騒がしくなった眠らない街で、オッサン達は新たな伝説を作っていく……。

★番外編★1　弥勒と芙美。

　夜の街で色々と体験して大人になった……と勝手に感じているミロクは、翌日のモデルの仕事を終えるとヨイチとシジュを自宅へと誘うことにした。

　すっかり大崎家に馴染《なじ》んだヨイチとシジュは二つ返事でＯＫし、ミロクの家で恒例のお泊まり会をすることになった。

「フミちゃん、夕飯食べて行きなよ」

「いいんですか？」

「ヨイチさんもシジュさんも色々買ってきてくれたし、一人増えても食べきれないくらいあるんだから。ね？」

「わかりました。ではお言葉に甘えて……」

　ヨイチを送ってきたため車で来ていたフミが近くのパーキングに停《と》めに行こうとすると、ミロクが助手席に乗り込んできたのに首を傾《かし》げる。

「夜も遅いし、パーキングから歩くだけでも危ないから」

「ふふふ、大丈夫ですよ」

「ダメだよ。フミちゃんは可愛《かわい》いんだから危ないよ」

　甘く蕩《とろ》けるような笑みを浮かべてフミを愛《いと》おしげに見るミロク。今はフォローを入れる人間が誰もいないため、鼓動が速くなる心臓をなんとか静めようとフミは何度も深呼吸して運転に集中する。

　そんなフミの横顔を見ていたミロクは、ふと今まで怖くて聞けなかったことを口にする。

「……ねぇ、フミちゃん」

「すぅー、はぁー、なんですか？」

「フミちゃんは、このままずっと俺の……俺達のマネージャーを続けてくれるの？」

「当たり前じゃないですか。『344《ミヨシ》』はもっと有名になって、たくさんの人を楽しませる存在になるんです。そんなミロクさん達を支えていこうと思っています」

「……そっか」

　車を停めシートベルトを外したフミは、ミロクがそのまま動かないことに気づく。

「ミロクさん？」

「ねぇ、フミちゃん。もし……もし俺がアイドルじゃなくても、一緒にいてくれてた？」

　暗い中、浮き立つ白い肌に黒髪を垂らし俯《うつむ》くミロクは、言いかけた言葉をそのまま飲み込んで小さく息を吐いた。

「ごめん、何でもない。じゃあ行こうか……わっ！」

　車のドアに手をかけたところで体に突然当たる柔らかな存在に、思わず声を上げるミロク。彼は自分にしがみついて震えるフミを見て後悔する。

「なんで、そんなことを言うんですか……！」

「ごめんフミちゃん、変な意味じゃなくて、ね？」

「変じゃなきゃ、どんな意味なんですか！」

　ミロクを見上げるフミの目は、涙で潤んでいるものの強い光を放っていた。それはいつもミロクが見ている一生懸命で、頑張り屋で、強い意志を持つ一人の女性。けれどミロクの中で、今では大きな存在となっている大切な女の子だ。

必死なフミの様子にミロクは目が覚めたような気持ちになる。彼女と二人きりになったことで浮かれて、うっかり不安にさせるようなことを言ってしまった。それでも……。

「どんな意味か、知りたい？」

「はい！　何でも言ってください！」

「そっか。マネージャーだもんね」

「はい！　マネージャーですから！」

ポワポワな髪を揺らし、コクコク頷《うなず》くフミの頬にミロクは手を当てて、そっと顔を寄せる。

「こういう意味だけど」

「へ？」

「わからない？　それじゃあもう一回……」

「わ、わかりました！　わかりましたから！」

暗い中でも真っ赤になったのがわかるフミの頬を両手で包み、ミロクは念押しとばかりに再び顔を寄せるのだった。

★番外編★2　二人のその裏で。

コンコンコンというドアをノックする音に、ミハチは振り返ることもなく「どーぞ」と言って部屋に通した。キャミソールにハーフパンツという、彼女にしてはかなり油断しているルームウェア姿である。

部屋に入ってきた人間を気にすることなく、ミハチはノートパソコンの画面を睨《にら》みつけていた。そんな彼女の後ろから、そっと声をかけたのは恋人のヨイチである。

「油断しすぎだよ」

「あなたなら大丈夫でしょう？」

「まぁ、そうだけどね」

本当はミハチを後ろから抱きしめたかったが、彼女が今かなり切羽詰まっている様子なのを感じ「そういうこと」をする雰囲気じゃないと空気を読むヨイチ。さすがである。

「それで、何に困っているのかな？」

「べ、別に困ってなんか、いないんだからね！」

「ツンデレかな？」

「ミロクから借りた本にあったのよ。私よりもニナの方が似合ってるセリフよね」

「……それ、ニナちゃんに言わない方がいいと思うよ」

ヨイチはスーツのジャケットを脱ぐと、ワイシャツの腕をまくって持っているカバンからタブレットを取り出す。彼もここで仕事をするのかなとミハチは再び自分のノートパソコンに目を向けると、一通のメールが入っていることに気づく。

送信者はヨイチだった。メールの添付ファイルには、いくつかの企業と取り扱っている商品の一覧がデータ化されていた。

「……ねぇ、なんで私が今からやろうとしている仕事が終わっているのかしら」

「さぁ、どうしてだろうね」

「どうお礼をすればいいのかしら。困ったわ」

「それは……わかっているだろう？」

ヨイチは立ち上がると、ミハチのベッドに座る。これ見よがしにネクタイを緩めて首から抜き取ってみせると、シャツのボタンを一つ二つゆっくりと外していく。

「ダメよ。これから夕飯でしょ？」

「その前に、君を味わいたいな」

「ダーメ」

クスクス笑いながらヨイチの投げ捨てたネクタイを拾い、ミハチは丁寧にまとめながら小さく呟《つぶや》く。

「部屋の鍵は開けておくわ」

そう言って自分のネクタイを撫《な》でるミハチに、大人の余裕を見せていたヨイチは、今日も……そしてこれからも彼女には敗北するのだろうなと苦笑した。

番外編3　その裏の裏で。

大型のテレビが置いてあるダイニングルームで、ニナは借りて来たＤＶＤを流していた。兄ミロクの楽しそうな笑い声が微《かす》かに聞こえ、思わず頬が緩む。

「そんな顔もするんだな」

「……兄の部屋にいたんじゃないんですか？」

「飲み物の補充にきたんだよ」

大崎家にはすでに何度も遊びに来ているヨイチとシジュは、食材や酒類を大量に持ち込んでいる。いつも世話になっているお礼として、彼らは物資を補給することにしたのだ。ミロクの母イオナは喜んで受け取り、それを料理して食卓に並べるという幸せな関係を築けている。

冷蔵庫にたくさん入れてある缶ビールなどを数本取り出したシジュは、そのうちの一本をニナが座るソファのローテーブルに置く。もちろんビールではなく、ニナの好んで飲んでいる甘めのカクテル酎ハイだ。

こういう気配りを自然とできるのは、シジュの前職の経験によるものだろう。ニナは少しモヤモヤしつつも素直に受け取ることにした。

「いつもうるさくして悪いな」

「別にいいです。兄も喜んでいるので」

「ツマミもあるけど、いるか？」

「余ってるならいただきます」

「おう、余ってるからたんと食えー」

カシス系だから少し味が濃くてもいいだろうと、シジュは再び冷蔵庫から作り置きしてもらっている料理を取り出しながらニナに問いかける。

「そういや、ミロクもそうだが大崎家の人間は好き嫌いが少ないよな」

「子供の時はいくつかありましたけど、今はほとんどないですね。ゲテモノは無理ですけど」

「アレルギーとかもないよな」

「そうですね」

「オーソドックスにイタリアンとかは？　酒はサングリアで、フルーツがゴロゴロ入ってるやつとか」

「いいですね」

「よし決まった。んじゃ、次の休みに合わせるからよろしくなー」

「……は？」

一歩遅れてニナが会話の流れを認識したが、時すでに遅くシジュの姿はない。今から追いかけて兄の部屋にいるシジュに文句を言おうにも、ミロクとヨイチの前では言いづらい。

「あんの……卑怯者《ひきょうもの》め!!」

ソファに置いてあるクッションをパンチしていると、そっとドアが開く。

「悪ぃな。嫌だったらやめる」

「なっ……もう！　いいですよ！　行きますよ！　奢《おご》りですよ！」

「おっと。はは、サンキューな」

ニナが投げつけたクッションを甘んじて顔で受けとめたシジュは、照れたように笑った。

★番外編★4　オッサンアイドル、常盤《じょうばん》ポリネシアンズへ行く。

青い空、青い海、白い砂浜。

いかにも南国といった雰囲気の音楽が流れ、日に二回ほど名物の『ポリネシアン・ダンス』が披露されるという、北関東にある有名なリゾート施設。

「結構、人がいるんですね」

ハーフパンツのような水着にパーカを羽織った男性は、女性が羨ましいと思うような白く綺《き》麗《れい》な肌に割れた腹筋をチラ見せしつつあたりを見回す。

毛先にゆるくパーマがかかった黒髪に、誰もが見惚《みと》れるような整った顔を持つ「王子」の外見を持つ彼は、今や人気絶頂のオッサンアイドル『344《ミヨシ》』のメインボーカルのミロクである。

「今日はもう仕事ないから、存分に楽しんでくれていいよ」

アッシュグレーの髪を短く整え、切れ長の目を細めて微笑《ほほえ》む美丈夫。和風な美形の彼は、体にフィットする膝までの水着のみを身につけ、その鍛え抜かれた体を惜しげもなく晒《さら》している。

ヨイチはミロクと違い上半身は裸である。大胸筋と腹筋、そして広背筋が眩《まぶ》しい。

「おっし、泳ぐぞミロク！」

日に焼けた肌にサングラスを頭にのせた彼は、その少し垂れた目を波が起きるプールへと向けている。布面積の少ないビキニタイプの競泳水着を身につけ、無駄な肉のないしなやかな体を周囲に見せつけているのはシジュだ。

クセのある髪をひとつにまとめ顎の無精髭《ぶしょうひげ》をさすっているシジュは、のんびりとした様子のミロクを見て顔をしかめる。

「なんだミロク。野暮ったい水着だな」

「シジュさんなんかほぼ全裸じゃないですか。俺は恥ずかしいのでこれでいいんですよ」

「別に誰が見るわけでもないだろう。気にする方がおかしいぞ」

「でもそれ、すごく布が少ないですよね。俺には無理ですよ。はみ出ちゃいますよ」

「なんだなんだ？　ケンカ売ってんのか？」

「シジュ、兄弟ゲンカは良くないよ」

「……オッサンも結構あるよな」

シジュに頭からつま先までじっくり見られたヨイチは、得意げに大胸筋を動かしてみせる。

「鍛えたからね」

「鍛えられるのかよ、そこも」

なぜかドヤ顔のヨイチに、シジュは思わず食いつこうとして横にいるミロクの純真無垢?な笑顔を見て咳払《せきばら》いをする。

「んんっ、それはともかくとして、泳ごうぜ！」

「フミちゃん達、まだ来てないですけど……」

「ミロク君、女性達はかなり時間がかかると思うから大丈夫だよ」

「それじゃあ……行きましょうか」

オッサン達は楽しげな様子で、このリゾート施設の名物でもある『巨大な波のプール』へと向かうのだった。

モデルのようにスラリと伸びる長い脚と、煽情的《せんじょうてき》なビキニスタイルの水着を着こなすミハチ。女性らしい膨らみを惜しげもなく晒し、彼女の歩く姿は周囲の男性達の熱視線を存分に浴びている。

その後ろから姉と同じくビキニではあるが細く長い脚をパレオで隠し、ツンとした表情ではあるものの整った顔はやはり男性達の目を集めてしまっているニナ。本人は迷惑そうに早歩きで先を急ぐ。

美女二人の後ろを、居心地悪そうに追いかけるのは彼女達と同じくビキニを着ているフミだ。小さく可愛《かわい》らしいイメージの彼女だが、しっかりと育ち実っているそれを恥ずかしそうに両腕で隠している。しかしそれをすることにより、隠したい部分が強調されてしまっているのは彼女にとって嬉《うれ》しくない状態だろう。

「フミちゃんダメよ。そんなに胸の谷間を強調してたら変なのが寄ってきちゃうわ」
「えっ……そ、それなら上着を……」
「ダメ。お兄ちゃんが見るまでは我慢して」
「そんなぁ……」

恥ずかしさのあまり泣きそうになるフミが着ているのはフレアトップの水着で、ミハチとニナよりは布が多く使われている。しかし、そのデザインはフミの動きでちらりと覗《のぞ》く肌や胸の揺れなどを強調させており、見る者に「抜群な効果」を与えるアイテムになってしまっていた。

「上着を、上着を返してくださいぃぃぃぃ」

先を急ぐ美女二人に、フミの懇願が届くことはなかったのである。

大きくなる波に足をとられ転びそうになった一人の女性を襲ったのは硬い地面ではなく、暴力的なまでの甘い香りだった。目の前には女性も羨むきめ細かい白く滑らかな肌、そして胸から腹筋にかけてしっかり鍛えられた筋肉を見て思わず鼻の奥を熱くさせてしまう。

色々な意味で危ないと鼻を押さえた彼女に、綺麗なテノールの声が耳をくすぐる。

「大丈夫ですか？　気をつけてくださいね」

ふと見上げれば、そこには夢のような美形の青年がふわりと微笑んでいる。イケボなイケメンって最強かよと女性は青年の笑みにつられるように微笑むと、ゆっくりと水の中に沈んでいくのだった。

「おい、これ以上やったらライフセーバー不足になるぞ」

「助けたつもりなんですけど……」

「トドメを刺したらダメだよ。ミロク君」

無事女性を水の中から救い出し、心配して見に来た彼女の友人達に丁重に謝罪してお返しするオッサン三人。運良く『３４４《ミヨシ》』のファンがいて「対処法は心得ておりますので！」と笑顔で連れて行ってくれたことにホッとする。

「やぁ、すごいな。僕らのファンは訓練されているよね」

「すみません、俺のせいで」

「あらかた予想してたけどな。血の海にならないように加減しろよ。マジで」

そう言っているシジュだが、先程彼は幼児用プールの前を通ろうとして、気づけば鈴生《すずな》りに幼児達が実っていたのはいただけない。

そこら辺、ヨイチは上手いことやっていた。巨大な滑り台になっているプールの順番を妙齢の女性に譲ってもらったり、飲み物を買おうとして妙齢の女性からもらったりと大活躍だ。

「それよりも、フミちゃん達遅いですね」

「遅すぎるな」

「もしかしてだけど、さっきから女性ばかりなのって……アレのせいかな？」

遠くに見える人だかりは、よく見れば男性客ばかりが集まっている。嫌な予感がしたオッサン三人がそこへ向かうと、予想通り抜群のスタイルを持つミハチと、同じくスレンダーなモデル体型のニナ、小さくなって真っ赤な顔で震えているフミがいる。

「フミちゃん⁉」

「ふぁっ！　ミロクさぁーんっ！」

驚くミロクの顔を見て安心したのか、ふにゃりと泣きそうな顔でミロクの元に駆け寄るフミ。駆け寄る、フミ。

「フミちゃ、ちょ、ま、んごふっ！」

そのまま抱きつかれたミロクは後日、今日のことを「人生最高の日」とし、思い出す度に鼻を押さえて悶《もだ》えることになる。

「すげぇな。うちのマネージャー最強かよ」

「兄さんに何て話せばいいのかなぁ。いやはや困ったね」

「お兄ちゃん、不潔」

「ミロクが卒業する日も近いと思ったけど、この程度じゃまだまだね」

オッサン二人と美女二人は、フミに押し倒されるミロクを生温かい目で見守るのだった。

★番外編★5　歌うおにい……オッサンとあそぼう！

「はーい、よいこのみんなー！　元気かなー！」

子どもたちに手を振るのは、艶やかな黒髪に綺麗な顔立ちに甘く蕩けるような笑みを浮かべるミロクだ。しかし、その頬は羞恥のためか少し赤い。

「今日は『歌うおにいさん』のお友達の、ミロク王子が来たよ！　みんな、仲良くしてね！」

『はーい！』

ミロクの声に元気よく返事をする子どもたち。

白を基調としたいかにも「王子様」らしい服装と、頭に小さな王冠をのせたミロク。白タイツだけは回避したと、後に彼は語った。

「ボクの仲間も、森から呼んできたんだ！　狼のヨイチさんと、ライオンのシジュたんだよ！」

「やぁ、よろしくね」

「おいミロク、なんで俺だけ『たん』付けなんだよっ」

「みんな、よろしくねー！」

『はーい！』

「聞けよっ」

なぜかタキシードのヨイチとシジュ。

ヨイチは髪色と同じ、アッシュグレーの狼耳とフサフサの尻尾を付けている。シジュはライオンの耳と尻尾だ。自動でゆらゆら揺れるようになっているのが、番組スタッフたちの力の入れ具合を感じさせた。

異例中の異例とされる今回の仕事は、驚くことに幼児向け教育番組の『歌うおにいさん』から直接依頼されたものだった。

彼は『344《ミヨシ》』の大ファンで、老若男女から人気を得ている彼らならと、テレビ局を通じて代役を依頼してきたのだ。

「みろくおうじー！」

「よいちさまー！」

「しじゅたーん！」

子どもたちの声援に応える、オッサンなアイドル三人。いや、そのうち一名は「なんで俺だけ、たん……」と落ち込んでいるが、番組はどんどん進んでいく。

「みんなと一緒に歌えるの、嬉しいよ」

幼児相手に容赦なく色香を振り撒くミロク。

「みんな元気だね。でも悪いことしたらお仕置き、かな」

お仕置きという言葉に、なぜか子どもたちを見守る保護者たちの頬が染まる。

「ちみっこども、登るな。そして俺のパンツを脱がすな」

体のいたるところに幼児を実らせているシジュ。幼児キラーは健在であった。

おおきくなーれ　おおきくなーれ
おそらのくもも　たべちゃうくらい
おおきくなーれ　おおきくなーれ
きらきらほしも　たべちゃうくらい

番組内の『歌うおにいさん』が活躍するコーナーは、子どもたちと簡単な振り付けで踊りながら歌う。

普段はキレッキレのダンスを踊る『344《ミヨシ》』だが、今回は子どもたちと一緒に分かりやすい振り付けで歌う姿は、不思議と彼らの魅力が増して見える。

王子姿に慣れたのか、ミロクはすっかり子どもたちと歌うことを楽しんでいる。ヨイチは悪戯する子どもに「お仕置き」をしていたが、それはそれで子ども（と保護者）が楽しそうに笑って「ごめんしゃい」としているのが微笑ましい。

「なんで……俺だけ……」

しっかりと付けられた耳と尻尾を摑《つか》まれたり、引っ張られたりとやりたい放題されているシジュは、ぐったりと寝そべっていた。

「シジュ、収録中だよ」

「こうしてねぇと、パンツ下げられんだよ」

「放送事故は避けないとですね」

マイクの入っていない間奏の時に、会話をするオッサンたち。

異例の『歌うオッサン』回は、高視聴率で幕を閉じた……かに思われた。

「え？　また出演依頼ですか？」

ミロクのぽかんと開いたままの口を、優しく閉じてやったヨイチは苦笑している。

「高視聴率だったというのもあるみたいだけど、あの『歌うおにいさん』本人の要望らしいよ。どうする？」

「どうするって言われても……」

事務所内の会議室で、いつもの打ち合わせをしていたミロクたち。そこにマネージャーがいないのはヨイチの采配だった。

オッサンたちの年齢で、あの番組の衣装は恥ずかしいものなのだ。仕事であっても恥ずかしいものなのだ。

「あの衣装、やけに力が入っていたと思ったら、また俺らを出す気満々だったんですね」

「確かに、あれはよくできていたよね。耳も尻尾も動かせたし」

「俺、またシジュたんって呼ばれるのか……」

「シジュさんは、いつもファンたちからシジュたんって呼ばれているじゃないですか」

「そうだよ。シジュは番組でも一番人気らしいし」

「なんでか嬉しいと言えねぇんだよな……」

ぐったりと椅子の背もたれにもたれかかるシジュに、ミロクとヨイチは穏やかな笑みを浮かべる。

「シジュさん、素直になりましょう」

「僕もその人気にあやかりたいよ」

「うるせぇよ」

すっかりヘソを曲げたシジュだが、いつものバーでいい酒を奢ってやるというヨイチの一言で回復したのだった。チョロいオッサンである。

次に来られるのは、いつになるだろうと思っていた某テレビ局。わりと早く「次」があった
ミロクたちは、局内に入ると同時に笑顔が眩しすぎる若者に迎えられた。

「先日は、出演してくださりありがとうございました！」

「あ、いえ、体調はもう大丈夫ですか？」

「はい！　元気です！」

まるで出席確認されている小学生のように、元気よく返事をする若者……彼こそが番組内で
活躍している『歌うおにいさん』こと宇多井《ウタイ》タイゾウである。

パーソナルスペースが狭いのか、タイゾウはミロクに勢いよく近づいて握手を求める。そこ
に割って入ったのは（身長的に）小さなマネージャーのフミだった。

「あの、うちの大事なアイドルなので」

「すみません！　俺、いつも距離が近いって怒られるんですよ！」

「こちらこそ、過敏に反応してしまってすみません」

ぺこりと頭を下げるポワポワな髪を蕩然と見ていたミロクは、頭を上げたフミをふわりと抱
き寄せる。

「ありがとうフミちゃん。俺を守ってくれたんだね」

「えっ、ええっ⁇　ミ、ミロクさん、ちょっと、あの」

「カッコ良かった。それにフミちゃんすごく可愛い……すごく、好き……」

「ふぁぁぁっ⁉」

突然局内を流れる甘い空気。二人の様子を見て驚くタイゾウは、ヨイチとシジュに問いかける。

「あの、俺が言うのもなんですけど、マネージャーとはいえ女性とアイドルが……大丈夫なんですか？」

「まぁ、いつものことだからね」

「アイツら、これだけイチャイチャしてんのに、なぜか誰も止めねぇんだよな」

「いや、それはメンバーが止めるべきかと思いますが？」

「あれをかい？」

「うちのミロクを止められる奴がいるなら、見てみたいもんだな」

ふたたびタイゾウが見たものは、ミロクの壮絶なフェロモンに辛うじて意識を保っているフミと、周囲の女性が腰くだけになっている凄惨な現場であった。

「これが、アイドル『３４４《ミヨシ》』大人気の秘密……！」

「ミロク君は後で説教だね」

「さてと、いったん回収だな」

この日の収録は、のちに『神回』と呼ばれるものとなる。

そしてミロクを師匠として学んだ『歌うおにいさん』の宇多井タイゾウは、番組卒業後も長く芸能界で活躍することになるのだった。

4巻発刊
おめでとうございます!
大野イチカ

あとがき

お久しぶりです。もちだもちこです。この本を手にとっていただき、ありがとうございます。

ありがたいことに「オッサンアイドル」も4巻となりました。電子書籍のみで発売してから紙の本になるまで、待ってくださっていた読者の皆様には感謝でございます。

ここにきて、あとがきに書くことといえば、感謝の言葉しかないのですが……ほんわりとキャラクターについて語りたいと思います。

某漫画家先生も仰ってました、キャラクターを作るにあたって弱点をつけるということですが、オッサンたちにもしっかりとあります。

ミロクは「英語がすごく苦手」と「辛い食べ物」。

ヨイチは「実は恋愛体質」。

シジュは「仔猫」と「依存する女性」。

こうやって並べると分かってしまうかもですが、英語と仔猫あたりは作者の弱点でもあります。特に英語はもう、外国の人たちを爆笑させるほどの腕前でして。仔猫は爪が引っかかったときに取れなくてパニクった記憶がありましてね……。

恋愛体質については、ミロクのほうじゃないかと思われがちですが、彼の場合「仕事モード」になれば切り替えできるのです。ヨイチはミハチとうまくいってなければ、フミに会社を継がせて田舎のお兄さんに泣きついていたと思います。

シジュはニナに会って「女性全般が苦手」から回復しました。昔の彼女が依存するタイプだったので、弱点の範囲が狭くなって良かったですね。

キャラクターも成長するので、もしかしたら別の弱点が増えるかもしれませんね。

そんな蛇足は、さておきまして。

今回もイラストを担当していただいた榊原瑞紀先生に感謝を（ＴＥＮＫＡの衣装は一発ＯＫでした！）。いつもＢＬの話題を振ると華麗にスルーする編集担当Ｙ氏、関係者の方々に御礼を申し上げます。さらに、素敵なお祝いイラストを寄稿くださった木野イチカ先生に感謝を！

そしてオッサンたちの色香？が、これからも読者の皆様に届きますように。

二〇二〇年一月吉日　もちだもちこ

この本を読んでのご意見・ご感想・ファンレターをお待ちしております。
＜宛先＞　〒104-8357　東京都中央区京橋3-5-7
（株）主婦と生活社　PASH! 編集部
「もちだもちこ」係
※本書は「小説家になろう」（https://syosetu.com）に掲載されていたものを、改稿のうえ書籍化したものです。

PB
PASH!ブックス

オッサン（36）がアイドルになる話 4

2020年2月10日　1刷発行

著者　もちだもちこ
編集人　春名 衛
発行人　倉次辰男
発行所　株式会社主婦と生活社
〒104-8357　東京都中央区京橋3-5-7
03-3563-2180（編集）
03-3563-5121（販売）
03-3563-5125（生産）
ホームページ　https://www.shufu.co.jp
製版所　株式会社二葉企画
印刷所　大日本印刷株式会社
製本所　共同製本株式会社
イラスト　榊原瑞紀
編集　山口純平
デザイン　石井美積

 Printed in JAPAN　ISBN978-4-391-15431-3